Heimatsinfonie

Eine Auswahl der
schönsten Heimatromane

WINFRIED BLACH VERLAG

Max Reindl

Der gekaufte Mordbube

Seite 5

Das Brandmal

Seite 129

Dieses Buch wurde auf chlorfrei gebleichtem
Papier gedruckt – der Umwelt zuliebe

Titelbild: Michael Wolf, München
Vertrieb: Weltbild Verlag GmbH, Augsburg
Im Verkaufspreis ist die gesetzliche Mehrwertsteuer enthalten
Printed in Germany

ISBN 3-86047-978-4

Der gekaufte Mordbube

Die sehnige Gestalt des jungen Weidmannes duckte sich hinter einen Steinbrocken. Zu seinem Bedauern verdeckte eine Lärchengruppe den freien Ausblick auf die felsige Senke, die ein Stück weiter schräg abfiel. Doch den toten Rehbock konnte er von seinem Standplatz aus sehen. Und das war die Hauptsache. Der dreiste Schütze würde wohl nicht mehr allzu lange auf sich warten lassen.

Die Geduld des Jägerferdl, wie den Forstbediensteten jeder im Roßbachertal nannte, wurde auf eine harte Probe gestellt. Minute um Minute verstrich, ohne daß der Bursch auftauchte, der am hellichten Tag einen Schuß in seinem Revier gewagt hatte. Ferdls Zähne gruben sich in seine Unterlippe. Dem wettergegerbten Gesicht war die angespannte Wachsamkeit anzumerken, die von ihm Besitz ergriffen hatte. Die scharfen, hellgrauen Augen ließen den toten Rehbock nicht los. Über den Nasenrücken zog sich eine Narbe bis zur linken Wange hin. Sie stammte vom Hirschfänger eines brutalen Wildräubers, der sich vor zwei Jahren der Festnahme entziehen wollte. Er bezahlte den Angriff mit einem Kieferbruch, denn Ferdls Fäuste waren eisenhart. Wegen der bleibenden Verunzierung seiner Nase hatte sich der junge Jäger keine großen Gedanken gemacht. Wie er wußte, war er schon vorher nicht zu den schönsten Männern des Tales gezählt worden. Um die Gunst weiblicher Wesen brauchte er sich auch nicht mehr zu bemühen, seit ihm seine Afra vor Jahresfrist das Jawort gegeben hatte. Die Liebe zu ihr füllte sein Herz bis zum letzten Winkel aus. Jeder Tag an ihrer Seite war ein Geschenk für ihn, und er hatte deswegen schon so manches Dankgebet zum Himmel geschickt. Nicht wenige, zum Teil sogar gutbetuchte Roßbachtaler Burschen, waren hinter ihr hergewesen und – oh Wunder – sie hatte ihn auserwählt, den rothaarigen Habenichts.

Ferdls Augen wurden schmal. Ein Schatten war auf den toten Rehbock gefallen. Gleich darauf trat ein großer, breitschultriger Mann in sein Blickfeld und beugte sich zu dem reglosen Tier hinab. Der Mann ließ sich auf ein Knie nieder und zog ein Messer aus der Tasche, das im Sonnenlicht aufblitzte. Er war im Begriff, das prächtige Gehörn mitsamt der Hirnschale abzuschlagen, da sprang Ferdl hinter dem Steinbrocken hervor, den Stutzen schußbereit im Hüftanschlag.

„Messer weg und Pfoten in die Höh, Mistkerl!“ rief er scharf. „Keine Sperenzchen, sonst hast ein Loch im Speck!“

Der Wilderer zuckte heftig zusammen. Der Hirschfänger fiel klirrend auf den steinigen Boden. Seine Hände hoben sich in Schulterhöhe. Ein breitrandiger Hut beschattete das Gesicht bis zur Hälfte. Langsam ging der junge Forstmann auf ihn zu. Die Mündung seiner Waffe zeigte unentwegt auf die Brust des Übeltäters. Als ihn nur noch fünf Schritte von ihm trennten, hielt er an.

„Nimm das Hütl ab, Freunderl!" forderte er. „Ich möcht sehen, wer mir da seine Aufwartung gemacht hat."

Zögernd folgte der Wilddieb dem Begehren des Jägers. Ein gutgeschnittenes Jungmännergesicht mit ansprechenden Zügen kam zum Vorschein. Kastanienbraune Locken bedeckten den Kopf. Die Oberlippe zierte ein gleichfarbenes, zurechtgestutztes Bärtchen.

„Ach, du liebe Zeit!" entfuhr es dem Jäger. „Einer von den Ranklbrüdern. Ich weiß freilich net welcher."

Das war nicht verwunderlich, denn die Ranklbrüder waren Zwillinge, die einander so sehr ähnelten, daß sogar deren Mutter Schwierigkeiten hatte, sie auseinanderzuhalten, wie sie oft genug verriet. Die Rankls betrieben einen florierenden Viehhandel und gehörten zu den wohlhabenden Bürgern von Eigelsbrunn.

Das Gesicht des Schützen verzog sich zu einem schwachen Lächeln. „Ich bin der Adi", erklärte er. „Das sag ich dir, Jägerferdl, damit du net am End meinen Bruder Bruno verdächtigst." Das Lächeln verstärkte sich. „Der nimmt nämlich lieber ein blitzsauberes Dirndl in den Arm als eine Kugelspritze."

Ferdl schüttelte den Kopf. „Ich begreif's net, Adi", murmelte er. „Du hättest es doch net nötig, zu wildern. Könntest dir wohl leicht einen Jagdschein leisten."

„Dalkerte Red!" brummte der Braunhaarige. „Man tut net bloß, was man nötig hat, sondern was einem Freud macht. Die verbotene Jagd ist tausendmal schöner und aufregender als die erlaubte."

Achselzuckend erwiderte Ferdl: „Wie du meinst, Adi. Diesmal wirst wohl noch mit einer Geldstrafe davonkommen, weil dich bisher noch keiner erwischt hat. Aber im Wiederholungsfall kriegst eine Gefängnisstrafe aufgebrummt."

Adi ließ ein kurzes Lachen hören. „Ich bin schon drüben im Feldbergertal erwischt worden. Mit einer Geldbuße ist's wohl nimmer abgetan."

„Das hast dir selber zuzuschreiben. Gehen wir."

Ferdl bückte sich nach dem Hirschfänger und hob ihn auf. Zwei Meter entfernt lag das kurzläufige Jagdgewehr des Wilddiebes. Der Jäger hing es über die Schulter. Seinen Stutzen klemmte er unter den Arm.

Ein Stück hinter Adi stapfte er auf die Waldung zu. Der Viehhändler schien sich mit seinem Schicksal abgefunden zu haben. Die Hände in den Hosentaschen vergraben pfiff er eine heitere Melodie. Unter den schirmenden Kronen der Tannen und Fichten stiegen die beiden Männer weiter bergab. Etwa in der Mitte des Waldgürtels führte der gewundene Pfad dicht an einem fast senkrecht abfallenden Hang vorbei.

Adi blieb stehen und fuhr sich mit dem Joppenärmel über die feuchte Stirn. „Gegen eine kurze Rast wirst wohl nix einzuwenden haben, Jägerferdl.“ Feixend fügte er hinzu: „Kannst mich noch früh genug beim Gendarm abliefern.“

„Auf ein paar Minuten kommt's net an“, meinte der Jagdhelfer.

Der Angriff des muskulösen Viehhändlers kam für ihn völlig überraschend. Wie eine Wildkatze sprang ihn dieser an und hämmerte mit der Faust in sein Gesicht. Ferdl torkelte zurück bis an den Rand des steilen Hanges. Adis Arme zuckten vor, um den Gegner den Hang hinunterzustoßen. Ferdl warf sich zur Seite. Auf dem moosigen Boden liegend beobachtete er, wie der Braunhaarige durch seinen eigenen Schwung nach vorne kippte, vergeblich die Balance zu halten versuchte und dann mit einem gellenden Schrei den mehr als fünfzig Meter hohen Hang hinunterfiel. Ferdl sah, wie Adi sich ein dutzendmal überschlug und unten an der Geröllhalde aufprallte. Reglos blieb er dort liegen.

Mit einem Satz war der Jäger auf den Beinen. Ihm war bekannt, daß der Hang ein Stück weiter ziemlich abflachte. Er rannte dorthin und kletterte in rasender Eile den Hang hinunter. Wenig später stand er vor dem Abgestürzten. Dieser blutete aus einer winzigen Stirnwunde. Die bläulichen Augenlider waren nur halb geschlossen. Ferdl kniete nieder und legte sein Ohr an die Brust des Wilderers. Beunruhigt richtete er sich auf.

„Ich hör nix", murmelte er. „Aber ich kann mich täuschen. Unsereiner ist kein Doktor." Wieder beugte er sich zu dem Reglosen hinab. Dann schüttelte er den Kopf, drückte zwei Finger auf die Halsschlagader und zog dann eines der Augenlider des Abgestürzten hoch. Kalt fuhr es ihm über den Rücken.

„Tot", würgte er erschüttert hervor. „Mit ein paar Knochenbrüchen hab ich gerechnet. Aber niemals, daß er den Fall net überlebt." Seine Faust fuhr wütend durch die Luft. „Und das wegen einer kurzen Gefängnisstrafe, die wahrscheinlich zur Bewährung ausgesetzt worden wär. Doch solche Bürschl wollen sich net damit abfinden."

In der Nähe lag der Hut des Toten. Ferdl holte ihn und bedeckte damit das wächserne Gesicht. Tief holte er Luft und machte sich mit weitausgreifenden Schritten an den Abstieg. Schweißüberströmt langte er bei der Polizeistation in Eigelsbrunn an. Keuchend ließ er sich im Dienstzimmer des Gendarmen Fitz auf den nächsten Stuhl fallen.

„Um einen Schluck Wasser bitt ich, Fitz", stammelte er.

Der beleibte Beamte brachte ein Glas.

„Du schaust aus, Jägerferdl, als wär dir der Bergfex über den Weg gelaufen."

Ferdl leerte das Glas gierig in einem Zug und wischte über den Mund. „Wenn's nur das wär, Fitz", sagte er bedrückt. „Leider ist's viel schlimmer. Droben im Waldgraben liegt ein Toter."

„Heiliger Bimbam!" rief der Beamte betroffen aus. „Hast einen Wilddieb umblasen müssen?"

Der Jagdgehilfe schüttelte den Kopf und sagte: „So kann man's wohl net nennen. Der Schütze hat mich den Waldhang hinunterstoßen wollen. Dabei hat er den Halt verloren und ist selber hinabgestürzt." Er sprang auf. „Wir müssen ihn ins Tal schaffen, bevor's dunkel wird. Sieh zu, daß du einen kräftigen Mann auftreibst, der mir beim Tragen hilft. Ich verständige inzwischen den Förster und besorg eine Bahre." Er setzte sich in Bewegung, doch der Polizist erwischte ihn am Ärmel.

„Du hast mir noch net gesagt, ob der Tote ein Fremder ist oder einer aus dem Dorf, Ferdl."

Der junge Weidmann sah ihn ein paar Herzschläge lang schweigend an. Dann murmelte er: „Einer von den Ranklbrüdern ist's. Der Adi."

Fitz hielt sich an der Schreibtischkante fest. „Alle guten Geister!" flüsterte er entsetzt. „Das wird im Dorf wie eine Bombe einschlagen."

„Kann sein", knurrte Ferdl, „ist aber nimmer zu ändern. Jetzt ist keine Zeit für Trauerreden." Rasch verließ er den Raum.

Draußen warf er einen Blick zum Himmel hinauf. Der Sonnenball rückte schon nahe auf den westlichen Horizont zu. Ferdl beschleunigte seine Gangart und hatte bald das Försterhaus erreicht, in dem außer Förster Heinisch auch er und seine junge Frau wohnten. Benno Heinisch war Witwer. Darum führte Afra den gesamten Haushalt und wurde vom Förster ob der guten Betreuung wie eine Tochter ins Herz geschlossen.

Ferdl hatte kaum die Tür aufgeschlossen, da kam ihm sein junges Weib entgegen. Sie trocknete sich die feuchten Hände an der Schürze ab. Ihre dunkelblauen Augen richteten sich erstaunt auf ihn. „Du bist schon da? Dich hab ich erst viel später erwartet."

Er beugte sich zu ihr hinab und küßte die tiefroten Lippen der Frau, die das weizenblonde Haar straff zurückgekämmt trug und im Nacken zu einem Knoten verschlungen hatte. Sein Blick umfaßte das hübsche Gesicht mit den feinen Linien und der wohlgeformten, schmalen Nase. Flüchtig tätschelte er die bronzefarbenen Wangen.

„Es ist was vorgefallen, das ich sofort dem Chef melden muß", erklärte er mit belegter Stimme. „Dir erzähl ich's später." Er klopfte an die nächste Tür im Flur und öffnete sie, ohne den Zuruf des Försters abzuwarten.

Der Dienstherr Benno Heinisch hob den Kopf. Auf seiner Stirn zeigte sich eine Sorgenfalte. „Du kommst net ohne Grund so früh“, sagte er ahnungsvoll. „Was liegt vor?“

Ferdl holte tief Luft und berichtete. Je länger er sprach, desto tiefer grub sich bei Heinisch die Sorgenfalte ein. Das runde Gesicht, das ein eisgrauer Vollbart umrahmte, versteinerte. Unruhig drehte der Forstmann den Schreibstift zwischen den Fingern hin und her. Seine sonnengebräunte Glatze, um die sich ein grauer Haarkranz rankte, begann zu glänzen.

Der Förster lehnte sich in seinem Sessel zurück. „Das ist eine schöne Bescherung“, stellte er fest. „Es hat schon genug Unruhe im Dorf gegeben, wie voriges Jahr der Hofer-Leo bei der Wilddieberei erschossen worden ist.“

Achselzuckend meinte Ferdl: „Der Fall liegt diesmal anders, Herr Förster. Ich hab den Rankl-Adi überhaupt net berührt. Seinem Angriff bin ich ausgewichen. Darum ist er den Hang hinuntergefallen.“

Heinisch stand auf und ging auf seinen Gehilfen zu. Er war von kleiner, gedrungener Gestalt und säbelbeinig. Ferdl überragte ihn um Haupteslänge. „Das wird mancher net glauben, Bub“, sagte er beklommen. „Aber denen müssen wir halt die Stirn zeigen. Daß ich felsenfest hinter dir steh, wirst wohl wissen.“

„Ich dank, Herr Förster“, antwortete Ferdl erleichtert. „Nun ist mir nimmer bang. Schließlieh hab ich ein gutes Gewissen. Und das ist die Hauptsache.“

„Schon, schon, Bub", sagte Heinisch gedehnt. „Doch die Rankls haben einen großen Freundeskreis. Viele einflußreiche Leute sind darunter. Aber was heut lichterloh brennt, ist morgen bloß noch lauwarm und übermorgen kalt. Die Zeit besänftigt die hitzigsten Gemüter." Er schlug dem Jagdhelfer ermunternd auf die Schulter. „Jetzt geh zum Fitz, sonst wirft man euch noch vor, die Leiche unnötig lang auf dem Berg gelassen zu haben. Ich verständige inzwischen das Forstamt und brech für dich eine Lanze. Das kann nie schaden."

Mit einem langen Seufzer verließ der Jäger den Raum. Im Flur wäre er beinahe mit Afra zusammengeprallt. Stirnrunzelnd fragte er: „Hast du gar gehorcht, Schatzl?"

Die hübsche Blonde machte ein betretenes Gesicht. „Das hab ich noch nie vorher getan, Liebster", verteidigte sie sich. „Aber ich hab dir angesehen, daß irgendwas Schlimmes passiert ist."

„Schäm dich, Schatzl!"

Sie hing an seinem Hals. Angstvoll waren die Blauaugen auf ihn gerichtet. „Man kann dir doch den Tod vom Rankl-Adi net anlasten", stammelte sie aufgeregt, „wo du ihn doch gar net den Hang hinuntergestoßen hast. Du bist unschuldig. Wer dich kennt, der weiß, daß du nie eine Schuftigkeit begehen könntest."

Sanft, aber energisch löste er sich aus ihren Armen. Ein schier übermächtiges Glücksgefühl durchströmte ihn. Auch sie hielt unverbrüchlich zu ihm. Sie, die die Freude und der Stolz seines Lebens war. „Mußt dich net sorgen, mein Herzblatt", beruhigte er sie. „Vielleicht melden sich ein paar überschlaue Schreihälse zu Wort. Aber die verstummen bald wieder. Mir kann keiner was am Zeug flicken. Aber jetzt muß ich rennen." Er winkte ihr zu und eilte aus dem Haus.

Die Dämmerung senkte schon ihre Schleier über das idyllische Tal, als Ferdl, der Gendarm und ein Ziegeleiarbeiter, der sich ein Trinkgeld verdienen wollte, die Bahre mit dem leblosen Viehhändler ins Haus des Dorfarztes trugen. Nur wenige Eigelsbrunner Bürger waren noch unterwegs gewesen, trotzdem breitete sich die Kunde von dem tragischen Unfall mit Windeseile noch vor Einbruch der Nacht im ganzen Ort aus.

Doktor Hunold stellte den Bruch dreier Nakkenwirbel als Todesursache fest und schrieb den Totenschein. Ferdl war so erschöpft und zermürbt, daß ihn die Frau des Arztes auf einen Stuhl drückte und ihm ein Glas Kognak reichte, das der junge Weidmann dankbar entgegennahm. Er hatte das Glas kaum geleert, da flog die Tür auf.

Ein großer, muskulöser Mann stand auf der Schwelle. Eine braune Haarlocke hing ihm in die Stirn. Die rotgeränderten Augen wanderten gehetzt im Zimmer hin und her und blieben an Ferdl hängen.

„Wo liegt mein Bruder?" stieß er zwischen den Zähnen hervor.

Der Dorfpolizist deutete mit dem Daumen auf die Tür zum Nebenraum. „Im Sprechzimmer. Der Doktor ist auch drinnen."

Ohne anzuklopfen, stürmte der Ankömmling in den ihm gewiesenen Raum. Die Tür schlug hinter ihm zu. Eine Weile war es still. Dann drang seine erregte Stimme bis hinaus zu den wartenden Männern. Gleich darauf tauchte er wieder auf. Über die linke, braungebrannte Wange rollte eine Träne. Dicht neben Ferdl blieb er stehen. Die dunkelbraunen Augen glühten, und die Backenmuskeln waren in ständiger Bewegung.

„Wie lang willst das Märchen noch herumerzählen, daß mein Bruder Adi ohne deine Schuld den Hang hinuntergepurzelt ist, Jägergesell?" fragte er heiser.

Ferdl wich seinem Blick nicht aus. „Ich werd weiterhin bei der Wahrheit bleiben, genau wie jetzt", lautete seine ruhige Antwort. „Merk dir das, Bruno!"

Die dunklen Augen des hochgewachsenen Burschen schienen feurige Blitze auf den Jagdgehilfen zu schleudern. „Nur ein paar hirnlose Ochsenschädel werden dir glauben, Rotschopf. Die Kriminaler und Advokaten kommen dir schon auf die Schliche." Er richtete sich zu seiner vollen Größe auf. „Und wenn net –" Der Braunhaarige holte tief Luft. „Ich bin auch noch da. Deiner Straf entgehst net. So oder so."

Gendarm Fitz sprang von seinem Stuhl hoch

und rief: „Unterlaß weitere Drohungen, Rankl! Wart ab, was die kriminalistischen Untersuchungen ergeben!“

Bruno streifte ihn nur mit einem verächtlichen Blick. Dann wandte er sich wieder an den Jäger. „Zwischen uns wird's wohl noch allerhand zu bereden geben, Rotschopf. Net morgen und net in einer Woche. Vielleicht auch net herunten im Tal. An irgendeinem Platz, wo wir zwei ungestört sind. Pfüat dich, Rotschopf.“ Er drehte den beiden Männern den breiten Rücken zu. Krachend fiel hinter ihm die Tür ins Schloß.

Gendarm Fitz räusperte sich anhaltend. „Mußt das Geschwätz vom Rankl net auf die goldene Waage legen, Jägerferdl“, empfahl er. „Das ist in Wut und Trauer halt so dahingeschwafelt. Er wird sich beruhigen und zur Besinnung kommen.“

Ferdl trommelte mit den Fingerspitzen auf das Tischchen, das neben ihm stand. „Ich weiß selber, was ich von dem Gered zu halten hab, Fitz“, erklärte er barsch. „Wenn alle Leut gestorben wären, denen der Tod gewünscht worden ist, dann wär die Welt ziemlich menschenleer.“

★

In den nächsten Tagen herrschte hektische Betriebsamkeit auf dem Stallerjoch. Ein halbes Dutzend Kriminalbeamte überprüften jeden Zentimeter Boden an dem Platz, wo Adi Rankl den Rehbock erlegt hatte und verfolgten mit suchenden Augen den Weg, den Ferdl mit ihm zusammen zurückgelegt hatte, bis es zu dem Absturz gekommen war. Die Unglücksstelle am Hang nahmen sie besonders scharf unter die Lupe. Der Jagdgehilfe mußte bei diesen Nachforschungen stets zugegen sein und unzählige, hintergründige Fragen beantworten, bis er sich fassungslos die Haare raufte und unbeherrscht ausrief: „Euer Gedächtnis hat größere Löcher als die Socken eines Landstreichers. Zwanzigmal hab ich euch schon den gleichen Vers aufgesagt."

Inspektor Winkler lächelte ungerührt. „Wir sind zu größter Sorgfalt angehalten, lieber Wegscheider", sagte er in väterlichem Ton, „denn Bruno Rankl hat gegen Sie Anzeige wegen Mordverdachts erstattet. Es liegt also auch in Ihrem Interesse, wenn wir gründlich vorgehen." Er hüstelte. „Vorausgesetzt, Ihr Gewissen ist fleckenlos."

Mit Mühe verkniff sich Ferdl eine wütende Antwort. Die Fäuste in den Hosentaschen geballt, stapfte er auf einen moosüberwucherten Baumstumpf zu und ließ sich darauf nieder.

Nach einer Woche stellten die Beamten ihre Ermittlungen ein und kehrten in die Kreisstadt zurück. Förster Heinisch schlug seinem Jagdhelfer schmunzelnd auf die Schulter. „Die Herumschnüffelei hat ein End, und deine Aussagen sind als wahrheitsgemäß anerkannt worden. Ich soll dir die Glückwünsche vom Herrn Forstrat übermitteln."

„Danke", sagte Ferdl. Freude und Erleichterung wollten sich bei ihm nicht so recht einstellen.

Afra lehnte den Kopf an seine Schulter. „Ich hab gewußt, daß alles gut ausgehen wird", flüsterte sie, und ihre Augen glänzten feucht. „Die meisten Leut im Dorf sind dir wegen der Geschicht net schlecht gesonnen, Liebster. Sie sagen, du wärst keiner, der einen Menschen in den Abgrund stoßen tät. Jetzt stellt sich auch heraus, daß die Ranklsippe gar net so beliebt ist, wie wir gemeint haben."

Der Rothaarige lächelte zu ihr hinab und drückte sie an sich. „Es gibt noch genug Ranklfreunde im Dorf", gab er zu bedenken. „Aber du hast recht, mein Weiberl. Es hätt schlimmer kommen können."

Zur Beerdigung des Viehhändlers strömten Trauernde und Neugierige aus allen Ecken und Enden des Roßbachertales zusammen. Der kleine Friedhof von Eigelsbrunn konnte die Scharen nicht fassen. Berge von Kränzen türmten sich rund um das offene Grab auf. Der Dorfgeistliche sprach salbungsvolle Worte von einem Schlag des Schicksals und seinem Geschick könne keiner entrinnen.

In der ersten Reihe standen Bruno und seine Mutter. Der Vater war schon verstorben. An seiner anderen Seite war ein schwarzhaariges, molliges Mädchen mit üppigen Formen zu sehen. Lina, die Tochter vom Zieglerwirt, galt als seine Braut. Seit zwei Jahren hoffte sie schon auf den Tag, an dem sie der gutaussehende Ranklsohn zum Traualtar führen würde. Doch Bruno hatte nicht nur Augen für sie und schob diesen freiheitsraubenden Tag mit listigen Ausreden immer wieder hinaus. Lina hing in treuer Liebe an ihm, doch auch ihre Geduld hatte Grenzen. So war es in jüngster Vergangenheit mehrmals zu hitzigen Wortwechseln gekommen. Wie Dörfler berichteten, sogar mitten in der Wirtsstube.

Nach Beendigung der Begräbniszeremonie brach die Trauergemeinde auf, um sich zum Leichentrunk beim Zieglerwirt zu begeben. Dort wurden zuerst fleißig die Maßkrüge geschwungen und zahllose Schnapsgläser geleert. In bierseliger Stimmung tat dann noch mancher seine Meinung über das Ableben des Rankl-Adi kund. Die Ansichten gingen weit auseinander. Man habe den Adi als ziemlich rabiaten Burschen gekannt, war zu hören. Also wäre der Schilderung des Jägerferdl durchaus Glauben zu schenken. Andere wieder hielten Ferdl für einen messerscharfen Revierwächter, der in seinem Diensteifer leicht übers Ziel hinausschießt.

Die schwarzhaarige Wirtstochter Lina stieß den neben ihr sitzenden Ranklsohn leicht mit dem Ellbogen an. „Schneid kein so grantiges Gesicht, Bruno“, bat sie. „Damit kannst den Adi auch nimmer lebendig machen. Er ist nun einmal den Hang hinuntergefallen. Damit mußt dich abfinden."

Sein Kopf fuhr ruckartig herum. Wütend funkelte er sie an: „Verschon mich mit der hirnrissigen Schwätzerei, Frauenzimmer! Der Adi ist den Hang net hinuntergefallen, sondern gestoßen worden. Merk dir das endlich! Und wer ihn gestoßen hat, ist auch bekannt." Mit verbissener Miene griff er zu seinem Weinglas und nahm einen kräftigen Schluck.

Lina gab noch nicht auf. „Das ist net bewiesen, Bruno, und ich glaub's auch net. Genau wie die meisten Leute im Dorf, die dem Jägerferdl eine solche Tat niemals zutrauen."

Der gutaussehende Braunhaarige knurrte: „Was sich in den Hirnkastln der Eigelsbrunner abspielt, geht mich nix an." In theatralischer Pose tippte er sich an die Stirn. „Ich hab meine eigenen Gedanken."

Angstvoll umklammerte sie seinen Arm. „Was hast vor, Bruno?"

Er schob die Unterlippe vor und starrte über die vielen Köpfe der Trauergäste hinweg zum Fenster hinüber. Kaum hörbar sagte er: „Zur Stund weiß ich's noch net. Aber bald werd ich's wissen."

Förster Heinisch hatte auch dem Begräbnis auf dem kleinen Dorffriedhof beigewohnt, sich aber im Hintergrund gehalten. Zum Leichentrunk war er nicht gegangen. Auf dem Heimweg erinnerte er sich des Blickes, den ihm der Bruder des

Toten zugeworfen hatte, als er ihm kondolierte. Es war nicht Haß gewesen oder Wut, die aus dem Blick herauszulesen waren. Eher eine düstere Ankündigung. Heinisch nahm sich vor, in Ferdls Gegenwart keine Andeutung über diesen Eindruck von sich zu geben.

Beim Abendessen saß er mit seinem Jagdhelfer und dessen Frau zusammen. Der Rostbraten schmeckte vorzüglich, und der graubärtige Forstmann sparte nicht mit Lob. Obwohl die blonde, junge Frau im Laufe der Zeit schon viele Anerkennungen aus seinem Munde eingeheimst hatte, röteten sich ihre Wangen vor Freude.

Ferdl wischte sich Bierschaum von den Lippen und lehnte sich zurück. „Wie war's auf dem Friedhof, Herr Förster", erkundigte er sich.

Achselzuckend erwiderte der Vorgesetzte: „Alles ist ruhig abgelaufen. Bald wird Gras über die ganze Sache wachsen und kein Hahn mehr danach krähen."

„Siehst du, mein Lieber", ließ sich Afra vernehmen und legte ihre kleine Hand auf die sehnige Rechte des Gatten, „der Herr Förster ist der gleichen Meinung wie ich. Du brauchst dir keine Sorgen mehr zu machen."

Der Jäger lächelte schwach. „Mich drücken keine Sorgen, Blondschöpfl", erklärte er gelassen. „Ein Weidmann muß immer Augen und Ohren offenhalten. Net bloß nach so einem Unglücksfall."

„Richtig, Bub", stimmte der Dienstherr zu. „In

nächster Zeit muß ich wohl auch täglich hinauf ins Revier steigen, um den Holzschlag vorzubereiten. Den Baumschaden, den der letzte Sturm angerichtet hat, möcht ich mir auch noch gründlich ansehen."

Ferdl schmunzelte. Er hatte verstanden. Der Förster wollte ihn vorerst nicht allein auf den Berg steigen lassen. Dessen Unbekümmertheit nach der Rückkehr vom Begräbnis war also gespielt. Sicher in erster Linie, um die junge Jägersfrau nicht zu ängstigen. Ferdl schickte einen dankbaren Blick zu dem Mann mit der glänzenden Glatze hinüber.

Nachdem sich Heinisch in sein Arbeitszimmer zurückgezogen hatte, verschwand Afra in der Küche. Ferdl blätterte gelangweilt in der Zeitung. Aus der Küche drang das Klappern von Geschirr an seine Ohren. Nach einer halben Stunde kehrte Afra zurück. Kichernd nahm sie ihm die Zeitung aus der Hand und setzte sich auf seinen Schoß. Ein dämmeriges Dunkel herrschte inzwischen in der Stube. Ferdl hatte die Lampe nicht angeschaltet.

„Ich weiß, daß du scharfe Augen hast, mein Bub", raunte sie ihm zu. „Aber daß du bei dem Zwielicht gelesen hast, kannst mir net weismachen. Über was hast nachgedacht? Heraus mit der Sprach!"

„Über dich natürlich, Schatzl", murmelte er. Doch das war nur die halbe Wahrheit.

„Komm!" sagte sie und erhob sich. „Du mußt

morgen früh aus den Federn." Sie begaben sich hinüber in ihre Schlafkammer. Wenig später lagen sie nebeneinander in den Betten. Nur ihre Finger berührten sich. Durch die Fensterscheiben blinkten ein paar Sternlein.

„Ich hab dich lieb, mein Weiberl", flüsterte er. „Vergiß das nie!"

„Wie könnt ich das jemals vergessen", flüsterte sie zurück. „Hoffentlich weißt du auch, daß meine Lieb bloß dir gehört."

Er griff nach ihr und zog sie zu sich herüber. Sie strich ihm zärtlich über das Haar, und seine Hände glitten über die kleinen, aber festen Rundungen, die sich durch das dünne Nachthemd abdrückten. Sehnsüchte erwachten in ihnen. Ihre Körper drängten zueinander und gaben sich dem Ansturm der Gefühle hin. Dieselben Sterne leuchteten noch, als sie müde und glücklich die Augen schlossen und einem neuen Morgen entgegenträumten.

★

Die Sonne hatte sich kaum über die Zinnen und Grate der östlichen Bergkette hochgeschoben und ihre goldenen Fühler auf die Talniederung ausgestreckt, da sprangen Afra und Ferdl aus ihren Betten. Ferdl dehnte gähnend die Arme. Dann drückte er sein junges Weib an sich, wünschte einen guten Morgen und klopfte ihr herzhaft auf die wohlgeformte Hinterseite. Afra kreischte leise auf, schlüpfte in den Morgenmantel und eilte in die Küche. Als sich Ferdl dort einstellte, tauchte auch der Förster auf.

Schnuppernd hob der kleine, vollbärtige Forstmann die Nase. „Da duftet's ja schon herrlich nach Kaffee und Schmalznudln", stellte er vergnügt fest. „Mir läuft das Wasser im Mund zusammen."

„Gleich ist's soweit, Herr Förster", versprach Afra.

Wenige Minuten später saßen die drei Bewohner des Försterhauses einträchtig um den Küchentisch und verzehrten mit Behagen ihr Frühstück. Die junge Frau füllte die Proviantbeutel der Männer mit nahrhafter Wegzehrung. Heinisch tätschelte ihre Wange zum Abschied, und Ferdl forderte ein heißes Busserl, das ihm auch nicht verwehrt wurde. Winkend stand Afra auf der Schwelle, bis die beiden Weidmänner hinter der nächsten Straßenkrümmung verschwanden.

Der Dienstherr und sein Gehilfe stapften zwischen Wiesen und Kornfeldern auf dem noch taufeuchten, lehmigen Weg dahin, der zum Fuß des Stallerjochs führte.

Dunstig spannte sich der Himmelsbogen über Berg und Tal. Zwei Graureiher zogen flügelschlagend durch die Lüfte. An den Gräsern der Wiesenhänge, die sanft anstiegen, hingen Tautropfen, die die Strahlen des Sonnenballes noch nicht weggeleckt hatten.

Heinisch hielt an und schob seinen ausgebleichten Hut aus der schweißglänzenden Stirn. Feixend sagte er: „Ein alter Mann muß ab und zu ein bisserl rasten, Bub."

Ferdl grinste. „Von einem alten Mann kann keine Red sein, Herr Förster", widersprach er. „Der Tag wird schwül. Ich spür's auch schon. Aber wir sind ja gleich droben im Wald. Dort läßt es sich angenehmer marschieren." Sein Blick schweifte talwärts und verharrte am Dach des Försterhauses. Dabei verzog sich sein Mund zu einem verträumten Lächeln.

Der Förster beobachtete ihn. Schmunzelnd legte er ihm eine Hand auf die Schulter. „Du hast allen Grund, glücklich zu sein, Bub", sagte er. „Net jeder hat ein so herziges Weiberl daheim, die noch dazu eine tüchtige Hauserin ist. Da die Lieb bekanntlich durch den Magen geht, kann bei euch eigentlich nix schiefgehen."

Der hochgewachsene Jagdgehilfe nickte. „Ich weiß, was ich an ihr hab." Er folgte mit den Augen einem Zitronenfalter, der vor ihm hin und her gaukelte und schließlich in einem Weißdorngebüsch verschwand.

Aufatmend erreichten die Forstleute die nicht sehr breite Waldung, durchstreiften sie eine Stunde lang und traten dann hinaus auf das Latschenfeld. Violett schimmerte der ewige Firn in den Felsgraten. Von der pilzförmigen Kuppe des Zweitausenders grüßte das Gipfelkreuz herab.

„Ich geh hinauf zum Steig in der Südwand und schau nach dem Gemsrudel, das in der vorigen Woche vom Habererkogel zu uns herübergewechselt ist", sagte Ferdl.

„Recht so, Bub", gab der Vorgesetzte zur Antwort. Nachdenklich kraulte er seinen Kinnbart. „Den strammen Bock, der das Rudel anführt, möcht ich gern sehen. Du hast mir so von ihm vorgeschwärmt."

Ferdl zog den Mund schief. „Was soll die Komödie, Herr Förster?" fragte er halb unwillig, halb belustigt. „Der Bock ist Ihnen völlig gleichgültig. Aber Sie wollen mich net aus den Augen lassen wegen dem Rankl-Bruno." Er stemmte die Fäuste in die Hüften. „Wenn ich jetzt bloß noch Dienst unter Aufsicht machen darf, häng ich meinen Beruf demnächst an den größten Nagel im Försterhaus."

„Gut, Bub", sagte Heinisch achselzuckend. „Ich kann dich net an der Leine führen. Aber schau dich alleweil gut um!"

„Versprochen!" Ferdl tippte grüßend an den Hutrand und stieg mit weitausgreifenden Schritten den mit Latschenstauden bestandenen Hang hinauf. Er langte bald an der Felsregion an und erklomm behende den Steig, der zur Südwand hinlief.

In der Wandmitte blieb er stehen und hob das Fernglas an die Augen. Vergeblich suchte er das Rudel, das er in der vergangenen Woche dreimal hatte sichten können. Er wollte das Glas schon absetzen, da weiteten sich seine Augen. Etwa fünfzehn Meter unter ihm hing eine Gestalt in der Wand, die zwar steil abfiel, aber schrundig und griffig war, so daß ein einigermaßen geschickter Kletterer gut vorankommen konnte. Doch die Gestalt bewegte sich nicht. Es schien, als sei sie mit dem Fels verwachsen. Nun erst fiel Ferdl auf, wie schmächtig, beinahe zierlich sie war.

„Das ist ja ein Frauenzimmer!" stieß er verblüfft hervor. Er ließ sich am Steigrand auf ein Knie nieder und beugte sich vor. „He, Madl!" rief er laut. „Was ist los? Kannst net weiter? Bist schwindlig?"

Die Angerufene hob den Kopf. Ferdl blickte in ein hübsches, aber schreckensbleiches Gesicht. „Mich hat plötzlich die Angst gepackt", ließ sich eine helle, zitternde Stimme vernehmen. „Da hab ich kein Glied mehr rühren können. Helfen Sie mir! Ich bitte Sie."

„Festhalten und net rühren!" rief Ferdl zurück und zerrte den Stutzen von der Schulter. „Ich komm gleich runter."

Er schwang sich über den Steigrand und hangelte sich abwärts. Der rissige Fels bereitete ihm keine Schwierigkeiten. Bald war er an der Seite der zierlichen Person angelangt, die in die übliche Bergsteigerkleidung gehüllt war. Die brünetten Haare trug sie hochgesteckt. Das Gesicht wies zarte, feine Linien auf. Ferdl merkte auf Anhieb, daß sie nicht ländlicher Herkunft war.

„Madl, Madl!" sagte er tadelnd. „Wie kannst bloß einen solchen Aufstieg riskieren, wo du doch überhaupt net bergerfahren bist?" Als sich die graugrünen Mädchenaugen mit Tränen füllten, schlug er sofort sanftere Töne an. „Net flennen, Dirndl! Gleich hast du wieder sicheren Boden unter den Füßen." Er rückte näher an sie heran. „Leg die Arme um meinen Hals und häng dich an mich! So ein Leichtgewicht trag ich spielend bergauf."

Zaghaft kam die hilflose Bergsteigerin der Aufforderung nach, umklammerte ihn und hing schließlich an seinem Rücken. Vorsichtig machte sich der Jäger an den Aufstieg. Die Last, die er nun hochzubefördern hatte, spürte er kaum. Sicher langte er am Steig an. Die dünnen Arme der Zierlichen lösten sich von seinem Hals. Immer noch zitternd stand sie ihm gegenüber. Aufmunternd lachte er sie an und griff nach ihren Händen.

„Jetzt ist alles vorbei, Madl", sagte er und drückte die winzigen Hände kräftig. „Brauchst dich nimmer zu fürchten. Interessieren tät mich freilich, was dich allein in die Wand getrieben hat, du Schmalgeiß."

Die großen, graugrünen Augen begannen wieder zu schwimmen. Verschämt drehte die Brünette den Kopf zur Seite und sagte: „Mit meinem Studienfreund Thomas bin ich in die Berge gefahren, weil doch Semesterferien sind. Thomas ist ein begeisterter Hochalpinist und besteigt beinahe jeden Tag einen anderen Berg. Ich aber sitze im Tal herum und langweile mich."

„Aha!“ Ferdl feixte. „Das Bürschl hat dich net mitgenommen, weil er dir solche Kletterpartien net zutraut, gelt?“

Sie nickte heftig, und eine Träne perlte aus den langen, gebogenen Wimpern. „Auf mein Bitten hat er nicht gehört. Da wollte ich heimlich üben, um ihm zu beweisen, daß ich doch bergtüchtig bin.“ Sie hob die Arme und ließ sie resigniert wieder fallen. „Wie der Versuch ausgegangen ist, wissen Sie ja. Ohne Ihre Hilfe wäre ich wohl nicht mit heiler Haut davongekommen. Ich danke Ihnen.“

„Net der Rede wert!“ Ferdl vollführte eine wegwerfende Handbewegung. „Wie heißt du eigentlich, Madl?“

„Hilde Gering. Ich studiere alte Sprachen.“

„Soso. Ich bin der Jägerferdl. So nennt mich jeder im Dorf. Aber jetzt nimmst ein Schlückerl und ein paar Bissen wirst auch vertragen nach der Aufregung.“

Durstig setzte Hilde Ferdls Feldflasche an den Mund und nahm einen kräftigen Schluck. Essen wollte sie nichts, doch der Jagdhelfer ließ nicht locker. Er nötigte sie, auf einem Stein Platz zu nehmen und drückte ihr ein Salamibrot in die Hand. Hilde knabberte zuerst lustlos daran herum. Doch plötzlich schien bei ihr der Appetit erwacht zu sein. Herzhaft kauend verzehrte sie das ganze Brot.

Der rothaarige Weidmann, der sich neben ihr niedergelassen hatte, schmunzelte. „So ist's recht", lobte er. „Schließlich brauchst du Kraft für den Abstieg." Er steckte eine Zigarette in Brand und blies genüßlich blaue Wölkchen in die klare Gebirgsluft hinaus. Je länger er seine Schutzbefohlene betrachtete, desto besser gefiel sie ihm. Sie hatte ihre anfängliche Scheu ziemlich abgelegt und plauderte munter darauflos.

„Das Wörtl ‚Herr' kannst weglassen", sagte Ferdl gemütlich. „Ich bin ein einfacher Jagdbediensteter. Nix sonst."

Sie lächelte ihn zutraulich an. Ferdl erhob sich und mahnte zum Aufbruch. Er hing sich den Stutzen über die Schulter und schritt hinter ihr auf dem schmalen Steig dahin, scharf darauf achtend, daß sie dem Steigrand nicht zu nahe kam.

Sie erreichten den schrägen Felshang und wanderten dann über das Latschenfeld dem Waldgürtel zu. Dort tauchte der Förster auf, der verdutzt die Begleiterin seines Gehilfen fixierte. Um dessen Mundwinkel zuckte es amüsiert. Mit wenigen Worten schilderte er, wie es zu dieser Bekanntschaft gekommen war. Heinisch klopfte ihm anerkennend auf die Schulter und schüttelte die Hand der Studentin.

„Da haben Sie unverschämtes Glück gehabt, Fräulein Gering", erklärte der Forstmann. „Ihr Bergabenteuer hätt einen unheilvollen Ausgang nehmen können. Na ja, jetzt ist alles gut." An Ferdl gewandt fragte er: „Was meinst, Bub? Kann man sie das letzte Stück allein hinuntersteigen lassen ins Tal?"

Die Miene des Jägers drückte Zweifel aus. „Ich möcht 's net riskieren", sagte er. „Am End verläuft sie sich noch im Wald."

„Auf mich wartet sowieso eine Menge Schreibarbeit daheim", sagte Heinisch. „Ich führ sie nach Eigelsbrunn."

Ferdl glaubte in dem Blick, der ihn aus den Mädchenaugen traf, ein stilles Bedauern entdeckt zu haben. Er verspürte Freude darüber in sich hochsteigen und fand keine Erklärung dafür. Hilde streckte ihm ihre Hand entgegen und bedankte sich noch einmal.

„Vielleicht sehen wir uns, Jägerferdl, solange ich noch hier im Dorf weile", sagte sie leise.

„Das kann leicht sein", antwortete der Jagdgehilfe eilig. „Eigelsbrunn ist ja net so groß."

Sie nickte. Zusammen mit dem Förster ging sie in den Wald hinein und war bald hinter den dickstämmigen Fichten und Kiefern verschwunden. Ferdl schob sich das verschwitzte Hütl weit in die Stirn und rieb sein eckiges Kinn. Dann machte er sich auf den Weg und durchstreifte die Waldung bis hinüber zur Westflanke des Berges. Dort trank er mit der Holzfällergruppe ein Schnapserl. Der Vorarbeiter erzählte ihm, daß der Förster bei ihm gewesen wäre und die schlagbaren Stämme in fieberhafter Eile ausgesucht hätte, um gleich wieder zu verschwinden.

„Kannst du dir erklären, warum es der Alte gar so eilig gehabt hat, Jägerferdl?"

Der junge Weidmann schüttelte den Kopf.

Doch er ahnte, was den Förster zu solcher Eile bewegt hatte. Die Sorge um ihn war es. Der fürsorgliche Dienstherr hatte nicht zu weit von ihm entfernt sein wollen. Für alle Fälle. Zu einem solchen Förster konnte sich ein Jagdhelfer nur gratulieren, fand er.

Die Holzknechte und er riefen sich noch ein paar launige Worte zu, dann trat er den Rückweg an. Am Tobel sah er eine Rehmutter mit ihrem Kitz friedlich äsen. Um die Tiere bei der Nahrungsaufnahme nicht zu stören, verhielt er ruhig an seinem Platz, bis Mutter und Kind zur Fichtenschonung hinüberwechselten. Dann wanderte er weiter. Kurz sah er in der Jagdhütte nach dem Rechten, verschlang dort mit Heißhunger die Reste in seinem Proviantbeutel und schöpfte Wasser aus dem Blecheimer, um seinen Durst zu löschen. Den Zitronentee in der Feldflasche hatte die zierliche Bergsteigerin fast ganz ausgetrunken, erinnerte er sich lächelnd.

Auf dem Serpentinenpfad wanderte er bergab, denn die Sonne war schon weit nach Westen gerückt. Ferdl lauschte dem vielstimmigen Vogelkonzert. Leise pfiff er mit. Der Pfad schlängelte sich bis hin zum steilen Waldhang. Dort trat plötzlich eine hochgewachsene, breitschultrige Männergestalt hinter einer Lärche hervor. Der junge Weidmann erkannte die Gestalt auf den ersten Blick. Sein Schritt verlangsamte sich. Obwohl er dagegen ankämpfte, beschlich ihn ein flaues Gefühl in der Magengegend.

Der Rankl-Bruno verschränkte die Arme vor der Brust. Seine Augen wurden schmäler, und der Mund verzog sich zu einem erzwungenen Grinsen. „Grüß dich, Rotschopf!“ stieß er gepreßt hervor. „Ich hab auf dich gewartet, ohne zu wissen, ob du auch wirklich kommst.“

Ferdl hielt an. Sein Daumen umspannte den Riemen des Stutzens fester. Er räusperte sich. „Vielleicht hast du eine besonders feine Nase, Bruno, und kannst riechen, wer in der Näh ist“, sagte er kühl.

Bruno deutete mit ausgestrecktem Finger zum oberen Rand des Waldhanges hin. „Was das für eine Stelle ist, wirst ja wohl wissen, Rotschopf“, ließ sich der hochgewachsene Bursche vernehmen. In seiner Stimme schwang ein Unterton mit, der Ferdl zu höchster Wachsamkeit veranlaßte. „Hier ist mein Bruder Adi abgestürzt. Aber net von selber. Da hat einer nachgeholfen.“ Hörbar stieß er die Luft zwischen den Zähnen hindurch. „Wer das wohl gewesen ist?“

Ferdl richtete sich zu seiner vollen Größe auf. „Ich net, Bruno“, sagte er mit Schärfe. „Mach dich endlich von dem Hirngespinst frei, daß dein Bruder umgebracht worden ist. Mir hat er ans Leder wollen, aber ich bin rechtzeitig beiseite gesprungen. Dann ist er hinabgefallen.“ Seine Stimme hob sich. „Hörst du, Bruno! Gefallen ist er, der Adi!“

Die Augen des Viehhändlers wurden noch schmäler. „Das kannst du sagen, singen oder auch beten, Jägerferdl. Mich täuschst du net. Du bist ein Mordbub, der sich einbildet, daß er ungeschoren davonkommt. Aber das ist ein Irrtum."

„Glaub, was du willst, Bruno!" Ferdl hatte genug von diesen Anschuldigungen. „Mein Gewissen ist rein, und das ist die Hauptsache." Er wandte sich zum Gehen.

Mit einem Sprung war Bruno bei ihm. Seine Finger krallten sich in den Joppenaufschlag des Weidmannes. „Wir haben noch net ausgeredet, Rotschopf", keuchte der Angreifer. „Ich muß dir noch sagen, daß es dich vielleicht heut noch net erwischt. Vielleicht auch noch net morgen. Aber deine Stünderl sind gezählt. Keine ruhige Minute sollst du mehr haben, bis du endlich ins Gras beißen mußt, wie mein Bruder ins Gras hat beißen müssen."

Ferdl umfaßte die Handgelenke des Braunhaarigen. „Loslassen, Bruno!" knurrte er. „Ich rat dir gut."

Bruno schien diesen Rat überhört zu haben. Da drehte Ferdl die Handgelenke des Burschen so kräftig herum, daß dieser einen gequälten Schrei nicht unterdrücken konnte. Ferdl stieß ihn von sich weg. Der Breitschultrige torkelte auf den Abgrund zu. Zwei Schritte davor fing er sich.

„Ah! Mich hättest also auch hinabstoßen wollen, du Mordgesell", keuchte er. „Das ist der Beweis."

„Du verblendeter Narr", sagte Ferdl verächtlich. „Geh mir in Zukunft aus dem Weg, das ist besser für dich und für mich." Mit weitausgreifenden Schritten entfernte er sich.

„Du wirst mich net los, bis wir quitt sind, Rotschopf", brüllte Bruno hinter ihm her. „Denk dran!"

Der Jäger hielt sich die Ohren zu und eilte davon. Er konnte diese gellende, hysterische Stimme nicht mehr hören. Außer Atem und ziemlich erschöpft traf er im Försterhaus ein. Afra musterte ihn mit besorgten Blicken und schlang die Arme um seinen Hals.

„Was ist vorgefallen, mein Herzbub?" fragte sie.

Er zwang sich zu einem Lächeln. „Nix ist vorgefallen, mein Weiberl", heuchelte er. „Du siehst Gespenster."

„Net schwindeln, Liebster", bat sie. „Dein Gesicht ist ein offenes Buch für mich. Irgendwas ist vorgefallen, das du mir verschweigen willst. Wahrscheinlich, um mich net zu beunruhigen." Sie drängte sich näher an ihn. „Sprich dich aus, Ferdl! Das erleichtert."

Er sah ein, daß weiteres Leugnen zwecklos war. „Wir reden miteinander, wenn der Förster zu Bett gegangen ist", versprach er. „Der gute Mensch soll sich net meinetwegen den ganzen Abend über sorgen."

„Einverstanden", sagte Afra und löste sich zögernd von ihm. Beunruhigt ging sie in die Küche, um die letzten Vorbereitungen für das Nachtmahl zu treffen.

★

Die letzten Töne des Eigelsbrunner Gemeindechors verklangen. Die Zuhörer spendeten eifrig Beifall. Damit war der musikalische Abend im Pfarrsaal beendet. Die Dörfler strömten hinaus in den lauen Sommerabend. Afra und ihre Freundin Rosl waren unter den Zuhörern gewesen.

Die beiden Freundinnen schlenderten durch die nächtlichen Dorfgassen, die das matte Licht des Mondes und die wenigen Laternen nur spärlich erhellten. Die jungen Frauen unterhielten sich über die soeben gehörten Darbietungen.

An der Ecke der Wendelsteinstraße trennten sie sich mit einem fröhlichen Gutenachtgruß. Afra ging allein weiter. Sie freute sich schon auf daheim. Sicher war Ferdl noch aufgeblieben und erwartete ungeduldig ihre Rückkehr.

In der Nähe des Marktplatzes kam sie an der Zieglerwirtschaft vorbei. Die Tür des Gasthauses drehte sich geräuschvoll in den Angeln, und ein hochgewachsener Mann kam heraus. Die Hängeampel über der Tür erhellte für Sekunden sein Gesicht. Afra erkannte ihn sofort. Es war der Rankl-Bruno. Dieser beachtete sie nicht und ging in entgegengesetzter Richtung weiter.

Afra fiel ein, was Ferdl ihr kürzlich von seiner Begegnung mit dem Viehhändler erzählt hatte. Sie blieb stehen und drehte sich um. Sie sah den breiten Rücken des jungen Mannes und hörte das Klappern seiner Schuhe auf dem Straßenpflaster. Entschlossen eilte sie hinter ihm her. Am Ende der Straße hatte sie ihn eingeholt.

„Grüß dich, Bruno!" sagte sie ein wenig atemlos. „Ist 's erlaubt, daß ich ein paar Wörtl mit dir red?"

Überrascht hielt der braunhaarige Bursche an. Den Kopf vorgebeugt betrachtete er die blonde, junge Frau. Dann stieß er einen leisen Pfiff aus. „He! Das ist ja die Jäger-Afra." Zwischen seinen Augenbrauen tauchte eine steile Falte auf. „Hör, Weiberl! Mit dir hab ich nix zu schaffen und nix zu schwatzen. Pfüat dich!" Mit Riesenschritten setzte er seinen Weg fort.

Doch Afra blieb an seiner Seite. Sie mußte laufen, um nicht von ihm abgehängt zu werden. Bittend hob sie die Hände. „Ich fleh dich an, Bruno", stammelte sie erregt, „laß mit dir reden. Vernünftige Wörtl haben schon oft eine schlimme Sache verhindert."

„Ah! Um gutes Wetter für deinen Mordbuben willst betteln", höhnte er. „Die Müh spar dir. Auf dem Ohr bin ich schwerhörig." Er verlangsamte seine Gangart nicht.

„Glaub mir, Bruno", würgte Afra hervor, „der Ferdl ist am Tod deines Bruders unschuldig. Wer ihn kennt, der weiß, daß er zu so einer Tat net fähig wär."

„Ich glaub dir net", knurrte Bruno. „Und jetzt geh deiner Wege. Gute Nacht!"

Afra preßte die Lippen zusammen und packte wütend und angstvoll zugleich seinen Arm. Sie zwang ihn stehenzubleiben. „Willst wirklich einer Frau ein paar Wörtl verwehren, du bockbeiniger Stoffel?“ fuhr sie ihn an. „Im Dorf sagt man, der Bruno wär ein Mannsbild, das mit Frauenleuten umzugehen wüßt. Ich sag, das ist ein Märchen.“ Sie ließ ihn los. Ihre wohlgeformte Brust hob und senkte sich erregt.

Verblüfft starrte sie der braunhaarige Mann an. Dann lachte er leise. „Du hast ja Paprika im Blut, Jäger-Afra“, staunte er. „Und wenn ich dich so anschau, du bist auch bildsauber. Das ist mir bisher noch net aufgefallen.“

„Auf das Geschwafel verzicht ich gern“, wehrte sie unwillig ab. „Über die dumme Feindschaft zwischen dir und meinem Mann will ich sprechen. Und über die Drohungen, die du gegen ihn geäußert hast.“

Er schien ihren Einwand überhört zu haben. „Wirklich bildhübsch“, murmelte er und wischte ihr eine blonde Haarsträhne aus der Stirn. Dann schüttelte er verständnislos den Kopf. „Wie kann sich ein solches Prachtweib bloß in den rothaarigen Jägergockel vergaffen? Der paßt zu dir wie ein Ackergaul zu einer feurigen Fuchsstute.“ Wieder schüttelte er den Kopf.

„Schluß damit!“ fauchte sie. „Vielleicht kann es der Ferdl vom Aussehen her net mit dir aufnehmen. Aber charakterlich taugt er tausendmal mehr als du.“

Im Haus hinter ihnen flammte Licht auf. Bruno haschte nach ihrer Hand. „Schnell, gehen wir hinüber zu den Bäumen am Kriegerdenkmal, Afra!“ raunte er ihr zu, „Sonst kommst am End gar in Verruf.“ Er grinste. „Die hochsittsame Jägersgattin und der Weiberheld Bruno! Das wär der richtige Gesprächsstoff für die Eigelsbrunner Ratschmäuler.“

Die blonde Frau wollte sich dagegen sträuben, doch sie sah rasch ein, daß er recht hatte. In diesem Dorf kam man flink ins Gerede. Das wollte sie Ferdl nicht antun. Willig folgte sie dem hochgewachsenen Burschen hinüber zum Kriegerdenkmal. Bruno zog sie in den Schatten zweier, dicht beieinanderstehender Akazien.

Er hielt immer noch ihre Hand fest. „So! Hier sind wir sicher vor neugierigen Stielaugen.“ Sein Gesicht näherte sich dem ihren. „Wenn du zornig bist, gefällst du mir noch besser“, behauptete er. „Ich weiß net, was ich an dir am meisten bewundern soll, die himmelblauen Guckerl, das reizende Naserl oder den Mund, der bestimmt süße Busserl verschenken kann.“

Ärgerlich entriß sie ihm ihre Hand. „Ich bin net mit dir hierhergegangen, um mir dein Geturtel anzuhören, Bruno“, sagte sie abweisend und trat einen Schritt zurück. „Verhindern will ich, daß ihr euch gegenseitig die Köpf einschlagt, du und der Ferdl.“

Der Ranklsohn steckte eine Zigarette in Brand und stieß den Rauch durch die Nase aus. Spielerisch wippte er auf den Fußballen. „Um mein Köpfl wirst wohl kaum besorgt sein, Afra“, vermutete er. „Dir geht's bloß darum, daß deinem Rotschopf nix passiert." Sein Blick wanderte hinauf zum schwarzblauen Himmelszelt, an dem sich zwischen dünnen Schleierwölkchen blinkende Sterne zeigten.

„Nein, Bruno", sagte sie, und er staunte über die Wärme, die in ihrer Stimme war. „Es tät mich auch treffen, wenn du zu Schaden kämst. Ich bin überzeugt, in dir steckt ein guter Kern, auch wenn er nur selten sichtbar wird."

Der Bursche schnippte den Zigarettenrest im hohen Bogen weg. Aus seinem gutgeschnittenen Gesicht mit dem kecken Bärtchen war das Lächeln verschwunden. Neben seinen Mundwinkeln gruben sich tiefe Linien ein. „Das ganze Gered ist für die Katz, Jäger-Afra", sagte er hart. „Zwischen dem Ferdl und mir ist eine Rechnung offen, die beglichen werden muß. Und sie wird beglichen." Mit zwei Fingern tippte er an den Hutrand. „Geh schlafen, Afra! Du hast es gut gemeint. Es nützt aber nix." Er drehte sich auf dem Absatz um und wollte sich entfernen.

Mit einem Sprung stand die junge Frau vor ihm und versperrte ihm den Weg. Sie legte ihm die Hände auf die Schultern. Ihre Augen füllten sich mit Tränen. „Das kann net dein letztes Wort sein, Bruno", schluchzte sie auf. „Hab ein Einsehen! Laß uns Frieden schließen miteinander!" Ein weiterer Schluchzer folgte.

„Afra!" murmelte Bruno verwirrt. „Net weinen. Ich kann Frauentränen net sehen." Mit seinen Händen umfaßte er das Gesicht der Blonden. Dann beugte er sich zu ihr hinab und küßte ihr die Tränen von den Wangen. Seine Lippen suchten ihren Mund und fanden ihn. Er glaubte sogar einen schwachen Gegendruck zu verspüren.

Afra hing kraftlos in seinen Armen. Sie wußte nicht mehr, war es Traum oder Wirklichkeit, was in dieser Minute im Schatten der breitästigen Akazien vorging. Sie wollte sich von ihm lösen und fühlte zugleich den Wunsch, diesen Kuß endlos auszudehnen. Der heisere Schrei eines Nachtvogels riß sie aus ihrer Versunkenheit. Mit einem Schlag kehrte sie zurück in die Welt, die es für ein paar lange, wonnige Sekunden nicht mehr gegeben hatte. Sie sah Brunos Gesicht und das verlangende Aufleuchten in seinen Braunaugen.

Heftig stieß sie ihn von sich weg. Die Schamröte brannte auf ihren Wangen. „Du hast ausgenützt, daß mich die Angst und die Sorg für einen Moment übermannt haben", würgte sie hervor. „Das war hinterhältig, Bruno, ganz hinterhältig."

„Aber Afra", sagte er zärtlich. „Zuerst hat mich das Mitleid am Schopf gehabt, und dann hab ich plötzlich gemerkt, daß ich dich mag. Von Herzen mag."

„Redet man so mit einer verheirateten Frau?" fragte sie empört. „Du hast wohl keinen Funken Ehr im Leib, gelt?"

Lächelnd sagte er: „Ein Herz schaut net auf

den Trauschein, Afra. Es meldet sich zu Wort, ob man will oder net." Er wollte ihr über das weizenblonde Haar streichen, doch sie wich zurück. „Du kannst mir net weismachen, daß dein Herzerl net auch ein bisserl mitgespielt hat. Ich glaub, es klopft jetzt noch ein wenig schneller als sonst."

„Gute Nacht!" würgte sie hervor und eilte davon.

„Ich bin morgen nach Einbruch der Nacht wieder hier, Afra", rief er ihr nach. „Bis dahin hab ich mir überlegt, ob die Feindschaft zwischen dem Ferdl und mir begraben werden kann oder net. Du wirst es wissen wollen."

Die junge Frau hastete durch die stillen, menschenleeren Gassen auf den Ortsrand zu. In ihrem Kopf wirbelten die Gedanken wirr durcheinander. Sie sehnte sich danach, in Ferdls Arme zu sinken und fürchtete sich in der gleichen Sekunde davor. Ihr ratloser Blick irrte über die dunklen Fensterscheiben der Häuser. Dahinter schliefen ehrbare Bürger. Durfte sie sich noch zu diesen Bürgern zählen? Sie wußte es nicht und eilte weiter. Als das rote Ziegeldach des Försterhauses auftauchte, verlangsamten sich ihre Schritte. Sie spürte kalten Schweiß auf ihrer Stirn. Mit zitternden Fingern steckte sie den Schlüssel ins Schloß. Im Flur brannte Licht. Eine hochgewachsene Männergestalt kam ihr mit ausgebreiteten Armen entgegen.

„Da bist ja endlich, mein Herzblattl", rief Ferdl

erleichtert aus. „Hat denn das Chorsingen so lang gedauert?"

Afras Kopf lehnte an seiner Brust. Sie überlegte nicht lange. Ferdl hätte niemals verstanden, daß sie sich aus Angst um ihn zu nächtlicher Stunde mit dem Ranklsohn am abgelegenen Kriegerdenkmal aufgehalten hatte. Er hätte noch weniger verstanden, daß sie ... Afra wagte den Gedanken nicht zu Ende zu denken.

Sie schüttelte den Kopf. „Nein, Liebster", sagte sie so unbefangen wie möglich. „Die Rosl und ich, wir haben auf dem Heimweg noch Bekannte getroffen. Da ist es halt zu einer längeren Unterhaltung gekommen."

Ferdl schmunzelte. „Die Weiberleut haben allweil fleißige Münder. Mein herziges Weiberl macht da keine Ausnahm." Er küßte sie auf die Stirn. „Trinken wir noch ein Glaserl Wein, bevor wir ins Bett kriechen?"

„Nein, Ferdl. Heut steht mir nimmer der Sinn danach. Ich möcht schlafen gehen."

„Auch gut, Herzkäferl", stimmte der Jagdgehilfe zu. Bevor Afra sich dagegen wehren konnte, nahm er sie auf seine starken Arme und trug sie hinüber in die Schlafkammer. Wenig später lagen sie nebeneinander in den Betten. Ferdl befühlte Afras Schulter und Arme.

„Du bist ja ganz kalt, Schatzl", stellte er fest. „Soll ich dich noch ein bisserl wärmen?"

„Net nötig", erwiderte sie rasch. „Schlaf jetzt! Die Nacht ist bald vorüber."

Ein wenig bedauernd drehte sich Ferdl auf die andere Seite und lag Minuten später in tiefem Schlummer. Afra dagegen wälzte sich stundenlang hin und her. Gewissensbisse nagten unablässig an ihr. Sie suchte krampfhaft nach Entschuldigungen, fand aber keine. Erst eine Stunde vor Tagesanbruch schlief sie ein und wachte schweißgebadet auf, als Ferdl aus dem Bett sprang. Sie konnte kaum die Lider heben und beantwortete Ferdls munteren Morgengruß im Halbschlaf. Müde und zerschlagen torkelte sie in die Küche und bereitete das Frühstück für ihn vor. Während der Jagdhelfer herzhaft zugriff, nippte sie nur an ihrer Kaffeetasse.

Ferdl griff grinsend über den Tisch hinweg nach ihrem Arm. „Du bist ja allweil noch net ganz wach, Schatzl", konstatierte er. „Man könnt meinen, du hättest ein Pfund Schlafpulver geschluckt."

Afra verzog den Mund, was wohl ein Lächeln andeuten sollte. „Mich haben schlimme Träume geplagt", sagte sie und unterdrückte ein Gähnen. Gleich darauf bereute sie diese Notlüge, denn Ferdl eilte sofort um den Tisch herum, nahm sie mitleidig in den Arm und wollte haargenau wissen, welche Träume das waren. Die junge Frau erfand gräßliche Ungeheuer, worauf sich Ferdl alle Mühe gab, ihr diese Ungeheuer auszureden.

Erleichtert atmete sie auf, als hinter dem Jäger die Tür ins Schloß fiel. Sie sank auf den Stuhl zurück und stützte den dumpfen Kopf in beide

Hände. Noch nie vorher hatte sie vor ihrem Mann Geheimnisse gehabt. Daß es nun eines gab, war auf ihre gute Absicht zurückzuführen, eine Feindschaft aus der Welt zu schaffen, die verhängnisvolle Folgen haben konnte. Das war eine der Entschuldigungen, die sie für sich in Anspruch nahm. Aber daß sie die halbe Nacht an einen braunhaarigen Burschen mit rehfarbenen Augen und einem kecken Schnurrbärtchen hatte denken müssen, das hatte mit ihrer Sorge um Ferdl nichts mehr zu tun, wie sie sich freimütig eingestand.

Sie stand auf und fuhr mit der Hand durch die Luft, als wollte sie alles, was ihr Kopfzerbrechen bereitete, fortscheuchen. Es blieb ihr auch keine Zeit mehr dafür, denn der Förster tauchte auf, grüßte freundlich und setzte sich an den Frühstückstisch. Während er seine Brote mit Gänseschmalz bestrich, beobachtete er sie aus den Augenwinkeln.

„Du hast Schatten unter den Augen, Kindl", stellte er fest. „Geht es dir net gut?"

Sie schüttelte den Kopf. „Ich hab bloß ein bisserl unruhig geschlafen", lautete ihre Antwort. „Ist's recht, wenn ich heut mittag Ochsenfleisch mit Wirsing auf den Tisch bring, Herr Förster?"

„Freilich, Kindl", beeilte sich Heinisch zu versichern. „Was du zubereitest, ist immer recht." Nachdenklich kraulte er seinen eisgrauen Vollbart. „Hoffentlich hält der Ferdl die Augen offen", sagte er so leise, als spräche er zu sich selbst. „Ich glaub zwar net, daß der Rankl-Bruno Dummheiten macht, aber beschwören möcht ich's trotzdem net."

Afra stellte die Schüssel hin, die sie eben zu Ofen getragen hatte und drehte sich um. „Vom Bruno droht dem Ferdl wohl keine Gefahr mehr", sagte sie. „Seine anfängliche Wut hat sich bestimmt schon gelegt. Der Bruno ist kein Narr, der sein eigenes Leben ruiniert."

„So wird's wohl sein", murmelte Heinisch. „Außerdem ist der Ferdl ein Weidmann, der die Gefahr riecht. Der hat einen Naturinstinkt, den man heutzutage selten mehr vorfindet." Er holte seine Pfeife hervor, stopfte sie und steckte sie in Brand. Behaglich ließ er zwischen den Lippen blaue Wölkchen hervorquellen.

★

Ferdl stapfte zur selben Zeit über die welligen Bergwiesen auf das Kar zu. Dort war erst kürzlich ein Gemsenjunges abgestürzt. Der Fels war stellenweise mürbe und bröckelte unter den Hufen der vierbeinigen Bergbewohner ab. Auch Wilderer hatte der Jäger dort schon angetroffen. Es war ratsam, gelegentlich dort nach dem Rechten zu sehen.

Große Wolkenbänke hingen am Himmelsbogen und schoben sich von Zeit zu Zeit vor das glühende Tagesgestirn. Ferdl empfand das als angenehm, denn der leichte Bergwind kühlte nur wenig. Weit im Hintergrund kräuselte sich ein dünner Rauchfaden in die klare Luft. Der stammte aus dem Schornstein der Sennhütte, die aber hinter einem Wiesenbuckel stand und für Ferdl vorläufig noch unsichtbar war.

Er näherte sich dem Kar bis auf etwa hundert Schritte. Da blitzte es aus der breiten Felsrinne auf. Gleichzeitig peitschte der scharfe Knall eines Büchsenschusses über die Höhen. Dicht neben dem Jagdgehilfen bohrte sich ein Geschoß in den weichen Wiesenboden.

Ferdl zuckte zusammen. Geistesgegenwärtig warf er sich ins Gras und riß im Fallen den Stutzen vom Rücken. Ohne genau zu zielen feuerte er in Richtung der mächtigen Felsnische. Der heimtückische Schütze antwortete sofort mit zwei weiteren Schüssen. Eine Kugel strich dicht über Ferdls Kopf hinweg, die andere landete einen halben Meter vor ihm in der mit spärlichem Gras und Moospolstern bedeckten Erde. Ferdls Blick flog gehetzt nach allen Seiten. Er gab sich keinem Zweifel hin, daß sein unsichtbarer Gegner gewaltig im Vorteil war. Auch wenn er den Kopf noch so tief in das kaum wadenhohe Gras duckte, vom Kar aus war er deutlich zu erkennen. Der nächste Schuß konnte schon ein Volltreffer sein. Dann war es aus mit ihm. In einer Entfernung von dreißig Schritten ragten zwei Krüppelkiefern auf, die nur eine Schulterbreite voneinander getrennt waren. Wenn er sie erreichte, steigerten sich die

Chancen, den gemeinen Anschlag zu überleben, um ein Vielfaches.

Ohne eine Sekunde länger zu zögern, schnellte er hoch und rannte auf die dünnstämmigen Bäumchen zu. Dabei schlug er Haken wie ein Feldhase. Es krachte wieder. Ferdl vernahm das Pfeifen der Büchsenkugel. Unbeirrt raste er weiter. Nur noch ein Dutzend Schritte trennten ihn von den Krüppelkiefern, da fuhr ihm ein glühender Hauch über die rechte Wange. Den Knall hatte er völlig überhört. Keuchend sprang er hinter die schützenden Stämme und fiel zu Boden. Vor seinen Augen tanzten Sterne und Kreise, und in den Schläfen hämmerte das Blut. Er rang nach Luft und drückte die Nase in den moosigen Boden.

Es krachte aufs neue. Das Geschoß riß ein Rindenstück von der Kiefer, hinter der Ferdl lag. Ferdl schoß zurück, ohne jede Hoffnung, den meuchlerischen Feind zu treffen. Darauf war es eine Weile still. Ferdl ahnte, daß der Gegner nachladen mußte. Blitzschnell überlegte er, ob die Zeit ausreichen würde, um zum Kar zu laufen. Resigniert schüttelte er den Kopf. Das würde sein sicheres Ende bedeuten.

Minute um Minute verstrich. Nach Ferdls Schätzung lag er nun schon eine Viertelstunde hier, ohne daß irgend etwas geschah. Der Schütze schien auf eine Unbedachtheit seines Opfers zu warten. Der Jäger lächelte grimmig. Diesen Gefallen wollte er dem feigen Halunken nicht erweisen. Doch mit fortschreitender Zeit wuchsen in ihm Ungeduld und Unrast. Er war ein Tatmensch und gewohnt zu handeln. Darauf warten zu müssen, was ein anderer unternahm, erweckte seinen Zorn, der sich immer mehr steigerte. Die Zähne gruben sich in die Unterlippe. Wütend riß er den Kolben der Waffe an die Wange und gab in rasender Folge drei Schüsse ab. Dann sprang er auf und hetzte im Zickzacklauf auf die breite Felskerbe zu. Dabei schoß er noch zweimal. Als er die schrundige Einbuchtung des Kars erreichte, suchten seine aufgerissenen Augen vergebens nach dem mordlüsternen Heckenschützen. Dieser war verschwunden. Ferdls Blicke schweiften in die Höhe. Für den Schurken war es in der dunklen Aushöhlung ein leichtes gewesen, unbemerkt hochzuklettern und über den oberen Steg zu verschwinden. Die Verfolgung aufzunehmen wäre ein aussichtsloses Unterfangen gewesen.

Wütend spuckte Ferdl aus und hing sich den Stutzen auf den Rücken. Als er aus der Karhöhle hervortrat, sah er die Sennerin Mali mit schreckgeweiteten Augen stehen.

„Jägerferdl!“ stieß sie hervor und trat auf ihn zu. „Dem Himmel dank ich, daß dir nix geschehen ist. Nach der wilden Schießerei hab ich schon das Schlimmste befürchtet.“

Ferdl grinste verzerrt. „Unkraut verdirbt net“, sagte er gepreßt. „Mußt dir meinetwegen keine grauen Haare wachsen lassen, Mali. Aber es freut mich, daß du dich um mich gesorgt hast."

Ihr derbes, gutmütiges Gesicht verzog sich zu einem erleichterten Lächeln. „Auch wenn du dich nur selten auf der Alm blicken läßt, aber man gewöhnt sich trotzdem aneinander." Sie drehte den Kopf nach allen Seiten, und ihre Miene drückte Ratlosigkeit aus. „Mit wem hast du dich nun eigentlich geschossen, Jäger?"

Die Miene des Gefragten verdüsterte sich. „Wenn ich das wüßt, wär mir leichter ums Herz", knurrte er. „Aber das Mordbübl hat sich feige aus dem Staub gemacht." Er holte tief Atem. „Bis jetzt hab ich noch keine Zeit gefunden, darüber nachzudenken, von welcher Adresse die Kügerl auf mich abgefeuert worden sind. Aber langsam geht mir ein Laternderl auf. Ein sehr helles sogar."

„Es heißt, der Rankl-Bruno wär hinter dir her, Ferdl. Kann er es gewesen sein?" Der Sennermagd stand die Neugier ins Gesicht geschrieben.

Feixend schüttelte der rothaarige Weidmann den Kopf. „Wohl kaum", meinte er. „Das geschniegelte Bürschl nimmt net selber einen Schießprügel in die Hand." Aus den Jägeraugen schossen Blitze. „Der Haderlump zieht lieber die Brieftasche und schickt einen gewissenlosen Strolch los."

„Ojemine!" entfuhr es der entsetzten Almhüterin. „Kannst ihm das beweisen, Ferdl?"

„Leider net." Der Jäger hob die Arme und ließ

sie resigniert fallen. „Dazu hätt ich schon den Schützen erwischen und die Wahrheit aus ihm herausprügeln müssen. Aber der Schuft ist mir durch die Finger geschlüpft. Ich muß wohl warten, bis wieder auf mich geschossen wird."

„Alle guten Geister!" stammelte Mali. „An deiner Stell hätt ich keine ruhige Minute mehr."

Der Jagdhelfer lachte bitter. „Man muß halt die Ohren spitzen. Und ein bisserl Glück gehört auch dazu. Dann geht nix schief."

Die Sennerin beugte sich vor. „An deiner Wange ist getrocknetes Blut, Jägerferdl. Woher hast die Verletzung?"

Ferdl griff sich an die bezeichnete Stelle. Er schnitt eine Grimasse. „Da haben bloß ein paar Zentimeter gefehlt, und der Schütz hätt ganze Arbeit gemacht." Er tätschelte den gutgepolsterten Rücken der Sennerin. „Sorg dich net, Mali! Das ist ein harmloser Kratzer. Mein Gesicht ist sowieso net das schönste. Der Kratzer schadet also net. Aber jetzt wird's Zeit, daß ich drunten Meldung erstatte. Pfüat dich, Dirndl! Ich schau bald bei dir vorbei. Ist von deinem guten Obstlerschnaps noch was übrig?"

„Genug, Jägerferdl", rief ihm Mali nach und winkte, bis er im Schatten der Waldung verschwunden war.

Die Glocken der Eigelsbrunner Dorfkirche läuteten die Mittagsstunde ein, als Ferdl den Fuß des Zweitausenders erreichte. Am Himmel hatte sich die Wolkendecke verdichtet, und der Sonne gelang es nicht mehr, ihre feurigen Sendboten auszuschicken. Außerdem frischte der Wind auf und trieb das dräuende, schwarzgraue Gewölk, das im Westen ziemlich tief hing, immer näher auf das Tal zu.

Afra stürzte ihrem Mann im Vorgarten entgegen und klammerte sich an ihn, als wollte sie ihn ein Leben lang nimmer loslassen. „Ich bin vor Angst fast vergangen“, stammelte sie ihm ins Ohr. „Der Förster und ich haben die Schüsse gehört. Er wollte schon hinaufsteigen, ist sich darüber aber klargeworden, daß er auf jeden Fall zu spät käm, wenn ...“ Sie schluckte krampfhaft. „Er wollte noch eine Weil warten und dann erst auf den Berg gehen.“

Heinisch tauchte auf der Schwelle auf. Ihm war deutlich anzumerken, was er in dieser Sekunde fühlte. „Bub!“ sagte er heiser. Und dann noch einmal: „Bub!“

Ferdl drückte die ihm entgegengestreckte Hand. Die drei Menschen gingen ins Haus. Der junge Jäger wollte in der Wohnstube Bericht erstatten, doch die drängenden Fragen der beiden Menschen ließen ihn nicht so weit kommen. Noch im Flur mußte er seine Erlebnisse schildern. Afras Finger krallten sich in ihre Bluse, und der Förster preßte die Lippen so fest aufeinander, daß sie wie ein schmaler Strich wirkten. Kaum daß Ferdl geendet hatte, stampfte er ergrimmt mit dem Fuß auf.

„Jetzt geht's ihm an den Kragen, dem rachsüchtigen Früchterl", knirschte Heinisch. „Auch wenn er net selber abgedrückt hat, aber daß seine Pfoten mit im Spiel sind, das ist wohl jedem klar, der noch vernünftig denken kann."

Afra hüstelte laut. „Ich kann mir net vorstellen, daß er den Mordschützen losgeschickt hat", sagte sie mit tonloser Stimme.

„Warum net?" fragte Heinisch scharf. In diesem Ton hatte er noch nie mit der jungen Hauserin gesprochen.

„Weil der Bruno net dumm ist und sich genau ausrechnen kann, daß der Verdacht sofort auf ihn fällt, wenn irgend etwas passiert."

Ferdl rieb sein Kinn. „Da hat sie net ganz unrecht", sagte er bedächtig. „Der Zeitpunkt wär wirklich blitzdumm gewählt."

Heinisch steckte die Pfeife in den Mund, obwohl sie nicht brannte. „Das ist net zu leugnen", gab er zu. „Trotzdem verständige ich jetzt den Fitz, den Dorfgendarm. Er soll sich den Rankl vorknöpfen. Ob die Kriminalpolizei eingeschaltet werden muß, soll er entscheiden." Immer noch an der kalten Pfeife saugend, stürmte der Forstmann in sein Arbeitszimmer und hob den Telefonhörer ab.

Auf Anordnung des Dienstherrn durfte Ferdl an diesem Tag das Försterhaus nicht mehr verlassen. Ferdl hielt diesen Befehl für nicht sehr geistreich. Seiner Meinung nach würde sich an diesem Tag sowieso niemand mehr an ihn heranwagen. Doch er fügte sich brummend und nahm in einem bequemen Liegestuhl hinter dem Haus Platz. Bald sah er ein, daß diese Anordnung auch ihre guten Seiten hatte, denn Afra fragte wiederholt nach seinen Wünschen, brachte Bier, ein Schinkenbrot und spendierte außerdem noch so manches süße Busserl.

Zwischendurch hatte es ein wenig geregnet, doch dann riß der Wind die Wolkendecke auf und gab dem Sonnenball Gelegenheit, seine Strahlenpracht über das Tal auszusenden. Der Nachmittag war schon weit vorgerückt, als der Förster auftauchte und einen Schemel neben Ferdls Liegestuhl rückte. Er fuhr sich über die sonnengebräunte Glatze, und seine Miene zeigte an, daß es Wichtiges zu vermelden gab.

„Der Fitz hat die Kriminaler aus der Kreisstadt kommen lassen", berichtete er. „Die haben den Rankl in der Nachbarortschaft Wiesham aufgestöbert, wo dieser sich auch zur Tatzeit aufgehalten hat. Zeugen haben's bestätigt. Der Rankl hat hoch und heilig versichert, daß er keinen Menschen zu den Schüssen angestiftet hat. Er ist vorerst auf freiem Fuß geblieben, aber die Kriminaler ermitteln weiter."

Unbemerkt war die junge Jägersfrau hinzugetreten.

„Der Bruno hat nix damit zu tun", sagte sie mit einer Festigkeit in der Stimme, die die beiden Männer aufhorchen ließ.

Verwundert drehte sich Ferdl zu ihr um. „Ich kann mir zwar auch net vorstellen, daß sich der

Bruno so hirnrissig einem schweren Verdacht aussetzt, aber so sicher wie du, Schatzl, bin ich mir freilich net."

Wie immer, wenn er scharf nachdachte, zupfte Heinisch an seinem Bart herum. „Auch ich halt den Rankl net für einen Ochsenschädel, der blind seiner Rachsucht nachgibt", brummte er. „Doch wer soll sonst ein Interesse daran haben, daß dem Ferdl das Lichtl ausgeblasen wird?"

Achselzuckend sagte der rothaarige Jäger: „Ich wüßt keinen. Freilich hab ich ein paar Geschwärzte hinter Gitter gebracht. Das liegt aber schon ein paar Jährchen zurück. Da kräht heut kein Hahn mehr danach."

Afra kehrte in die Küche zurück, und die beiden Forstmänner debattierten weiter. Noch bevor das Nachtmahl auf dem Tisch stand, sprach ein Kriminalbeamter im Försterhaus vor, ließ sich von Ferdl die Vorgänge auf dem Stallerjoch ausführlich schildern, stellte ein paar gezielte Fragen und ging wieder.

In etwas gedrückter Stimmung leerten Afra und die Männer ihre Teller. Heinisch nahm einen gewaltigen Schluck aus dem Bierkrug und wischte sich den Schaum aus dem Bart. „Hoffen wir, daß die Beamten dem Schuldigen bald auf die Schliche kommen. Und du denk gründlich darüber nach, ob es net doch außer dem Rankl noch ein Bürschl gibt, das dir was am Zeug flikken möcht", forderte er seinen Bediensteten auf.

„Der Schädel raucht mir schon, so zermartere

ich mir das Gehirn", versicherte der Jagdgehilfe und grinste in einem Anflug von Galgenhumor. „Mir fällt nix ein."

Die ersten Schatten der heranrückenden Dämmerung schlichen sich in die Wohnstube. Im Westen erinnerte ein violetter Streifen über den Berggipfeln an das verglühte Abendrot. Afra rutschte unruhig auf ihrem Stuhl hin und her. Ferdl bemerkte es und feixte.

„Hast Ameisen im Unterröckl, Herzblatt?" fragte er belustigt.

„Nein, Liebster", sagte sie ein wenig beklommen. „Aber da fällt mir grad ein, daß ich der Rosl die Kuchenformen noch net zurückgegeben hab, die sie gestern verlangt hat. Ich möcht net, daß sie mich für unzuverlässig hält."

Ferdl streckte die langen Beine unter dem Tisch aus und lehnte sich zurück. „Sie wird zufrieden sein, wenn du ihr die Formen morgen bringst, Schatz", meinte er. „Wenn ihr erst einmal beisammen seid, spinnt sich ein Schwatz an, der Stunden dauert."

„Laß sie doch gehen, Bub", mischte sich Heinisch ein. „Eine Ablenkung von den sorgenvollen Reden, die hier geführt worden sind, kann ihr net schaden. Ich spiel mit dir inzwischen eine Partie Schach. Das bringt dich auf andere Gedanken."

Ferdl nickte Afra zu. Sie sprang auf, grüßte und verließ eilig die Stube. Draußen im Flur legte sie sich ein Schultertuch um und verließ das

Haus. Während sie durch die dämmrigen Gassen hastete, redete sie sich immer wieder ein, daß sie nur zum Kriegerdenkmal gehen wollte, um Bruno auf Ehr und Gewissen zu befragen. Um Auge in Auge aus seinem Mund zu erfahren, ob er einen heimtückischen Schützen gekauft hatte. Sie war überzeugt, von seinem Mienenspiel ablesen zu können, was Wahrheit war und was Lüge.

Die Nacht hatte die Dämmerung verscheucht. Zwischen Wolkenlücken hindurch blitzten ein paar Sterne. Als das Kriegerdenkmal auftauchte, schlug das Herz der blonden, jungen Frau bis hinauf zum Hals. Zögernd trat sie darauf zu.

Aus dem Dunkel unter den Akazienkronen löste sich eine hochgewachsene Männergestalt. Afra drückte ihre Hand auf die wogende Brust. Die Gestalt stand plötzlich neben ihr. Sie hörte ein leises, zufriedenes Lachen. Das hübsche Jungmännergesicht näherte sich dem ihren.

„Meine schönste Uhrkette mit den Keilerzähnen hätt ich verwettet, daß du kommst, Afra", raunte er ihr ins Ohr. „Und ich hätt sie net verspielt. Du bist da. Grüß dich, Muckerl, liebes!"

Das Herz der blonden Frau tat ein paar schnelle Schläge. Seine Stimme umschmeichelte sie wohltuend. Sie hätte die Augen schließen mögen und an seine Brust sinken. Statt dessen holte sie tief Luft und trat einen Schritt zurück.

„Von dir selbst will ich hören, ob die Schüsse auf meinen Mann dein Werk sind, Bruno", sagte sie mit heiserer Stimme. „Belüg mich net, ich durchschau dich sofort!"

Das leise Lachen klang wieder auf. „Auch du kannst mir nix vorschwindeln, herziges Geschöpf", sagte er sanft. „Niemals wärst du gekommen, wenn du auch nur einen einzigen Augenblick an meine Schuld geglaubt hättest." Seine Hände glitten streichelnd über ihre Wangen, über die hübsche Nackenlinie und blieben auf ihren schmalen Schultern liegen. „Ist es so?"

Sie hob den Kopf und sah in die rehfarbenen Männeraugen. Dann nickte sie. „Es ist so", flüsterte sie.

Er schlang die Arme um ihren Rücken und drückte sie an sich. „Seit gestern sieht's tief in mir drin ganz anders aus", raunte er ihr zu. „Grad als ob ein scharfes Lüfterl die Wut und den Haß auf den Jägerferdl fortgeweht hätt. Keine Minute hab ich seit gestern abend an ihn gedacht. Allweil nur an dich, Goldköpfl. Die halbe Nacht hab ich net geschlafen."

„Du auch?" entfuhr es ihr. Erschrocken drückte sie die Hand auf den Mund.

Er küßte ihre Stirn, das Näschen, die Wangen und die tiefroten Lippen. Als der Mond wieder einmal durch einen Wolkenriß leuchtete, zog Bruno die Blonde in den Schatten der Bäume. „Mit vielen Dirndln hab ich Zärtlichkeiten ausgetauscht", wisperte er. „Aber das ist net zu vergleichen mit diesem Stünderl."

„Warum, Bruno?" fragte Afra. Sie war wie im

Taumel. Die Gedanken purzelten wirr durcheinander.

„Weil sich bei mir zum erstenmal die Lieb eingestellt hat. Die echte, die wahre Lieb." Er faßte sie am Kinn und studierte den Ausdruck ihrer Augen. „Wie steht's um dich, Goldköpfl?" begehrte er leise zu wissen.

„Ich weiß net, Bruno", hauchte sie. „Ich weiß überhaupt nix mehr. Bloß noch, daß du da bist. Da bei mir."

Sein Mund preßte sich auf den ihren, saugte sich an ihren Lippen fest. Seine Hände erfühlten liebkosend ihre Rundungen, wurden fordernd, verlangend. „In der Gartenkolonie gehört mir ein Holzhäusl", flüsterte er. „Ich nenn's die Liebeslaube. Komm, Goldköpfl! Wir haben uns doch lieb."

Es schien, als hätten diese Worte die junge Jägersfrau aus einem süßen Traum erweckt, sie von den rosaroten Wolken heruntergeholt, auf denen sie geschwebt hatte. Energisch drängte sie den Burschen von sich weg. Verwirrt fuhr sie sich mit dem Handrücken über die erhitzte Stirn.

„Ich muß den Verstand verloren haben", murmelte sie verstört. „Mein Mann vertraut mir. Und ich zieh hier seinen guten Namen in den Staub." Sie schüttelte den Kopf. „Ich muß von Sinnen sein."

Bruno packte sie hart an den Oberarmen. „Du bist net von Sinnen, Afra", stieß er hervor. „Du bist verliebt. Aber net in deinen Mann, sondern in mich. Mach dir nix vor, du herziges Weib. Gegen die echte Lieb kann man net anrennen. Man muß sich ihr fügen."

„Nein! Nein!" Afra versuchte sich aus seinem Griff zu befreien, doch es gelang ihr nicht. „Soweit vergesse ich mich net. Nein! Niemals!"

„Pssst!" Bruno legte warnend einen Finger an die Lippen. Gleich darauf schlich er aus dem Dunkel hinaus auf den freien Platz am Denkmal. Sein Kopf fuhr herum nach allen Richtungen. Beruhigt kehrte er zu der verängstigten Jägersfrau zurück in den Schatten der Akazien. „Ich hab mich getäuscht", erklärte er. „Mir war so, als hätt ich ganz in der Nähe ein Geräusch gehört. Das wird wohl irgendein kleines Viehzeug gewesen sein."

„Ich muß heim!" Afra bückte sich nach der Tasche mit den Kuchenformen, die sie ins Gras hatte fallen lassen. Aus großen Augen sah sie den hochgewachsenen Burschen an. „Wir dürfen uns net wiedersehen, Bruno", sagte sie entschlossen. „Daß du mir net gleichgültig bist, kann ich wohl nimmer verschweigen. Aber meine Ehr und die Ehr meines Mannes gehen mir über alles." Ihre Hand streckte sich nach der seinen aus. „Ich dank dir, daß du keine Rachegefühle mehr mit dir herumschleppst. Leb wohl, Bruno!"

Mit beiden Händen umfaßte er ihre kleine Hand und preßte sie so stark, daß Afra nur mit Mühe einen Schmerzenslaut unterdrückte. „Das ist kein Abschied für alle Zeit", würgte er hervor.

„Es darf net zu End sein, Goldköpfl. Ich hab dich lieb, so wie niemand sonst auf der Welt.“ Er sank auf die Knie. Seine Augen glänzten verdächtig feucht. „Sag net, daß es aus ist, ich bitt dich, Afra!“

Die Jägersfrau biß die Zähne zusammen. Sie fuhr ihm mit der Hand über die braunen Locken, riß sich los und lief davon. Nahe am Dorfrand erst hielt sie an und rang nach Luft. Eine gefleckte Katze näherte sich und umschmeichelte ihre Waden. Afra beugte sich zu dem Tier hinab und kraulte dessen Nacken. Da fiel ihr ein, daß sie die Kuchenformen noch loswerden mußte. Sie bog in eine andere Richtung ab und stand wenige Minuten später vor Rosls Elternhaus. Auf ihr Klingeln öffnete die Mutter der Freundin. Afra grüßte und drückte der alten Frau die Formen in die Hand.

„Deswegen hättest du net so spät noch aus dem Haus laufen müssen“, erklärte die Frau. „Wir haben die Sachen net vermißt.“

„Ich war grad auf dem Weg“, schwindelte Afra. „Grüß mir die Rosl, Heilermutter! Gute Nacht!“

Wie eine Betrunkene wankte sie auf das Försterhaus zu. Sie schloß die Tür auf und betrat den Flur. Durch eine Ritze in der Wohnstubentür schimmerte Licht. Ferdl und der Förster waren also noch nicht zu Bett gegangen. Konnte sie in ihrem Zustand dem Ehemann gegenübertreten, fragte sie sich verzweifelt. Würde er ihr von der

Stirn ablesen, daß sie nicht von einem harmlosen Besuch bei der Freundin zurückkam? Doch sie konnte nicht ohne ein Grußwort in der Schlafkammer verschwinden. Sie faßte sich ein Herz und betrat die Wohnstube. Ein wahrer Felsbrokken fiel ihr vom Herzen, als sie den Förster allein am Tisch sitzen sah. Der alte Forstmann blätterte in einem Jägermagazin.

„Da bist du ja, Kindl", rief er ihr lächelnd zu. „Weißt", fügte er augenzwinkernd hinzu, „der Ferdl hat sich in die Federn verkrochen, weil er jede Schachpartie verliert. Wenn er als Jäger auch net mehr taugen tät, müßt ich ihm heut noch den Dienst aufkündigen." Er ließ ein schepperndes Lachen hören.

Afra lachte mit und hoffte, der Hausherr merke nicht, wie sehr sie sich dazu zwingen mußte. Sie wünschte eine gute Nachtruh und wollte sich abwenden, da erhob sich Heinisch und schlurfte in seinen viel zu großen Filzpantoffeln auf sie zu. Aufmerksam beobachtete er ihr Gesicht.

„Du hast rote Flecken auf den Wangen und auf der Stirn, Kindl", stellte er besorgt fest. „Bist am End gar fiebrig?"

Heftig schüttelte die Blonde den Kopf. „Ein kläffender Hund ist hinter mir hergerannt", sagte sie schnell und wich dem Blick des gütigen Mannes aus. „Zum Glück hat er net zugebissen."

„Das kann bloß der Hund vom Sterzinger-Leo gewesen sein", empörte sich Heinisch. „Der soll den Kläffer gefälligst zur Nachtstund einsperren, sonst kriegt er's mit mir zu tun."

Afra wünschte noch einmal eine gute Nacht und verließ schleunigst den Raum. Im dunklen Flur lehnte sie sich an die Wand. Wenn man sich erst einmal ins Lügennetz verstrickt hatte, dann zog eine Unwahrheit die andere nach sich. Würde sie wieder herausfinden, aus diesem unehrlichen Spiel? Mit hängendem Kopf schlich sie in die Schlafkammer. Die tiefen, ruhigen Atemzüge des jungen Jägers verrieten ihr, daß dieser im Land der Träume weilte. Hastig entkleidete sie sich und schlüpfte so geräuschlos wie möglich unter die Decke, um Ferdl nicht zu wecken. Aufatmend lag sie schließlich auf den Kissen und blickte durch die kleinen Fensterscheiben hinaus zu dem spärlichen Sternenlicht.

„Es wird alles wieder werden, wie's war", tröstete sie sich selbst. Das bange Gefühl in ihr wollte nicht weichen. „Es muß wieder so werden."

★

Mit versteinertem Gesicht betrachtete Ferdl die tote Hirschkuh, die zu seinen Füßen lag. Er sah die gebrochenen Augen, und er sah den unnatürlich aufgetriebenen Bauch. „Das arme Tier hat bestimmt wahnsinnige Kolikschmerzen erleiden müssen", murmelte er. „Meine Kugel hat es davon befreit."

Er zog seine Uhr und warf einen Blick darauf.

„Wenn ich mich beeil, erwisch ich die Holzer noch, bevor sie Feierabend machen. Einer allein kann die schwere Kuh net ins Tal hinuntertragen." Mit weitausgreifenden Schritten strebte er der südlichen Schneise zu, in deren Nähe die Waldarbeiter Bäume fällten. Er hatte Glück und traf die Holzknechte an, bevor sie Äxte und Sägen aus den Händen legten. Der Vorarbeiter bestimmte zwei Männer, die zu der von Ferdl beschriebenen Stelle hinaufsteigen sollten. Ferdl stellte den beiden ein Trinkgeld für die Mühe in Aussicht.

Für ihn selber wurde es auch Zeit, an den Abstieg zu denken. Gemächlich stapfte er durch die Waldung und wanderte dann auf dem sich dahinschlängelnden Pfad durch den Wiesenhang hinunter. Sein Magen knurrte hörbar, als er den Fuß des Zweitausenders erreichte. Der Weg führte ihn an einer mit Stacheldraht eingezäunten Viehweide vorbei. Am letzten Pfosten der Zäunung lehnte ein rundliches, schwarzhaariges Mädchen. Die geblümte Bluse spannte sich über üppige, pralle Formen. Die Mollige hielt ein Sträußchen Dotterblumen in der Hand und drehte es spielerisch zwischen den Fingern.

Ferdl lüftete das Hütl. Er hatte die Tochter des Zieglerwirts schon von weitem erkannt. „Na, Lina!" rief er ihr schmunzelnd zu. „Hast ein Sträußerl fürs Nachttischerl gepflückt?"

Die Wirtstochter schüttelte den Kopf. „Damit

hab ich mir bloß die Zeit vertrieben, bis du gekommen bist, Jägerferdl", erklärte sie.

Ferdl hob verdutzt die Augenbrauen. „Hast du gar auf mich gewartet, Madl? Wie komm ich zu der Ehr?"

Lina ließ die Dotterblumen achtlos fallen und verschränkte die Arme vor der Brust. „Könnt sein, es freut dich net, was ich mit dir zu bereden hab, Jäger", sagte sie gedehnt und sah ihn prüfend an.

Ferdl schob sich das Hütl weit aus der Stirn. „Jetzt hast mich aber neugierig gemacht, Dirndl", gab er zu. „Also sag deinen Vers auf!"

„Daß deine Afra eine blitzsaubere Person ist, weißt du, Jäger", ließ sich Lina vernehmen. „Aber andere wissen es auch."

Ferdl schaute die Sprecherin verständnislos an. „Natürlich wissen das auch andere", brummte er. „Die haben schließlich auch Augen im Kopf."

„Da ist's wohl kein Wunder, wenn ihr einer nachsteigt."

Ferdl furchte die Stirn. „Wer steigt der Afra nach?" fragte er scharf.

Lina tat, als hätte sie die Frage überhört. „Es scheint, als tät die Afra Gefallen daran finden", sagte sie leichthin.

Ferdls Miene wurde eisig. „Dirndl", stieß er rauh hervor, „überleg dir, was du daherschwatzt! Die Afra ist ein ehrsames Weib, und ich laß net zu, daß jemand ihre Ehr antastet."

Die Finger des schwarzhaarigen Mädchens tändelten an ihren Miederschnüren herum. Unter gesenkten Augenlidern warf sie dem jungen Mann einen wachsamen Blick zu. „Ich sag bloß, was ich gesehen hab, Jägerferdl", kam es leise von ihren etwas aufgeworfenen Lippen.

Ferdl beugte sich vor. Sein sonnengebräuntes Gesicht war um einen Schein bleicher geworden. „Jetzt red net länger um den Brei herum!" fuhr er sie grob an. „Um welches Mannsbild handelt es sich?"

Die Wirtstochter löste sich von dem Balken, an dem sie gelehnt hatte. „Um den Rankl-Bruno!"

Der Mund des Jägers klappte weit auf. Dann schlug er sich klatschend auf die Schenkel und brach in wieherndes Gelächter aus. „Madl, Madl", rief er glucksend aus, „du brauchst eine gute Brille. Geh schleunigst zum Optiker! Nie und nimmer können meine Afra und der Ranklsohn beieinander gewesen sein." Tränen der Heiterkeit standen in seinen Augen. „Weißt du denn net, wie mir der Bruno gesonnen ist?"

„Daß weiß ich sogar sehr genau, Jäger." Spott schwang in ihrer Stimme mit. „Aber du bist auch kein fesches Weib. Der Bruno macht da große Unterschiede."

Das Lachen gefror in Ferdls Gesicht. „Also was weißt du, Zieglertochter?" kam es gepreßt von seinen Lippen.

Lina holte tief Luft. „Vorgestern war der Bruno bei uns im Gasthaus", erzählte sie. „Er ist zeitig gegangen. Das hat mich mißtrauisch gemacht. Deswegen bin ich ihm nachgeschlichen. Ich habe gesehen, wie deine Frau und er an der Straßenkreuzung miteinander geredet haben. Dann sind sie zusammen zum Kriegerdenkmal gegangen." Verkniffen fügte sie hinzu: „Dort stehen Bäume, und es ist schön dunkel."

„Weiter!" knurrte Ferdl. Er suchte in den Taschen nach einer Zigarette, fand aber keine.

„So nah hab ich mich freilich net an die zwei heranschleichen können, um jedes Wörtl zu verstehen, das sie gesprochen haben." Lina machte eine Pause und fuhr dann lauter fort: „Daß sie sich umarmt und geküßt haben, das hab ich aber deutlich von meinem Versteck aus gesehen."

Auf Ferdls bleicher Stirn bildeten sich Schweißperlen. Beinahe unwillig wischte er sie fort. „Weiter!" drängte er.

„Tja!" Lina zuckte mit den Schultern. „Ich wollt mich schon zu erkennen geben und dem Bruno eine gehörige Strafpredigt halten, da ist die Afra plötzlich weggelaufen. Der Bruno hat laut hinter ihr hergerufen: ‚Morgen abend bin ich wieder da.' Ich hab mir gedacht, wenn sich zwischen den beiden wirklich eine Liebschaft angesponnen hat, dann wird die Afra auch am nächsten Abend kommen. Also war ich am drauffolgenden Tag zu später Stund wieder in meinem Versteck."

„Ist die Afra gekommen?" Ferdl erkannte seine eigene Stimme nicht mehr.

Die Wirtstochter nickte. „Pünktlich war sie zur Stell."

„Und? Hat sich das noble Paar wieder geküßt?"

„Halb aufgefressen haben sie sich." Linas Mund verzerrte sich. „Da ist mir die Idee gekommen, dir reinen Wein einzuschenken, Jäger."

Ferdl rückte den Riemen seines Stutzens auf der Schulter zurecht. Er streckte dem Mädchen die sehnige Rechte entgegen. „Ich dank dir, Madl", sagte er gefaßt. „Ohne dich wäre ich weiter ahnungslos herumgestolpert und hätt mein Weib für einen Engel gehalten. Du hast mir die Augen geöffnet. Schad, daß ich dir net auch einen Gefallen erweisen kann."

„Doch, Jäger, das kannst du. Red der Afra ins Gewissen, daß sie vom Bruno abläßt!" Ihre dunklen Augen blitzten auf. „Der Bruno gehört zu mir. Ich will ihn heiraten, auch wenn ihm die Treu unbekannt ist."

„Ich tu, was möglich ist", versprach Ferdl. „Du aber sei verschwiegen, Madl!" Bitter fügte er hinzu: „Weißt, ein Gehörnter ist eine ziemlich lächerliche Figur." Grüßend tippte er an den Hutrand und stelzte steifbeinig davon.

Er warf einen langen Blick zum Himmelsbogen hinauf. Dieser trug noch dasselbe Blau wie vorher. Das Vieh weidete auf den Wiesen, eine Lerche tirilierte in den Lüften, und die Häuser von Eigelsbrunn scharten sich um das Dorfkirchlein. Nichts hatte sich verändert. Nur das Glück seines Lebens, die Liebe zu seiner Afra lag zertrümmert am Boden. Er wartete auf den Schmerz in seiner Brust. Doch in ihm breitete sich nur eine gähnende Leere aus. Er konnte kaum noch denken, kaum noch fühlen.

Die Augen auf den Boden geheftet, bewegte er sich vorwärts. Grüße, die ihm zuflogen, überhörte er. Als er aufblickte und sich verstört umsah, bemerkte er, daß er am anderen Ende des Dorfes angelangt war. Er kehrte um und hatte nach einer Viertelstunde das Försterhaus erreicht. Das Knirschen des Schlüssels im Türschloß zerrte an seinen Nerven. Heftiger schlug er die Tür zu, als er eigentlich wollte.

Afra kam aus der Küche und eilte ihm mit vom Herdfeuer erhitztem Gesicht entgegen. „Du bist schon da, mein Bub? Das Essen ist noch net ganz fertig. Wirst sowieso vorher gern ein Schlückerl Bier trinken wollen.“ Sie stellte sich auf die Zehenspitzen und bot ihm die Lippen dar.

Ferdl wollte zurückweichen. Doch er bezwang sich und berührte flüchtig ihren Mund. Dann stellte er den Stutzen in den Ständer und hing Hut und Joppe an den Haken. Mit schweren Schritten ging er den Flur entlang bis zur Wohnstube. Sie war leer.

Afra, die ihm gefolgt war, sagte: „Der Förster ist noch net vom Berg zurück.“ Sie lächelte. „Weil du dich geweigert hast, dauernd zu zweit auf die Pirsch zu gehen, will er wenigstens net allzuweit von dir entfernt sein. Seit den letzten Schüssen sorgt er sich noch mehr um dich, der gute Mann."

Ferdl nickte und ließ sich auf die Ofenbank fallen. Afra eilte aus der Stube und kehrte mit einem überschäumenden Bierkrug zurück. Ferdl dankte und nahm einen schier endlosen Schluck. Hart stellte er den Krug dann auf den Tisch. Der Blick, mit dem er seine junge Frau ansah, ließ diese erschrecken.

„Was hast, Liebster?" fragte sie bang. „Ganz bleich bist." Sie legte eine Hand an die Brust. „Bist gar wieder mit dem Mordschützen zusammengetroffen?"

Langsam schüttelte er den Kopf. „Net er ist mir begegnet", sagte Ferdl dumpf, „sondern jemand anders. Ein Madl, das eine recht interessante Geschichte erzählt hat."

Afra beschlich eine Ahnung, die ihr eisige Schauer über den Rücken jagte. „Welche Geschichte?" fragte sie tonlos.

Ferdls Hände ballten sich auf der Tischplatte zu Fäusten. „Von einem sauberen Paar war die Red, das zur Nachtstund zum Kriegerdenkmal schleicht", und die Backenmuskeln waren in Bewegung. „Was sonst noch vorgefallen ist, weiß ich net."

Die blonde Frau tastete haltsuchend nach der nächsten Stuhllehne. Ihr war, als gäbe der Boden unter ihren Füßen nach. Ein Zittern durchlief die schlanke Gestalt. „In bester Absicht bin ich mit dem Bruno dorthin gegangen, Ferdl", kam es tonlos von ihren Lippen. „Mußt es mir glauben, mein Bub."

„Freilich, freilich", höhnte der Jagdgehilfe. „Das Busseln ist wohl keine schlechte Absicht. Das weiß jeder, der net aus Holz ist."

„Bub!" Das klang wie ein Aufschrei. „Um dich und um dein Leben ist es mir gegangen. Um nix sonst."

„Ah!" Ferdl lehnte sich demonstrativ an den Kachelofen und verschränkte die Arme vor der Brust. „Dann hast also mit Zärtlichkeiten dafür gedankt, daß er mir nimmer auflauert. Ein nobles Geschäft. Pfui Teufel!" Angewidert drehte er den Kopf zur Seite.

Afras Finger krallten sich um die Stuhllehne. Ihre Zungenspitze befeuchtete die schön geschwungenen Lippen. „Vom Bruno hast nix mehr zu befürchten", flüsterte sie. „Das ist für mich die Hauptsache. Mit dem Schützen am Kar hat er nix zu schaffen. Das glaub ich ihm aufs Wort." Ihr Kopf sank auf die Brust hinab. „Wie's zu den Busserl gekommen ist, weiß ich beim besten Willen net zu sagen. Es ist geschehen. Ich kann's nimmer ändern."

Schwerfällig erhob sich der junge Weidmann. Er trat nahe vor die blonde, schlanke Frau hin. „Bis zum heutigen Tag hab ich dir blind vertraut, Afra", sagte er einfach. „In meinen Augen hat es keinen ehrlicheren Menschen als dich gegeben. Jedes Wörtl von dir war für mich die reine Wahrheit. Wer dich einer Lüge bezichtigt hätt, dem wär ich an die Gurgel gesprungen." Er bog die Mundwinkel verächtlich nach unten. „Ich Hornochs! Aber jetzt sind mir die Augen aufgegangen. Mein Vertrauen hat ein scharfes Lüfterl weggeweht. Und wo das Vertrauen net wohnt, da hat auch die Liebe keine Heimat." Er wollte sich von ihr abwenden und den Raum verlassen, doch da flog die Tür auf, und der Förster trat ein. Neugierig flogen seine Blicke zwischen den beiden jungen Menschen hin und her.

„Mir scheint, ich bin grad im richtigen Moment aufgekreuzt", sagte er. „Um ein Haar wär das Essen in der Küche angebrannt. Ich hab die Töpfe vom Herd genommen, Afra."

„Oje!" würgte die Blonde hervor. „Ich dank, Herr Förster."

„Hm!" Heinisch kraulte den Vollbart. „Wenn unserer tüchtigen Afra ein solches Mißgeschick unterläuft, dann liegt ein triftiger Grund vor, hab ich mir gedacht. Deshalb bin ich zum Lauscher an der Tür geworden, was mir normalerweise ein Greuel ist."

Afra wollte in die Küche hinübereilen, doch der graubärtige Forstmann hielt sie am Arm fest. „Hiergeblieben, Kindl!" sagte er streng. „Ich will mit euch beiden schwatzen."

Ferdl reckte sich zu seiner vollen Größe auf. „Da gibt's nimmer viel zu beschwatzen", sagte er trotzig. „Und in Eheangelegenheiten kann ein Dritter sowieso net raten und helfen."

Heinisch nickte. „Das stimmt oft, aber net immer“, behauptete er und zwinkerte listig. „Ich darf mich natürlich nur mit eurer ausdrücklichen Erlaubnis einmengen.“ Erwartungsvoll sah er die junge Frau und den Jäger an. Diese starrten stumm zu Boden. „Euer Schweigen betrachte ich als Zustimmung“, erklärte er bedenkenlos. „Wie bist du also an den Rankl-Bruno geraten, Kindl?“ Er setzte sich und schlug die Beine übereinander.

Afra hüstelte anhaltend. Zögernd begann sie von der zufälligen Begegnung vor der Zieglerwirtschaft zu erzählen und bemühte sich, alle Einzelheiten der Zwiesprache mit Bruno wiederzugeben. Sie schilderte auch das zweite Treffen und beschönigte nichts.

„Der Bruno hätt mich wohl net küssen können, wenn ich net einverstanden gewesen wär“, schloß sie ihren Bericht. Sie hob die Arme und ließ sie resigniert wieder fallen. „Warum ich's war, kann ich mir selber net erklären.“

„Einem ausgekochten Strumpfbandljäger, wie der Rankl einer ist, dem fällt es net schwer, einem ehrlichen, arglosen Weiberl das Hirn so zu vernebeln, daß sie nimmer weiß, wo oben und unten ist“, brummte Heinisch. „Ihr ein paar Busserl anzulasten, das wäre eine Riesendummheit.“ Die letzten Worte waren in Ferdls Richtung gesprochen.

Dieser trat ans Fenster, die Hände hatte er tief in den Hosentaschen vergraben. Grimmig schob er sein Kinn vor. „Kann man mit einer Frau noch länger zusammenleben, die ihrem Mann faustdicke Lügen aufbindet?" kam es stockend von seinen Lippen. „Einen Gang zur Freundin hätt sie zu machen. So hab ich's von ihr gehört. Zum Herzensbrecher aber ist sie gerannt." Er preßte die Stirn an das kühle Glas. „Daran müßt ich allweil denken, sobald sie das Haus verläßt."

„Bockschädel!" schimpfte der Graubärtige. „Es gibt keinen Grund mehr für sie, zum Ranklsohn zu rennen."

Ferdl fuhr herum. „Es gibt noch genug andere Mannsleut in Eigelsbrunn, zu denen ein Frauenzimmer laufen kann, das hin und wieder den Kopf verliert."

Der Vorgesetzte wollte wütend antworten, doch Afra legte ihre Hand auf seinen Arm. „Der Ferdl hat recht", kam es kraftlos aus ihrem Mund. „Ich hab sein Vertrauen verspielt. Und mit Mißtrauen im Herzen kann man net zusammenleben. Ich schnür heut noch mein Bündel und geh zu den Eltern zurück."

„Ausgeschlossen!" protestierte Heinisch. „Das laß ich net zu."

„Wer soll dem Herrn Förster den Haushalt führen, wenn du ausziehst?" fragte Ferdl sarkastisch. „Da ist's wohl besser, ich pack meine sieben Sachen zusammen und kriech bei meinem Freund Wenzel unter, der genug Platz in seinem Häusl hat. Der Revierdienst leidet darunter net."

„Seid ihr denn alle übergeschnappt?" polterte

der Förster los. „Man könnt meinen, fürchterliche Dinge wären passiert. Ein paar unerlaubte Busserl sind noch lange kein Weltuntergang. Euch hab ich bisher für ein vernünftiges Paar gehalten. Mir scheint, ich hab mich getäuscht."

Afra verließ die Stube. Heinisch dachte, sie würde sich um das Abendessen kümmern. Er trat dicht vor seinen Bediensteten hin. „Sie war dir allweil ein gutes Weib", sagte er. „Verscherz dir net, was bisher dein Glück war, Bub."

„Von meinem Glück sind bloß noch Scherben übriggeblieben", stieß der Jagdgehilfe zwischen den Zähnen hervor. „Die will ich aufsammeln und auf den Misthaufen werfen."

„Du Narr", murmelte Heinisch. „Ich hoff, du mußt deine Halsstarrigkeit nie bereuen."

Die beiden ungleichen Männer vernahmen deutlich, wie die Haustür ins Schloß fiel. Wortlos rannten sie hinaus auf den Flur. Heinisch warf einen Blick in die Küche, und der Jagdgehilfe eilte in die Schlafkammer. Afras Kleider waren aus dem Schrank verschwunden. Auch zwei Koffer fehlten. In der Diele traf er auf den Vorgesetzten.

„Sie ist fort", sagte Ferdl und wich dem Blick des Försters aus.

„Hol sie zurück, wenn du noch einen Funken Verstand hast", empfahl ihm Heinisch.

Ferdl hastete zur Haustür hin. Doch bevor er sie erreichte hatte, stockte sein Fuß. Langsam drehte er sich um. „Nein!" sagte er hart. „Zusammengeleimte Scherben ergeben kein richtiges Krügl mehr, aus dem man trinken kann."

Heinisch kehrte in die Küche zurück. Dort leerte er die Speisen aus den Töpfen in Teller, setzte sich an den Tisch und griff zu Messer und Gabel. Sekunden später ließ er das Besteck wieder fallen und erhob sich. „Mir ist der Appetit vergangen", murmelte er und begab sich in sein Arbeitszimmer.

★

Eine Woche war seitdem verstrichen. Die beiden Weidmänner verrichteten wie immer ihren Dienst. Wenn sie beisammensaßen, wurde wenig gesprochen, doch es fiel kein unfreundliches Wort. Eine Nachbarin half gelegentlich mit Reinmachearbeiten im Försterhaus aus und kochte auch ab und zu für die Forstleute, die sich ansonsten mit Spiegeleiern und Speck und Schinkenbroten behalfen. Über Afra hatten sie von der Nachbarin erfahren, daß diese bei den Eltern wohnte und außer Haus kaum gesehen wurde.

Den ganzen Tag über hatte es geregnet. Völlig durchnäßt kam Ferdl am Spätnachmittag vom Berg, zog sich schleunigst um und saß wenig später dem Dienstherrn in der Küche gegenüber. Dieser deutete grinsend auf zwei Käsestücke, auf Butter und Brot.

„Das stellt unser heutiges Nachtmahl dar, Bub", erklärte der Graubärtige. „Die Frau Grashütter kann uns vorerst net aufkochen. Ihr Mann liegt krank daheim."

Ferdl nickte gleichmütig. „Ich hab nix gegen Käse", versicherte er und schnitt entschlossen eine Brotscheibe ab. Scherzend fügte er hinzu: „Wer Käse net ehrt, ist ein Brathendl net wert."

Die Unterhaltung während des Mahles zog sich schleppend dahin. Nachdem Ferdl seinen Most ausgetrunken hatte, erhob er sich, trug seinen Teller zum Spülstein und dehnte die Arme. „Den ganzen Tag hat Wasser auf mich herabgetropft. Jetzt hab ich Gelüste auf eine frische Maß Bier. Ich geh zum Zieglerwirt. Guten Abend, Herr Förster!"

„Vergnüg dich, Bub!" rief ihm Heinisch hinterher.

Das Gewölk hatte sich gelichtet, als er durch die Dorfgassen stapfte. In den Regenlachen spiegelte sich das spärliche Abendrot. In der Dachrinne eines sauber gekalkten Hauses schüttelte ein Spatz den Regen, der erst vor einer halben Stunde versiegt war, aus dem Gefieder.

Mit verkniffener Miene langte Ferdl beim Zieglerwirt an. Die Gaststube war nicht einmal halb gefüllt. Der Wirt schaltete gerade die Lampen ein, als Ferdl die Schankstube betrat.

Ferdl begrüßte ihn mit einem Finger am Hutrand und schaute sich neugierig im Raum um. Obwohl man ihm mehrmals freundlich zunickte, entdeckte er niemanden, an dessen Tisch er sich hätte setzen mögen. Deshalb nahm er am hintersten Ende der Fensterreihe Platz. Die Kellnerin Anni brachte ihm einen vollen Krug und wünschte augenzwinkernd „Prosit".

Der Jagdhelfer trank und steckte eine Zigarette in Brand. Gemütlich lehnte er sich zurück und musterte ohne großes Interesse die übrigen Gäste. Hinter dem Schanktisch tauchte die schwarzhaarige Wirtstochter auf. Auch sie ließ ihre Blikke herumschweifen. Als sie den Jäger entdeckte, kam sie langsam hinter dem Schanktisch hervor. Zögernd näherte sie sich dem jungen Weidmann.

„Dich hat man schon lang nimmer bei uns gesehen, Jägerferdl", sagte sie ein wenig verlegen.

Achselzuckend erwiderte der Jagdgehilfe: „Ich bin an und für sich kein Wirtshaushocker. Aber jetzt ist es mir manchmal doch zu langweilig im Försterhaus."

Lina nickte bedrückt. „Ich hab's vernommen, daß die Afra das Haus verlassen hat. Wenn ich geahnt hätt, daß es so kommt, hätt ich lieber den Schnabel gehalten und mir bloß den Bruno vorgeknöpft."

„Seid ihr am End gar auch zerstritten?"

Die Wirtstochter setzte sich unaufgefordert an Ferdls Tisch. „Der Bruno hat sich hier nimmer blicken lassen", erzählte sie. „Ob ihn das schlechte Gewissen zwickt, oder ob er bös ist, weil ich dir die Sache mit deiner Afra verraten hab, ich weiß es net." Sie lächelte gezwungen. „Bis jetzt hab ich seinetwegen noch keine Träne vergossen."

Ferdl Blick wanderte gleichgültig zu den nächsten Tischen hin, an denen Gäste saßen. Diese unterhielten sich mehr oder weniger temperamentvoll. Nur einer saß etwas abseits und starrte fortwährend zu ihm hin. Das war Ferdl schon vorher aufgefallen. Doch er maß dem Gegaffe keine Bedeutung bei.

Der Bursche mit dem stechenden Blick hatte strohblonde, kurzgeschorene Haare. In dem hageren Gesicht fielen besonders die vorstehenden Backenknochen auf und die spitze Nase. Er rauchte ein dünnes Zigarillo und ließ die Asche achtlos auf den Boden fallen.

Ferdl wandte sich an Lina. „Wer ist das hellhaarige Bürschl, das vor der Tür zum Nebenzimmer hockt?" erkundigte er sich.

Die Gefragte hob die Schultern. „Der Mensch taucht seit zwei Wochen hier auf, macht ab und zu Brotzeit und trinkt ein paar Krügl Bier. Aber niemand kennt ihn. Aus dem Hasertal soll er stammen. Wer weiß, ob das stimmt. Mir kommt der Mensch net grad vertrauenswürdig vor."

Der Jäger grinste. „Vielleicht tust ihm unrecht und er ist ehrbarer als wir zwei", scherzte er. „Bring mir noch eine Maß, Lina!"

Die Wirtstochter eilte mit dem leeren Krug zur Theke, wo ihr Vater den Krug neu füllte. Sie brachte ihn dem Jäger, zwinkerte diesem zu und entfernte sich wieder. Ferdl streckte die langen Beine aus und folgte mit den Augen einem Falter, der um die Lampe herumtanzte, gegen den heißen Porzellanschirm stieß und zu Boden fiel. Doch er erholte sich schnell von dem Sturz und flatterte wieder hoch.

Ohne den Kopf zu drehen, beobachtete Ferdl aus den Augenwinkeln, wie der Fremde ein paar Münzen auf den Tisch warf und sich erhob. Um zum Ausgang zu gelangen, mußte er nahe an Ferdls Tisch vorbeigehen. Als ihn kaum zwei Meter von dem Jagdgehilfen trennten, warf er diesem einen Blick zu. Der eiskalte Ausdruck der ungewöhnlich hellen Augen ließ Ferdl unwillkürlich frösteln. Dann war der Bursche an ihm vorbei und strebte mit wiegendem Gang dem Ausgang zu. Sekunden später fiel die Tür hinter dem nicht sehr breiten Rücken ins Schloß.

Ferdl unterhielt sich später noch einmal mit Lina, zahlte seine Zeche und machte sich auf den Heimweg. Die Wolkendecke hatte sich verdichtet und ließ keinen Mondstrahl hindurch. Nur die Laternen erhellten dürftig die Dorfgassen. Die Gedanken des Jägers wanderten zu einem hellblau gestrichenen Haus hin, das am anderen Ortsende stand. Dort lebte jetzt das Wesen, das die Freude seiner jungen Tage gewesen war. Ob sie wohl schon schlief? Von wem mochte sie träumen? Von ihm oder ...? Er sträubte sich, den Gedanken weiter zu verfolgen.

Mit einem tiefen, herzerweichenden Seufzer bog er um die Straßenecke. Dort zog sich neben dem Schulhaus eine breite Grünanlage hin. Dicht an schulterhohen Sträuchern ging er vorbei. Da knackte es. Die Zweige teilten sich. Ein Schatten flog auf ihn zu. Trotz des Dunkels sah Ferdl eine Messerklinge aufblitzen. Geistesgegenwärtig schnellten seine Arme vor. Er bekam das Handgelenk des Unbekannten zu fassen und riß es herum. Der Angreifer heulte auf. Das Messer fiel zu Boden. Ferdl holte aus und schmetterte seine Faust in das Gesicht, das bei der herrschenden Finsternis nur ein dunkelgrauer Fleck war. Die Wucht des Schlages schleuderte den nächtlichen Wegelagerer zurück in die Sträucher. Der Jäger sprang mit einem Satz hinterher. Dicht neben ihm flitzte ein Schatten aus dem Strauchwerk hervor und raste auf dem Rasen der Grünanlage dahin.

Ferdl rannte los. Der Flüchtling aber mußte ein Meisterläufer sein, wie er mit wachsendem Grimm erkannte. Mehr und mehr vergrößerte sich der Abstand. Als Ferdl das Ende der Grünanlage erreichte, war von dem meuchlerischen Messerhelden nichts mehr zu sehen. Drei Gassen bogen dort ab. Bei der Schnelligkeit des Entwischten war jede weitere Verfolgung sowieso zwecklos.

Keuchend stapfte er heim. Einen Moment lang überlegte er, ob es ratsam war, den Dorfgendarm aus dem Schlaf zu scheuchen. Feixend schüttelte er den Kopf. Es genügte, wenn der behäbige Fitz am nächsten Tag von dem nächtlichen Überfall erfuhr. Mehr als ein Protokoll kam dabei bestimmt nicht heraus, denn eine Beschreibung des Täters war nicht möglich.

Unwillkürlich fiel Ferdl der Bursche mit dem eiskalten Blick ein. Doch Vermutungen waren keine Beweise und halfen nicht weiter. Sollte aber dieser die Hand im Spiel haben, so war er ein gekauftes Subjekt. Denn persönliche Gründe, ihm, Ferdl, ans Leben zu gehen, gab es nicht.

Der rothaarige Jagdhelfer stieß die Luft hörbar zwischen den Zähnen hindurch. Wenn es sich so verhielt, hieß dann der Auftraggeber Bruno Rankl? Gab sich der Viehhändler nicht damit zufrieden, die glückliche Zweisamkeit mit Afra zerstört zu haben? Ruhte er trotz Afras gegenteiliger Meinung nicht, bevor er, der Jägerferdl, gänzlich ausgeschaltet war?

Der junge Weidmann schüttelte den Kopf. Bruno war sicherlich kein Mann, dem wegen jeder Kleinigkeit das Gewissen schlug. Aber als kühl berechnender Mordanstifter kam er nicht in Betracht.

Dieser Ansicht schloß sich auch sofort der Förster Heinisch an, den Ferdl daheim noch wach antraf. Nachdem der Jagdbedienstete seine Erlebnisse geschildert hatte, füllte der Graubärtige erst einmal zwei Gläser mit Enzian. Ferdl kippte den Inhalt mit einem Ruck hinunter und wischte mit dem Joppenärmel Schweißperlen von der Stirn.

„Meinem Gefühl nach steckt der Ranklsohn net dahinter." Heinischs Finger fanden wieder einmal ein reiches Betätigungsfeld in seinem Vollbart. „Trotzdem soll sich der Fitz um ihn kümmern und auch um das unbekannte Bürschl, wenn es noch in Eigelsbrunn aufzufinden ist. Die Hilf der Kriminaler aus der Kreisstadt könnt auch diesmal net schaden. Sie sind halt doch ein bisserl findiger als unser braver Fitz." Er nippte an seinem Enzianglas. „Morgen steigst net aufs Joch, weil der Gendarm deine Aussagen braucht und weil ..." Er hüstelte. „Geh jetzt zu Bett, Bub, und schlaf, wenn du kannst! Fang net an zu grübeln, sonst liegst du morgen früh noch wach in den Federn!"

Der Jäger versprach es, murmelte einen Gutenachtgruß und ging in seine Kammer. Trotz der Aufregungen fielen ihm nach einer Viertelstunde die Augen zu, und er schlief tief und fest bis Sonnenaufgang.

Als er in der Küche auftauchte, hatte Heinisch schon Kaffee aufgebrüht und Brotschnitten zurechtgelegt. Die beiden Weidmänner vermieden das Thema des vergangenen Abends und sprachen über den bemerkenswerten Wildzulauf, über Holzschlag und Aufforstung.

Nach dem Frühstück verließ Heinisch die Küche, griff zu Hut und Stutzen und verließ das Haus. Ferdl kämmte noch einmal die widerspenstigen, roten Haare zurecht, dann machte er sich auf den Weg zur Polizeistation. Fitz sank erschrocken in seinen bequemen Sessel zurück, als er von dem neuerlichen Anschlag erfuhr.

„Nehmen diese hinterfotzigen Schuftigkeiten

denn gar kein End?" rief er klagend aus. „So was hat's doch früher bei uns net gegeben."

„Die Zeiten haben sich halt geändert", sagte Ferdl sarkastisch.

Fitz bemächtigte sich sofort des Telefonhörers und verständigte die Kriminalaußenstelle in der Kreisstadt. Ihm wurde zugesichert, daß zwei Beamte sofort die Fahrt nach Eigelsbrunn antreten würden.

★

Aufatmend trat Ferdl aus der Gendarmeriestation hinaus in den strahlenden, jungen Morgen. Kein Wölkchen zeigte sich am blauen Himmelszelt, und das Tagesgestirn zeigte seine ganze sommerliche Kraft. Ferdl schob sich das Hütl weit aus der Stirn. Dieser leuchtende Augusttag verscheuchte in ihm den letzten Anflug von Besorgnis. Er war jung, kräftig, mit scharfen Sinnen ausgestattet, und als Weidmann hatte ihm das notwendige Quentchen Glück noch immer zur Seite gestanden. Warum sollte das plötzlich anders sein? Das Leben schlechthin war voller Gefahren. Und wem das Schicksal nicht gut gesonnen war, der blieb eben auf der Strecke. Er zählte sich nicht zu diesen Unglücksraben.

Am Marktplatz herrschte ein reges Leben und Treiben. Die Hausfrauen drängten sich vor den Verkaufsständen. Genüßlich an seiner Zigarette saugend entdeckte er an einem Obstkarren eine zierliche, brünette Person, die eine Tüte voll Birnen erstand. Sie ging an Ferdl vorbei, ohne ihn zu erkennen.

Der junge Jagdhelfer eilte hinter ihr her und lüftete sein Hütl. „Ja, Madl!" rief er erfreut aus. „Bist du denn allweil noch in Eigelsbrunn?"

Die großen Mädchenaugen leuchteten auf. Der hübsche Mund verzog sich zu einem Lächeln. „Oh, mein Retter!" stammelte die Zierliche. „Ich hatte die Hoffnung schon aufgegeben, dir noch einmal zu begegnen."

„Und ich hab geglaubt, du tätest schon längst wieder in der Stadt das harte Pflaster treten", ließ er sie lachend wissen und drückte die winzige Hand, die ihm entgegengestreckt wurde, mit der gebotenen Behutsamkeit. „Steigt dein Studienfreund Thomas noch immer auf den Berggipfeln herum?"

Sie schüttelte den Kopf. „Nein. Thomas setzt seinen Urlaub an der Nordsee fort. Mir aber gefällt es hier so gut, daß ich mich von diesem herrlichen Tal noch nicht habe losreißen können."

„Fein, fein!" Dem Jäger war unschwer anzumerken, daß er diesen Entschluß sehr begrüßte. Um die beiden jungen Menschen herum wimmelte es von Dörflerinnen. Er hakte die feingliedrige Studentin kurz entschlossen unter. „Hier geht es zu wie in einem mittelgroßen Ameisenhaufen, Hilde", stellt er fest. „In der Konditorei Schützenbaumer gibt es Kuchen, den man sogar im Nachbartal noch lobt. Und der

Kaffee ist auch net zu verachten. Wirst mir doch keine Absag bescheren?"

Wieder tauchte das Lächeln in ihrem Gesicht auf, das ihn so entzückte. Sie schüttelte den Kopf. „Nein, Jägerferdl", wisperte sie. „Ein gutes Kuchenstück habe ich noch nie verschmäht."

Wegen der vielen neugierigen Blicke der Passanten ließ er schweren Herzens ihren Arm los und schritt neben ihr auf die Konditorei Schützenbaumer zu. In der kleinen Kaffeestube saß nur eine ältere Dörflerin, die Unmengen von Kuchen in sich hineinschaufelte. Hilde und Ferdl ließen sich in der entgegengesetzten Ecke nieder. Die Tochter des Konditors brachte ihnen Apfelkuchen und zwei Kännchen Kaffee. Daß Ferdl sich aus Kuchen nichts machte, verschwieg er wohlweislich.

Erst nachdem sein Kuchenteller geleert war, wagte er die Frage: „Ist denn der Thomas net dein Liebster, Madl, herziges?"

Ein helles Lachen erklang, das Ferdl an Silberglöckchen erinnerte. „Über Liebe haben Thomas und ich noch keine Silbe gesprochen. Er lebt für seine verschiedenen Sportarten und hat für Herzensangelegenheiten keine Zeit. Deshalb habe ich es gewagt, mit ihm allein ins Roßbachertal zu fahren."

„So ist das", murmelte Ferdl und verspürte zu seiner Verwunderung so etwas wie Erleichterung. „Ich freu mich närrisch, daß wir uns getroffen haben, Hilde", bekannte er freimütig.

„Ich auch", erklärte sie ohne Zögern.

„Wirklich?" Seine Hand schob sich über die Tischplatte hinweg und legte sich auf die ihre.

„Ich habe dir viel zu verdanken, Jägerferdl."

„Red net davon, Dirndl. Daß du hier sitzt, ist ein Geschenk für mich."

Wieder entdeckte er in den übergroßen Mädchenaugen ein stilles Aufleuchten. Dann hörte er die Zierliche sagen: „Vielleicht wäre ich schon längst abgereist, wenn ich nicht gehofft hätte, daß es zwischen meinem Retter und mir ein Wiedersehen gibt."

„Nenn mich net Retter, Dirndl, goldiges", flüsterte er. „Sonst müßt ich meinen, für dich bin ich net mehr, als einer von der Bergwacht."

„Du bist viel mehr für mich, Ferdl", wisperte sie und verspürte den Druck seiner Hand, der sich mit jedem Wort verstärkte. „Gibt es denn in deinem Leben keine Liebste?"

Ein Schatten flog über das braungebrannte Jungmännergesicht. „Es hat eine gegeben", sagte er schroff und zog seine Hand zurück.

Hilde bereute ihre Neugier. Sie spürte, daß sie an eine Wunde gerührt hatte, die noch nicht vernarbt war.

Eifrig begann sie, aus ihrem Leben in der Großstadt zu erzählen, berichtete von ein paar lustigen Begebenheiten im Studentenkreis und brachte ihren Tischpartner sogar zum Lachen, worüber sie sich selbst am meisten freute. Nach einer weiteren Viertelstunde rief er die Tochter des Schützenbaumers, bezahlte und verließ zusammen mit der zierlichen Brünetten die Konditorei. Hilde lenkte die Schritte in die nächste Seitengasse und bog dann in die Landstraße ein. Ferdl stapfte neben ihr her. Das Zwiegespräch war ins Stocken geraten. Es schien, als wäre zwischen den beiden jungen Menschen alles gesagt, was es zu sagen gab. Vor dem Gasthaus „Zur goldenen Taube" hielt Hilde an. Sie deutete zu einem Fenster im Obergeschoß hinauf.

„Hier logiere ich", erklärte sie, und ein leises Bedauern war aus ihrer Stimme herauszuhören. Sie streckte dem hochgewachsenen Weidmann ihre Hand entgegen. „Vielleicht begegnen wir uns noch einmal", hoffte sie. „Allzulange kann ich wohl nicht mehr in Eigelsbrunn bleiben."

Ferdl übersah die Hand und stemmte die Fäuste in die Hüften. „Du wirst doch bei dem Prachtwetter net in der Stube herumhocken wollen, Hildemadl", protestierte er. „Mauern siehst du auch in der Stadt genug."

„Das ist wahr", rief sie lauter aus, als sie eigentlich wollte. In die großen Mädchenaugen war der strahlende Glanz zurückgekehrt. „Hast du einen Vorschlag zu machen?"

„Freilich, Dirndl. Zuerst besorgen wir uns bei deiner Wirtin ein Brotzeitpackerl. Dann marschieren wir hinaus zum Roßbacher See. Das ist ein Fleckerl, wie du leicht kein schöneres findest."

Ohne Zögern eilte Hilde ins Haus und kehrte wenig später mit einem Korb voller nahrhafter Dinge wieder. Eine große Flasche Sprudel hatte sie auch nicht vergessen. Schmunzelnd nahm ihr der Jagdhelfer den Korb ab. Fröhlich wanderten sie ein Stück auf der mit Lindenbäumen gesäumten Landstraße dahin. Ein langer, staubiger Feldweg führte sie zu dem idyllischen Wasser, das heimatstolze Roßbachtaler Bürger See nannten, obwohl die Bezeichnung Weiher angemessener gewesen wäre. Das südliche Ufer war mit Schilf bestanden. Auf der entgegengesetzten Seite führte eine sanft abfallende Wiese bis hin zu den kleinen, glucksenden Wellen, die ans Gestade schlugen. Dort ragte ein verwitterter Bootssteg ein Stück hinein in den See. Am Pfosten war ein uralter Kahn festgebunden, der gemächlich hin- und herschaukelte.

Hilde blieb stehen und betrachtete entzückt das Bild, das sich ihr darbot. Lächelnd wischte sie sich eine Haarsträhne aus der Stirn. „Wunderschön", murmelte sie. „So herrlich abgeschieden. Kein Mensch ist weit und breit zu sehen."

„Weißt, Madl, jetzt beginnen die Erntearbeiten", erklärte Ferdl. „Da haben halt auch die jungen Leute kaum Zeit für ein paar faule Stünderl." Er legte den Arm um ihren Rücken und führte sie hinüber zum Wiesenufer.

Der Jäger band den Kahn los und forderte seine Begleiterin in neckischer, galanter Pose zum Einsteigen auf. Mit kräftigen Ruderschlägen trieb er den morschen Kahn auf die Mitte des Wassers zu. Ein Entenpaar flatterte erschreckt auf und strebte flügelschlagend dem schützenden Schilf zu.

Die zierliche Studentin hatte sich zurückgelehnt und blinzelte versonnen zum Blau der Himmelskuppe hinauf. Ihr rechter Arm hing über den Bootsrand hinaus, und ihre Finger tauchten spielerisch ins Wasser ein. Sie hatte sich schon lange nicht mehr so glücklich gefühlt. Auch bei noch so intensivem Nachdenken wurde ihr nicht klar, was ihr an diesem Mann gefiel. Dutzende von Männern waren schon in ihr junges Leben getreten und hatten sich um ihre Gunst beworben. Vergebens. Alle diese Männer hatten nach dem herkömmlichen Schönheitsideal besser ausgesehen als dieser Naturbursche mit dem roten Haarschopf und der häßlichen Narbe im Gesicht, die sich über den Nasenrücken bis zur linken Wange hinzog. Doch gerade diese Narbe, fand Hilde, gab dem Gesicht einen Anstrich von Verwegenheit. Ferdl erschien ihr wie ein Stück des rauhen, schrundigen Felses, in dem er sich tagaus, tagein bewegte. Er war ein Mann, den man nicht so leicht aus seinem Gedächtnis verbannen konnte.

„An was denkst, Schmalgeiß?“ fragte er. Seine grauen Augen glitten über die zarten Formen hin, die sich unter dem dünnen Seidenkleid abzeichneten. Sein Blut pulsierte schneller.

Hilde hob den Kopf. „An dich“, sagte sie ehrlich. „Ich hoffe, du verstehst meine Offenheit nicht falsch."

„Nein", sagte er. „Auch ich will dir net verschweigen, daß du mir seit heut morgen nimmer aus dem Köpfl gehst." Er griff zu den Rudern, und wenig später stieß der Kahn neben dem Bootssteg auf sandigen Boden.

Der Sonnenball näherte sich unaufhaltsam dem Zenit. Hilde breitete das Tuch, das über dem Proviant im Korb gelegen hatte, im Gras aus. Wenig später beschäftigten sich die beiden jungen Menschen hungrig mit Räucherfleisch, Mettwurst, Käse und Salzgurken. Dazwischen nahmen sie immer wieder Schlucke aus der Sprudelflasche. Als der letzte Bissen verzehrt war, holte Ferdl grinsend aus der Innentasche seiner Joppe ein flaches Fläschchen mit Obstlerschnaps hervor.

„Das renkt den Magen ein", versicherte er, „falls wir ein bisserl zu fett gespeist haben sollten." Hilde nahm das erste Schlückchen und hustete kräftig. Mitfühlend klopfte ihr Ferdl auf den Rücken und setzte dann das Fläschchen selbst an die Lippen.

Der Nachmittag war wie im Flug vergangen. So kam es wenigstens Hilde vor. Sie hatten einen kleinen Spaziergang zum nahen Birkenwäldchen unternommen, sich an den Händen gehalten und auch einmal geküßt. Es war ein fast schüchterner, scheuer Kuß gewesen. Doch Ferdl ging er tief unter die Haut, und Hilde hatte danach verklärte Augen. Das Tagesgestirn schien die westlichen Bergketten schon zu berühren, als sie zurückkehrten.

Hilde saß im Gras, die Arme um die angezogenen Knie geschlungen und bewunderte das feurige Abendrot. Sie konnte den Blick kaum davon losreißen. Erst als Ferdl ihr den Arm um die Schultern legte, drehte sie sich zu ihm hin.

„Jetzt haben wir den ganzen Tag am Wasser gelegen", sagte er lächelnd, „und uns net einmal die Zehen naß gemacht. Hast net Lust, Dirndl, ein bisserl mit mir zu schwimmen?"

„Aber Ferdl!" wandte sie ein „Dafür hätte ich Badezeug mitbringen müssen."

Er lächelte stärker. „Bald wird's dämmern, Dirndl, süßes. Keine Menschenseele beobachtet uns. Bloß der Mond wird zugucken. Willst dir das erfrischende Bad wirklich entgehen lassen?"

„Ich werde wohl darauf verzichten müssen", sagte sie mit abgewandtem Gesicht. Doch Ferdl war nicht entgangen, wie sich ihre Wangen gerötet hatten.

Die Schleier der Dämmerung wurden abgelöst von der herniedersinkenden Nacht. Das Mondlicht schimmerte blaß vom Firmament. Ferdl stand auf und entledigte sich der Kleider. Die muskelbepackte, sehnige Männergestalt ging auf das Ufer zu. Er stieg ins Wasser, tauchte unter und schwamm zum gegenüberliegenden Ufer hinüber. Dort hielt er kurz an und verschnaufte. Sein Blick schweifte über den See hinweg, und seine Augen wurden riesengroß.

Hilde stand hüllenlos bis zu den Knien im Wasser. Es war ein fast knabenhafter Mädchenkörper, der sich deutlich vom dunklen Hintergrund abhob. Die kleinen, knospenden Rundungen erinnerten Ferdl an das Bild eines berühmten Malers, das er vor mehreren Jahren in der Kreisstadt einmal zu Gesicht bekommen hatte. Von diesem Körper ging nach seinem Empfinden ein Hauch von Unberührtheit, Unschuld aus.

Die junge Studentin begab sich in tieferes Wasser und schwamm los. Ferdl tat es ihr gleich. In der Mitte des Sees trafen sie zusammen. Das Wasser war an dieser Stelle so tief, daß es dem hochgewachsenen Jäger bis zum Kinn reichte. Hilde dagegen mußte kräftig die Arme bewegen, um nicht unterzugehen. Ferdl schob seine Arme unter den zierlichen Mädchenkörper und hob ihn hoch wie ein Kind. Hilde warf ihm zuerst einen beinahe ängstlichen Blick zu. Doch wie auf ein unhörbares Kommando lachten sie sich plötzlich an.

„Dich muß man liebhaben, ob man will oder net", sagte Ferdl und drückte seine Stirn an ihre Schulter.

Die langen, seidigen Wimpern senkten sich über Hildes Augen. „Ich hab dich lieb, seit du mich aus der Felswand geholt hast", flüsterte sie.

Ferdl ließ sie ins Wasser zurückgleiten. Nebeneinander schwammen sie zum Ufer zurück. Und nebeneinander stiegen sie aus dem See. Sie standen sich gegenüber. Tief sog der junge Jäger die Luft in die Lungen. Er riß das Mädchen an sich, bedeckte das Gesicht, den schlanken Hals mit ungezählten Küssen. Aufseufzend sank Hilde ins Gras. Er beugte sich über sie.

„Ich gehöre dir", hauchte die zierliche Studentin.

Ferdl spürte das Blut in den Schläfen pochen. Leidenschaft loderte in ihm hoch. Seine Arme streckten sich nach ihr aus. Dann sanken die Arme scheinbar kraftlos herab. Die Zähne gruben sich tief in die Unterlippe. Er erhob sich.

„Es wär ein Betrug an dir", stieß er gepreßt hervor. „Denn bis zur Stund kann ich mir die Lieb zu einer Frau net aus dem Herzen reißen, die diese Lieb wahrscheinlich net wert ist." In fieberhafter Eile kleidete er sich an. Als er sich umwandte, stand Hilde fertig angekleidet vor ihm.

„Gehen wir, Jägerferdl", sagte sie leise.

Der Jagdgehilfe brachte sie bis zum Gasthof, in dem sie einquartiert war. Die beiden jungen Menschen drückten sich die Hände und gingen wortlos auseinander.

Ferdl stapfte auf der Landstraße dahin. „Ich unheilbarer Narr", würgte er hervor und preßte die Fäuste an die Stirn. „Die Lieb eines reinen, ehrlichen Mädchens wär mir geschenkt worden. Ich hab sie zurückgestoßen wegen einer ... einer ..." Er knirschte mit den Zähnen.

„Keiner der Bauern im ganzen Tal hat einen

dümmeren Ochsen im Stall, als ich es bin." Er steckte eine Zigarette in Brand, schleuderte sie aber nach wenigen Zügen angewidert weg.

Am Dorfrand kam ihm ein hagerer Bursche entgegen.

Ferdl warf ihm einen flüchtigen Blick zu. Doch dann stutzte er und fuhr herum. Der Hagere war etwa fünf Schritt an ihm vorbeigegangen und bemerkte, daß Ferdl angehalten hatte. Sofort begann er loszurennen. Der Jäger hetzte hinter ihm her. Eine Minute später gab er resigniert auf. Diesen schnellfüßigen Menschen konnte er niemals einholen. Aber er wußte nun mit ziemlicher Gewißheit, daß jener Bursch, der beim Zieglerwirt ein so auffallendes Interesse an seiner Person gezeigt hatte, auch der Messerheld von der Grünanlage neben der Schule war.

Sollte er diese Erkenntnis heute noch dem Dorfpolizisten mitteilen? Ferdl winkte ab. Das hatte Zeit bis zum kommenden Tag. Er langte am Försterhaus an. Heinisch stellte sich ihm in der Diele in den Weg und schlug die Hände über dem Kopf zusammen.

„Wo um alles in der Welt hast du dich so lang herumgetrieben, Bub?" entrang es sich den Lippen des ergrauten Weidmannes. „Ich war nah dran, eine Vermißtenanzeige aufzugeben."

Ferdl grinste gezwungen. „Ich hab gedacht", sagte er, „ein Jäger könnt an seinem freien Tag tun, was ihm beliebt."

„Wohl, wohl", beeilte sich der Förster zu versichern. „Aber die Umstände sind im Moment so, daß man gleich alles mögliche befürchten muß."

„Ich war am Roßbacher Weiher", gab Ferdl Auskunft.

„Allein oder mit einem Freund?"

„Mit dem Madl, das ich neulich aus der Wand geholt hab", berichtete Ferdl nach kurzem Zögern wahrheitsgemäß

Heinisch runzelte die Stirn. „Mir deucht, du hast schnell vergessen, daß es einen Menschen gibt, der sich dir allweil noch verbunden fühlt."

Ferdls Mundwinkel bogen sich nach unten. „Leider hab ich noch net vergessen, was ich längst aus dem Gedächtnis hätt verbannen sollen", knurrte er.

Wütend stampfte der Förster mit dem Fuß auf. „Wie kannst so daherreden, du gefühlloser Gesell?" schimpfte er. „Die Afra hängt immer noch an dir, wie das Apferl am Zweigl. Ich hab sie heut getroffen. Sie ist grad aus dem Doktorhaus gekommen."

„Fehlt ihr was?" Das kam wie aus der Pistole geschossen. Und Sorge war von Ferdls Miene abzulesen.

Heinisch schmunzelte. Er hatte sich in seinem Gehilfen also doch nicht getäuscht. „Nix fehlt ihr", erklärte er. „Im Gegenteil. Sie kriegt noch was dazu." Mit einem raschen Schritt stand er dicht vor dem Jäger. Er versetzte dem rothaarigen Burschen einen scherzhaften Backenstreich. „Vater wirst, du bockbeiniger Stoffel!"

„Va..." Ferdl schluckte. „Vater?" Er mußte sich an der Flurwand anlehnen. Unbeschreibliche Freude ergriff von ihm Besitz. „Vater", murmelte er und machte Augen, die durch Wände sehen zu können schienen. Doch von einem Moment auf den anderen gruben sich scharfe Linien in das braungebrannte Jungmännergesicht ein. „Und wer garantiert mir, daß es mein Kind ist, das sich da anmeldet?" kam es heiser von seinen Lippen. „Am End hat es die Rehaugen vom Bruno, wenn es auf die Welt kommt."

Der Forstmann warf ihm einen langen Blick zu. Dann drehte er sich um und verschwand in seinem Arbeitszimmer. Ferdl empfand das Zufallen der Tür wie einen Hammerschlag. Mit hängendem Kopf schlich er in die Schlafkammer und riß sich die Kleider vom Leib. Er kroch unter die Bettdecke und starrte in die Dunkelheit, die vom spärlichen Sternenlicht kaum erhellt wurde.

★

Afra trat an die Hinterseite des Elternhauses in den Garten hinaus und schüttelte den Staub aus einem Lappen. Als sie ins Haus zurückkehren wollte, vernahm sie einen leisen Zuruf. Sie drehte sich um und sah, wie sich ein großer, stämmiger Bursche im Garten hinter dem Stamm eines Obstbaumes hervorschob. Verblüfft und erschrocken zugleich preßte sie eine Hand an das pochende Herz.

„Bruno?“ stammelte sie. „Was fällt dir ein? Willst mich in Verruf bringen?“

Der hübsche, braunhaarige Bursche trat lachend auf sie zu und schüttelte den Kopf. „Wenn ich das wollte, Goldköpfl, hätt ich an der Haustür geläutet“, sagte er und haschte nach ihrer Hand.

„Das hättest du wegen der Eltern nie gewagt“, sagte Afra unfreundlich und versuchte, ihm die Hand zu entziehen. Doch es gelang ihr nicht.

Wieder schüttelte der Viehhändler den Kopf. „Ich hab gesehen, wie deine Eltern fortgegangen sind.“ Eindringlich fuhr er fort: „Fast täglich hab ich mich in letzter Zeit in der Näh herumgetrieben und hab auf eine Gelegenheit gelauert, ein paar Wörtl mit dir zu wechseln, du liebes Weiberl. Weil du das Haus fast nie verläßt, kann ich dich draußen net antreffen.“

Afra war es endlich gelungen, ihre Hand freizubekommen. Sie trat einen Schritt zurück. „Was haben wir zwei schon zu bereden?“ Um ihre Mundwinkel zuckte es. „Nix, Bruno.“

Der Bursche fuhr sich mit gespreizten Fingern durch die lockigen Haare. „Wie gern tät ich mich von dir fernhalten, Goldköpfl“, verriet er. „Aber ich bring's einfach net fertig. Es zieht mich zu dir hin wie das Füchsl zum Hendlstall.“ Er hob die Arme und ließ sie wieder fallen. „Wenn das net die wahre Lieb ist, dann gibt's keine mehr.“

Afra versuchte, abweisend zu bleiben, doch es schlich sich gegen ihren Willen ein Lächeln auf die schön geschwungenen Lippen. „Was nützt deine Lieb, Bruno? Ich bin die Frau eines anderen Mannes."

Er packte sie an den Schultern. „Dir wird wohl auch net unbekannt sein, daß es Scheidungsrichter auf der Welt gibt", sprach er auf sie ein. „Sobald du den rothaarigen Jäger los bist, heirate ich dich." Er zog sie an sich. „Ich kann ohne dich nimmer leben, Goldköpfl. Jedes Busserl, das wir getauscht haben, brennt mir heut noch auf den Lippen. Ein leichtfertiger Kerl war ich. Aber das ist endgültig vorbei. Dich will ich und keine andere. Dich! Dich!"

Das Lächeln stand immer noch auf Afras Lippen. „Ich bin in gesegneten Umständen, Bruno", sagte sie leise. „Ich krieg ein Kind. Jetzt wirst wohl einsehen, wie sinnlos das ganze Gerede ist."

Mit hängenden Schultern stand der braunhaarige Bursche vor ihr und starrte sie betroffen an. „Ein Kind?" würgte er schließlich hervor. „Dann freilich hat jedes weitere Wörtl keinen Sinn mehr." Er schüttelte den Kopf und schaute sie an wie ein weidwundes Reh. „Das ist wohl die Straf dafür, daß ich mit anderen Dirndln so herzlos umgesprungen bin. Jetzt leide ich selber. Nie hätt ich gedacht, daß eine unglückliche Lieb so weh tun kann."

Mitleid stieg in Afra hoch. Sie trat zu ihm hin und drückte seine Hand. „Auch für dich wird noch die Richtige kommen, Bruno", tröstete sie ihn. „Vom ersten Moment an hab ich gespürt, daß in dir ein guter Kern steckt. Vielleicht hätt aus uns wirklich ein gutes Gespann werden können, wenn …" Sie hüstelte.

„Bestimmt, Goldköpfl", beteuerte er. „Darf ich dir ein Abschiedsbusserl geben?"

Sie hob ihm ihr Gesicht entgegen. Zart und behutsam drückte er seinen Mund auf den ihren. „Leb wohl, Goldköpfl!" sagte er heiser. „Und viel Glück! Solltest du irgendwann Hilfe brauchen, ich bin zu jeder Stund für dich da." Er wandte sich ab, doch sie haschte nach seinem Joppenärmel.

„Eine Frag hätt ich noch, Bruno. Auf den Ferdl ist wieder ein Anschlag verübt worden. Du hast doch nix damit zu tun?"

Demonstrativ legte er die Hand auf die linke Brustseite. „Net das geringste, Goldköpfl", rief er leidenschaftlich aus. „Auf Ehr und Gewissen!"

„Ich glaub dir, Bruno. Nun aber verschwind so unauffällig wie möglich. Über mich wird schon genug im Dorf getuschelt." Sie ging mit ihm zur Rückseite des Gartens. Dort wuchs hohes Gesträuch, und eine Wiese schloß sich an.

Bruno machte gerade Anstalten, über den Zaun zu klettern, da tauchte hinter den Büschen ein roter Haarschopf auf. Aus schmalen Augen fixierte Ferdl die blonde junge Frau und ihren Besucher. Dann ließ er ein bitteres Lachen hören.

„Ich hab an der Haustür geklingelt", erklärte

er. „Aber wer so beschäftigt ist, der hört freilich kein Glockenzeichen."

Afra stand wie versteinert am Zaun. Aus ihrem Gesicht war jede Farbe gewichen. „Ferdl?" flüsterte sie. „Ausgerechnet jetzt findest du den Weg zu mir?"

„Ja, ausgerechnet jetzt", höhnte der Jäger. „Was für ein Glück, daß ich das richtige Stünderl erwischt hab. Am End wär ich gar noch auf deine scheinheiligen Blauaugen hereingefallen und hätt mich wieder von dir einseifen lassen. Das ist endgültig vorbei."

„Ferdl!" kam es tonlos von Afras bleichen Lippen. „Es ist net so, wie du denkst. Bestimmt net." Sie hielt sich an einer Zaunlatte fest.

„So?" Ferdls Stimme klang schrill. Mit ausgestrecktem Finger deutete er auf den jungen Viehhändler. „Ist das hier gar net der Bruno? Ist's sein Geist?" Seine Stimme senkte sich. „Wegen dem Kindl bin ich hergekommen. Den Weg hätt ich mir sparen können. Der Vater vom Kindl ist ja schon da."

„Gütiger Himmel! Du glaubst gar ..."

„Laß ihn in dem Glauben, Goldköpfl!" fiel ihr Bruno ins Wort. „Ich nehm dich mitsamt dem Kindl zur Frau, sobald du frei bist."

„Geht!" hauchte Afra. Sie war am Ende ihrer Kräfte. „Geht alle zwei!"

„Gern", rief Ferdl und stieß ein Lachen aus, das beinahe wie Weinen klang. „Laßt mich wissen, wann ich euch zur Hochzeit gratulieren darf." Mit weitausgreifenden Schritten entfernte er sich.

Bruno nahm die blonde, junge Frau in den Arm. „Was ich gesagt hab, war ernst gemeint", raunte er ihr ins Ohr. „Niemals tät ich das Kindl spüren lassen, daß es net mein Fleisch und Blut ist." Er küßte ihr Ohr.

Mit schwimmenden Augen blickte Afra zu ihm auf. „Du meinst es gut, Bruno", flüsterte sie. „Aber dein Angebot kann ich net annehmen. Das hindert mich net, oft an dich zu denken."

„Sogar das macht mich schon glücklich", sagte er und lächelte schmerzlich. „Ich kenn mich selber nimmer. Die Lieb zu dir hat mich vollkommen verwandelt." Seine Lippen streiften ihre Stirn. Dann schwang er sich über den Zaun. Sekunden später war er aus ihrem Blickfeld verschwunden. Afra kehrte ins Haus zurück. In der Wohnstube warf sie sich auf das Sofa und brach in lautes Schluchzen aus.

Ferdl stapfte kreuz und quer durch den Ort. Wut und Verzweiflung stritten sich in seiner Brust. Er gab sich alle Mühe, seine grimmige Miene vor den Dörflern zu verbergen, denen er in den Gassen begegnete. Doch es gelang ihm nicht ganz.

„Sie ist dem Strumpfbandlhäscher verfallen", knirschte er und spuckte aus. „Wo sind die großen Wörtl von der ewigen Lieb geblieben? Sie waren entweder gelogen oder gedankenlos dahingeredet. Mein Großvater selig hat gesagt, der gefährlichste Wilddieb kann dem Jäger net so zusetzen, wie ein Weib. Recht hat er gehabt."

Er verspürte Lust auf einen Schnaps. Darum steuerte er auf dem kürzesten Weg den Zieglerwirt an. Die Schankstube war zu dieser frühen Nachmittagsstunde fast leer. Nur ein gutgekleideter, junger Mann saß in der Ecke und verzehrte Bratwürste. Die Wirtstochter lehnte an der Theke und nickte dem Jagdgehilfen freundlich zu. Ferdl nahm in der Nähe des Schanktisches Platz.

„Bring mir eine Maß und einen doppelten Obstler, Lina!" verlangte er. „Den kann ich brauchen."

Die Schwarzhaarige trug das Gewünschte herbei und blieb neben ihm stehen. „Wo drückt der Stiefel, Ferdl?" fragte sie und zwinkerte ihm zu.

Ferdl kippte zuerst den Inhalt des Schnapsglases in die Kehle und nahm dann einen gewaltigen Schluck aus dem Bierkrug. „Der Bruno trägt sich mit Heiratsgedanken. Sobald die Afra von mir geschieden ist, will er sie ehelichen. Grad hab ich die beiden im Garten von Afras Elternhaus angetroffen. Sie sind ein Herz und eine Seele."

Er wunderte sich über das gleichmütige Lächeln, das er in Linas Gesicht entdeckte. „Den Bruno hab ich schon abgeschrieben", erklärte sie. „Einer, der verheirateten Weibern nachsteigt, ist net der richtige für mich." Sie warf einen Blick zur hinteren Stubenecke. „Dort sitzt der Mensch, der zu mir paßt, wie das Deckerl zum Töpfl. Sein Vater hat ein Hotel im Leißham. Wir haben uns in der letzten Woche kennengelernt und sind uns ganz schnell einig geworden."

„Meinen Glückwunsch", sagte Ferdl, und ein Neidgefühl beschlich ihn. Er sah zu, wie Lina zu dem jungen, gutgekleideten Mann in der Ecke ging, sich zu ihm hinabbeugte und ein Busserl in Empfang nahm. Er leerte den Maßkrug nur bis zur Hälfte, warf Geld auf den Tisch und verließ die Gaststube.

Nicht mehr ziellos wanderte er durch das Dorf, sondern strebte der Landstraße zu. Im Gasthaus „Zur goldenen Taube" fragte er nach Hilde. Und er erfuhr, daß die Studentin am vergangenen Tage abgereist war. Niedergeschlagen machte er sich auf den Heimweg.

Förster Heinisch kam gerade vom Berg, als er das Forsthaus betreten wollte. Heinisch begrüßte ihn freundlich. „Hast den Tag gut verbracht, Bub?" fragte der Vorgesetzte.

„Sehr gut", erwiderte der Gefragte ironisch. „Besser hätt's gar net sein können. Bei der Afra war ich. Wegen dem Kindl. Sie war net allein. Ihr Herzbub hat sie besucht."

„Wer ist ihr Herzbub?" Der Forstmann runzelte die Stirn.

„Na wer schon? Der Rankl-Bruno!" Ferdl grinste verzerrt. „Heiratsabsichten sind laut geworden, sobald der Scheidungsrichter gesprochen hat."

Die beiden ungleichen Männer betraten das Försterhaus. Heinisch stellte den Stutzen in den Gewehrständer. „Das paßt alles net zur Afra", sagte er gedankenverloren. „Sie ist keine, die von einem Mann zum andern wechselt. Bei ihr muß das Herz mit im Spiel sein."

„Vielleicht verläßt sie sich net bloß auf ihr Herz, sondern auch auf ihre Augen", brummte der Jagdhelfer. „Der Bruno ist nun einmal viel schöner als ich. Und in seinem Geldbeutel klimpert auch mehr Geld als in meinem."

Der Förster schlüpfte in seine Filzpantoffeln und schlurfte zur Küche hin. „Was essen wir heut abend?" begehrte er zu wissen.

„Mir ist der Appetit vergangen", erklärte Ferdl. „Aber die Nachbarin hat Speck mit Krautsalat bereitgestellt." Er trank nur noch ein Glas Milch, besprach mit dem Vorgesetzten noch den Reviergang des nächsten Tages und zog sich nach einem knappen Gutenachtgruß in seine Kammer zurück.

★

Der Förster schlief noch, als Ferdl am nächsten Morgen das Haus verließ. Er bedauerte es nicht, denn in den Blicken des Dienstherrn lag seit einiger Zeit ein stummer Vorwurf, der an seinen Nerven zerrte. Heinisch hatte nun einmal einen Narren an Afra gefressen und lud alle Schuld an dem Zerwürfnis ihm auf, wie er fest glaubte.

Mehrmals hatte er schon zu einer flammenden Verteidigungsrede ansetzen wollen, aber dann doch geschwiegen.

Gemächlich stieg er den gewundenen Pfad hinauf zur Waldung. Der Himmel war mit Schleierwölkchen übersät, die das Sonnenlicht nicht abhalten konnten, aber es dämpften. An beiden Seiten des Pfades glitzerte der Tau in den Gräsern. Eine Blindschleiche schlängelte sich über den feuchten, lehmigen Weg und schlüpfte in ein Farnbüschel.

Der junge Jäger dachte an Hilde. Wie es ihr wohl in der großen fernen Stadt erging? Sicher schlief sie noch zu dieser frühen Stunde. Aber verschwendete sie noch einen Gedanken, wenn sie erwachte, an ihn? Ferdl zuckte mit den Schultern. Er hätte es nicht verdient.

Mit seinen raumgreifenden Schritten erreichte er bald den Bergwald. Ein vielstimmiges Vogelkonzert empfing ihn. Die munteren, lebensfrohen Zwitscherlaute hoben seine Stimmung. Sie veranlaßten ihn, eine uralte Weise zu pfeifen, die ihm in der frühesten Kindheit von der Großmutter gesungen worden war.

Plötzlich stand er an dem Platz, von dem der Ranklsohn Adi abgestürzt war. Er fröstelte und sah sich unwillkürlich nach allen Seiten um. Doch er erspähte nur ein Eichhörnchen. Mit einem tiefen Atemzug setzte er seinen Weg fort.

Gewissenhaft suchte er sämtliche Wildwechsel auf. In der Nähe der oberen Lichtung kam ihm die Sennerin Mali entgegen. Da sie keine Trage auf dem Rücken hatte, erkundigte er sich neugierig: „Was führt dich denn ins Tal hinunter, Mali? Hast weder Butterballen noch Käse bei dir?"

Die Almhüterin verzog den Mund zu einem fröhlichen Lachen. „Meine Schwester hat vor acht Tagen einen Buben geboren", berichtete sie. „Ich muß mir doch meinen Neffen anschauen."

„Freilich, freilich", sagte Ferdl und verspürte einen leisen Stich in der linken Brustseite. „Das ist schon ein Anlaß zum Feiern."

Mali lachte wieder. „Das will ich meinen", rief sie gutgelaunt aus. „Wo doch bei mir Nachwuchs so schnell net in Aussicht steht, weil der rechte Hochzeiter noch auf sich warten läßt."

„Er wird schon kommen", sagte Ferdl, lüftete grüßend das Hütl und stapfte weiter.

Als die Sennerin außer Sichtweite war, lehnte er sich an den Stamm einer Kiefer. Den ganzen Morgen über hatte er sich bemüht, nicht an Afra zu denken. Doch nach dieser Zwiesprache mit Mali stand die Begegnung vom vergangenen Nachmittag wieder deutlich vor ihm. Ein Kindl! Konnte man sich darauf freuen, wenn man von Zweifeln zerrissen war? Er schüttelte den Kopf. Erst gestern hatte ihm Afra wieder bewiesen, daß sie von dem Herzensbrecher Bruno nicht mehr loskam. Ferdl zerrte an seinem Hemdkragen, als sei er ihm plötzlich zu eng geworden.

Sie war sein Glück gewesen. Aber dieses Glück hatte sie selbst zu Grabe getragen. Er stieß sich von dem Kieferstamm ab und wanderte zur Westflanke hinüber, wo die Holzer arbeiteten. Dort verbrachte er bei gemütlicher Unterhaltung die Mittagsstunde, verzehrte den Inhalt seines Beutels und ließ sein flaches Schnapsfläschchen unter der Holzknechtgruppe herumgehen.

Fröhlich winkend verließ er die Waldarbeiter wieder und strebte der Jagdhütte zu. Dort gedachte er eine Zigarette zu rauchen, was außerhalb der Hütte wegen der Brandgefahr verboten war. Im Hütteninnern hing er Hut und Stutzen an den Haken neben der Tür. In der Kaffeekanne, die auf der Platte des Kanonenofens stand, befand sich noch ein kalter Kaffeerest vom Vortag. Den mußte Heinisch wohl übriggelassen haben. Ferdl goß den Rest in einen verbeulten Becher und trank ihn durstig aus. Dann legte er sich auf die Roßhaardecke, die über das Bettgestell gebreitet war und steckte eine Zigarette in Brand. Genüßlich rauchte er und zerdrückte sie dann im Blechbecher. Er schloß die Augen. Nur ein paar Minuten wollte er noch ruhen und dann hinauf zum Latschenhang steigen. Sekunden später war er in einen leichten Schlaf versunken. Nach einer Viertelstunde erwachte er wieder und rieb sich die Augen. Gähnend richtete er sich auf.

Im ersten Moment glaubte er zu träumen. Noch einmal fuhr er sich mit dem Handrücken über die Augen. Doch das Spukbild vor ihm wich und wankte nicht. Am Tisch saß der hagere

Bursche mit den vorstehenden Backenknochen und grinste diabolisch. Vor ihm auf der Tischplatte lag Ferdls Stutzen. Die Mündung zeigte auf den Jäger. Der Hagere hielt den Finger am Abzug.

„Ausgeschlafen, Jäger?“ fragte er spöttisch. Als Ferdl sich erheben wollte, fauchte er: „Sitzen bleiben!“

Das lähmende Entsetzten, das Ferdl gepackt hatte, ebbte langsam ab. Angespannt bis in die Fingerspitzen und trotzdem ruhig überdachte er blitzschnell seine Lage. Ihm gegenüber saß ein gekaufter Mörder, dem jede menschliche Regung fremd war, der das Wort Erbarmen nicht kannte. Ferdl brauchte nur in diese eiskalten, gefühllosen Augen zu blicken, um zu wissen, daß der Hagere ohne zu zögern seinen Auftrag ausführte, wenn der passende Moment gekommen war.

Ferdl schätzte auch seine Chancen, etwas für die eigene Rettung zu tun, rasch ab. Es sah ziemlich hoffnungslos aus. Der kleine Tisch, hinter dem der Gegner hockte, war mehr als zwei Meter von ihm entfernt. Wenn er versuchte, mit einem gewaltigen Hechtsprung die Waffe zu fassen und beiseite zu drücken, würde er wohl mitten im Sprung erschossen. Aus den Augenwinkeln schielte er zur Tür hin. Die Hoffnung, sie zu erreichen, war noch geringer. Achselzuckend holte er eine Zigarette aus der Joppentasche und zündete sie an. Den Rauch blies er in die Richtung, in der sich sein lauernder Todfeind befand.

„Warum hast mich net gleich im Schlaf erschossen, Mordbub?" fragte er und wunderte sich über die Gelassenheit, die aus der eigenen Stimme herausklang.

Der Mund des Burschen verzog sich zu einem neuerlichen Grinsen. Ein leises Kichern drang an Ferdls Ohren. „Man will doch bei seiner Arbeit auch ein bisserl Spaß haben", sagte er schleppend. „Es soll einer wissen, daß sein letztes Viertelstünderl angebrochen ist. Die Angst in seinen Augen und die zitternden Knie will ich sehen. Das ist aufregend und unterhaltsam. Und wenn der arme Hund um Gnad winselt, dann gefällt mir das besser als das schönste Theaterstück."

Ferdls Blick drückte seine ganze Verachtung aus. „Glaubst du wirklich, daß ich dich um Gnad anfleh, du niederträchtige Kreatur?" stieß er hervor. „Das wirst du net erleben."

Die kalten Augen seines Gegenübers funkelten böse auf. Doch die Wut versiegte schnell wieder, und das Grinsen kehrte zurück. „Warten wir's ab, Jäger", erwiderte er. „Wenn du erst siehst, wie sich der Finger am Abzughahn krümmt, dann kommt sie schon, die große Angst."

Der Jagdhelfer trat den Zigarettenrest auf dem Fußboden aus und holte sein flaches Obstlerfläschchen hervor. Er nahm einen ausgiebigen Schluck und legte es neben sich auf die Bettstelle. Sein Entschluß war gefaßt. Widerstandlos wollte er sich nicht abknallen lassen. Auch wenn jede Aktion von vornherein zum Scheitern verurteilt war – handeln wollte er. Handeln!

Der Bursche mit den eingefallenen Wangen schien seine Gedanken erraten zu haben, denn die knochigen Finger spannten sich fester um den Lauf des Stutzens.

„Wahrscheinlich triffst du kein Scheunentor aus zehn Metern Entfernung, du meuchlerischer Mordgesell", höhnte Ferdl. „Und noch wahrscheinlicher ist, daß du einen Mann net erschießen kannst, der dir sein Gesicht zeigt, weil du dich vor seinen Augen fürchtest. Du gehörst zu der erbärmlichen Sorte, die nur einen Schuß in den Rücken riskiert." Ferdl spuckte aus.

Der Bursche kicherte. „Jetzt möchtest du mich nervös machen, Jäger. Aber das gelingt dir net."

Ferdl schob sein eckiges Kinn vor und fragte: „Wer bezahlt dich für die Schandtat, Lump, elendiger? Wo du dir doch sicher bist, daß ich nimmer lebendig aus der Jagdhütte herauskomm, kannst mir wohl den Namen nennen."

Der Angesprochene schüttelte den Kopf. „Die höchste Tugend in meinem Geschäft ist die Verschwiegenheit", erklärte er. „Wer die Spielregeln net beachtet, ist erledigt."

„Stehst in Brunos Sold?"

Der Bursch hob erstaunt die Augenbrauen. „In meinem ganzen Leben hab ich keinen Bruno kennengelernt", versicherte er.

Das klang glaubwürdig, und Ferdl war überzeugt, daß jedes dieser Worte der Wahrheit entsprach. Scheinbar gleichmütig griff er zu dem Fläschchen, das neben ihm lag und entkorkte es. Flink holte er aus und schleuderte seinem Todfeind das Fläschchen an den Kopf. Dann schnellte er hoch.

Der Hohlwangige wurde an der Stirn getroffen und zuckte zurück. Doch nur für den Bruchteil einer Sekunde. Sein Finger riß den Abzug durch. Ein Schuß peitschte durch das Hütteninnere.

Ferdl schrie auf und griff sich an die rechte Brustseite. Torkelnd brach er zusammen. Wie aus weiter Ferne hörte er das Krachen eines zweiten Schusses. Graue Nebel stiegen vor seinen Augen auf. Dann schwanden ihm die Sinne.

Als er die Augen wieder aufschlug, blickte er in ein junges Frauengesicht, das von aschblonden Haaren eingerahmt wurde. Auf diese aschblonden Haare war ein weißes Häubchen gesteckt. „Na endlich!“ sagte die junge Frau erleichtert und lächelte. „Wir warten schon seit Stunden auf Ihr Erwachen, Herr Jäger.“

Ferdl öffnete den Mund. Die Zunge klebte trocken am Gaumen. „Wo ... wo bin ich?“ krächzte er.

„Im Kreiskrankenhaus“, antwortete die junge Frau. „Und zwar schon seit zwei Tagen. Aber jetzt sind Sie wohl über den Berg.“

„Berg?“ Es bereitete dem Schwerverletzten sichtlich Mühe, seine Gedanken zu sammeln.

„Auf dem Berg hat es mich ... mich erwischt. Wie ... wie bin ich hierhergekommen?"

„Das ist eine längere Geschichte, Herr Jäger", sagte das junge Wesen mit dem weißen Häubchen. „Sie sollten nicht zuviel sprechen. Nennen Sie mich Schwester Gitta!"

„Durst", röchelte der Weidmann.

Die Krankenschwester flößte ihm ein paar Löffel voll Tee ein. Ferdl drehte den Kopf zur Seite und versank in tiefen Schlummer. Als er wieder erwachte, graute gerade der neue Morgen. Vor dem Fenster der Krankenstube zwitscherte ein Finkenpärchen im Ahorngezweig. Über den Giebeln der nächsten Häuser stieg der glühende Sonnenball hoch.

Ferdl fühlte sich viel munterer als am vergangenen Tag. Vorsichtig hob er den Oberkörper hoch. Doch ein stechender Schmerz in der rechten Brustseite ließ ihn auf die weichen Kissen zurücksinken. Über seinem Kopf entdeckte er eine Klingelschnur und zog daran. Eine Minute später tauchte Schwester Gitta auf.

„Durst", sagte er heiser. „Und ein bisserl Hunger auch."

„Das ist ein gutes Zeichen, Herr Jäger", freute sich die Schwester und strahlte über das ganze Gesicht. Ferdl bekam zu trinken. Nach einer halben Stunde wurde er mit Brei gefüttert. Danach schlief er zufrieden ein.

Am späten Vormittag weckte ihn neuerlich der Hunger. Er wollte gerade an der Klingelschnur ziehen, da wurde energisch an der Zimmertür geklopft. Auf seinen Zuruf öffnete sich die Tür, und ein vollbärtiges Männergesicht schob sich durch den Spalt.

„Na, Bub? Geht's wieder aufwärts?"

„Herr Förster!" Ferdl wollte sich aufrichten, biß gequält die Zähne zusammen und ließ sich zurückfallen. „Endlich wieder ein Gesicht aus der Heimat."

Heinisch schloß die Tür hinter sich und trat ans Bett. Auf das Nachttischchen stellte er eine in Papier gewickelte Weinflasche und ein flaches Päckchen. Dann zog er einen Hocker neben das Bett und setzte sich.

„Du schaust überraschend gut aus, Bub", stellte er erleichtert fest. „Hast eine frische Gesichtsfarbe. Bei jungen Leuten geht die Heilung halt flink voran."

Ferdl trommelte mit den Fingerspitzen ungeduldig auf die Bettdecke. „Erzählen Sie mir endlich, was sich abgespielt hat, nachdem mich das Kügerl von dem Haderlumpen getroffen hat. Wem hab ich's zu verdanken, daß ich überhaupt noch leb?"

„Wem?" Der Forstmann räusperte sich anhaltend. „Es war halt gut, daß ich mich in letzter Zeit allweil in deiner Näh aufgehalten hab", sagte er zögernd. „Bei deinem Zusammentreffen mit dem Mordschützen in der Jagdhütte wär ich freilich um ein Haar zu spät gekommen."

„Wie hat sich das zugetragen?" Ferdls Neugier

war kaum noch zu bezähmen. „Lassen Sie sich bittschön net jeden Buchstaben aus dem Hals ziehen."

Heinisch schmunzelte leicht und fuhr fort: „Grad wie ich ans Hüttenfenster getreten bin, hat der Erzschuft auf dich geschossen. Noch ein zweites Kügerl hat er anbringen wollen, das dir wohl den Rest gegeben hätt. Aber ich war schneller. Er ist umgefallen und hat sich nimmer gerührt."

Ferdl sah den Vorgesetzten an. Dieser betrachtete mit Hingabe ein Bild an der Wand. Dabei zupfte er an seinem Vollbart herum. Schon so manches hatte er, Ferdl, diesem Mann in der Vergangenheit zu verdanken gehabt. Nun auch noch das Leben. Ein heftiges Gefühl der Zuneigung für diesen gutherzigen, hilfsbereiten Menschen durchströmte ihn. Er haschte nach dessen Hand und drückte sie.

Heinisch erwiderte den stummen Druck, zog aber die Hand rasch wieder zurück. „Nur net rührselig werden, Bub", mahnte er, doch er zwinkerte dabei mit einem Auge. „Wenn's umgekehrt gewesen wär, hättest du genauso zum Büchsl gegriffen."

Der Jagdgehilfe nickte. Plötzlich fuhr er sich mit gespreizten Fingern durch die Haare. „Sie haben den Mistkerl totgeschossen?" fragte er erregt. „Dann kann er ja nimmer verraten, wer ihn zu den Mordanschlägen angestiftet hat."

„Leider", gab Heinisch zu. „Im entscheidenden Moment hab ich freilich net darauf achten können, ob mein Geschoß tödlich ist oder net."

„Natürlich net", murmelte Ferdl ein wenig beschämt. Wieder trommelte er mit den Fingerspitzen auf die blütenweiße Bettdecke. „Der Hintermann wird wohl eine gewisse Zeit brauchen, bis er wieder ein williges Subjekt gefunden hat", glaubte er zu wissen.

„Schon möglich." Der Vorgesetzte holte ein Taschentuch hervor und wischte über die sonnengebräunte Glatze. „Aber ehrlose Kerle gibt's genug auf der Welt. Wir werden weiterhin scharf aufpassen müssen."

Ferdl grinste unbekümmert. „Vorerst ist wichtig, daß ich bald wieder auf die Füß komm", meinte er. „Ein zweites Mal passiert es mir net, daß ich mich von einem Mordschützen im Schlaf überraschen laß."

Heinisch deutete zu der Flasche hin, die auf Ferdls Nachttischchen stand. „Ich hab mit dem Chefarzt gesprochen. Der hat angeordnet, daß du in frühestens einer Woche Wein trinken darfst. Also laß dich net erwischen, wenn du eher zur Flasche greifst."

Ferdl lachte lauthals. „Ich geb schon acht, daß mich die nette Schwester Gitta net dabei ertappt", versprach er. „Was ist denn in dem andern Päckchen verborgen?" erkundigte er sich dann.

„Hm!" Heinisch schnitt eine Grimasse. „Pflaumenkuchen. Und du weißt ja, wer den besten Pflaumenkuchen bäckt."

Der Jäger wußte es. Seine Stirn rötete sich leicht. „Wie geht es ihr?" fragte er kaum hörbar.

„Sie schaut net grad aus, als hätt sie viel Grund zu singen und zu lachen. Dein Mißgeschick hat sie noch extra hart getroffen."

Ferdl drehte den Kopf zur Seite. Zwischen den Zähnen stieß er hervor: „Der Bruno wird sie schon aufheitern, denk ich."

„Der Bruno hat aufgegeben", sagte Heinisch ruhig. „Er weiß, daß er sie nie und nimmer erringen kann." Der Graubärtige bemerkte, daß sich Ferdls Lider müde über die grauen Augen senkten. Er erhob sich und tätschelte die Wange des Patienten. „Schlaf jetzt, Bub! Bald schau ich wieder bei dir vorbei."

„Sagen Sie der Afra, ich dank für den Pflaumenkuchen." Noch bevor der Vorgesetzte das Zimmer verlassen hatte, umfing den jungen Weidmann der Schlaf.

★

„Keine drei Tage halt ich's mehr im Spital aus", protestierte der Jäger. „Ich bin frisch und munter wie das Fischerl im Roßbacher See."

Der Chefarzt lächelte leicht. „Ihr Lungendurchschuß ist gut verheilt", erklärte er. „Aber irgendwelche Komplikationen kann man nach vier Wochen stationärer Behandlung nicht völlig ausschließen. Zwei Wochen würde ich Sie gern noch hierbehalten, Jäger."

„Bei einem richtigen Naturburschen gibt's keine Komplikationen, Herr Doktor", behauptete Ferdl selbstbewußt. „Bis zum Wochenend bleib ich noch da. Dann pack ich mein Bündel zusammen. Auch wenn mir die liebe Schwester Gitta bös ist."

„Sie wird's net sein", sagte der Arzt. „Nach der Abschlußuntersuchung am Sonnabend reden wir weiter." Er klopfte dem Jagdgehilfen freundschaftlich auf die Schulter und verließ das Zimmer.

Ferdl öffnete das Fenster und beugte sich weit hinaus. Tief sog er die Luft ein und sah hinauf zu einem Starenschwarm, der Übungsflüge für die baldige, große Reise nach dem Süden unternahm. Die Blicke des jungen Weidmannes wanderten in die Richtung, in der Eigelsbrunn lag. Seine Augen bekamen einen verträumten Ausdruck. Der Pflaumenkuchen hatte hervorragend geschmeckt. Wundervolle Erinnerungen hingen an jedem Bissen, den er verzehrt hatte. Erinnerungen voller Zärtlichkeit und Liebe. Mit einem abgrundtiefen Seufzer schloß er das Fenster.

Er drehte sich um und wäre beinahe mit einer blonden, jungen Frau zusammengeprallt, die dicht hinter ihm stand. „Afra?" rief er fassungslos. „Du kommst wirklich, obwohl ich dir damals so schlimme Wörtl an den Kopf geworfen hab?"

Sie nickte, und ihr Lächeln zauberte Grübchen auf ihre Wangen, nach deren Anblick er sich so gesehnt hatte. „Längst wollt ich zu dir kommen, Ferdl", flüsterte sie. „Aber der Förster hat gemeint, mein Besuch könnt dich aufregen. Da hab ich halt schweren Herzens darauf verzichtet."

„Aber jetzt bist da, Afra", sagte er, und das Glück leuchtete aus seinen Augen. Leiser fügte er hinzu: „Trägst mir die kränkenden Sprüch auch bestimmt net nach?"

Statt zu antworten, fragte Afra: „Mißtraust du mir auch bestimmt nimmer?"

Beschämt schüttelte er den Kopf. „Ich hab viel Zeit gehabt zum Nachdenken, mein Weiberl", sagte er. „Und da ist mir klargeworden, daß eine Frau wie du zu einem schändlichen Verrat an der Lieb gar net fähig ist. Verzeih!"

Das war für eine ganze Weile das letzte Wort. Die zwei jungen Menschen lagen sich in den Armen. Ungezählte Küsse tauschten sie, denn es gab viel nachzuholen. Sie merkten nicht einmal, daß Schwester Gitta den Raum betrat und rasch auf Zehenspitzen wieder verließ. Afra und Ferdl wußten nicht, wie lange ihre selige Versunkenheit angedauert hatte, als sie sich endlich voneinander lösten.

„Komm, Schatz!" sagte der Jäger. „Gehen wir hinunter in den Klinikgarten. Ein Krankenzimmer ist net der richtige Ort für verliebte Leute."

Sie verließen das langgezogene Gebäude und flanierten Hand in Hand auf den Gartenwegen dahin. Nelken und Astern blühten in den Rabatten, die die Wege säumten. Eine Amsel hüpfte im kurzgeschnittenen Rasen herum.

„Wie ein Schneekönig freu ich mich auf unser Kindl", schwärmte Ferdl. „Wenn es da ist, sind wir eine richtige Familie."

„Was wünschst du dir denn, Liebster?" fragte Afra und legte den Kopf an seine Schulter. „Einen Buben oder ein Dirndl?"

Er drückte seinen Mund auf ihre goldblonde Haarpracht. „Ein Kindl, das dir ähnlich sieht", erklärte er dann schmunzelnd. „Denn wenn es mir nachschlägt, ist's net grad erfreulich anzuschauen."

„Dalkerter Schwatz!" protestierte Afra. „Du bist vielleicht kein schöner, aber ein interessanter Mann. Das haben bestimmt auch schon andere Frauensleut festgestellt." Halb verschmitzt, halb beunruhigt schielte sie zu ihm hinauf. „Hast du in der Zwischenzeit denn keine andere geküßt?"

Ferdl bekam einen leichten Hustenanfall. Es dauerte länger als eine Minute, bis er antworten konnte. Dann nickte er mit betretener Miene. „Doch, Schatzl", gestand er. „Aber über ein paar Busserl sind die Zärtlichkeiten net hinausgegangen."

„Ich bin die letzte, die dir einen Vorwurf machen darf, Liebster", hauchte Afra. „Reden wir nimmer darüber."

Sie steuerten eine Bank an. Dicht aneinandergeschmiegt nahmen sie Platz und beobachteten ein Meisenpärchen im Geäst einer Buche, das verliebt miteinander schnäbelte.

„Morgen zieh ich wieder ins Försterhaus", kündigte Afra an. „Der arme Herr Heinisch wird wohl net traurig darüber sein."

„Gewiß net", antwortete Ferdl grinsend. „Einen Jubelschrei wird er ausstoßen. Er ist ein Feinschmecker und hat deine gute Küche sehr vermißt. Außerdem liebt er dich wie eine eigene Tochter."

Die Blonde klammerte sich noch fester an den Mann an ihrer Seite. „Wir haben ihm beide viel zu verdanken, Liebster", hauchte sie. „Ohne ihn hättest du in der Jagdhütte net überlebt."

„So ist es", sagte Ferdl.

„Leider weiß man immer noch net, wer das Mordbürschl zu den Taten angestiftet hat", fuhr Afra bekümmert fort. „Du kannst dich also noch net sicher fühlen. Das lastet auf mir wie ein Mühlstein." Sie hing an seinem Hals. „Es wird dir wohl nix anderes übrig bleiben, als den Jägerberuf an den Nagel zu hängen. Wir ziehn weit weg von hier. Glücklich kann man überall sein, wenn man sich liebt."

Er umfaßte ihr Gesicht mit beiden Händen. „Fortlaufen ist kein Ausweg, mein Weiberl", sagte er mit Nachdruck und sah sie ernst an. „Wenn jener Unbekannte mir weiterhin nach dem Leben trachtet, spürt er mich überall auf. Und käufliche Kreaturen findet er auch an allen Ecken und Enden der Welt."

„Was ist das für ein Leben, das von der Angst regiert wird?" stieß Afra erregt hervor. „Sobald du in Zukunft aus dem Haus gehst, werd ich anfangen zu zittern."

„Dazu wirst du bald keinen Grund mehr haben, Herzweiberl", versprach er. „Die Kriminaler sind dem Anstifter schon auf der Spur. Es dauert nimmer lang, bis sie ihm das Handwerk gelegt haben." Keines dieser Worte entsprach der Wahrheit. Doch um sie zu beruhigen, hätte er bereitwillig noch weitere Lügen ausgesprochen.

„Wirklich?" fragte Afra zweifelnd.

Er nickte nur und küßte sie. Jeder Augenblick dieses kurzen Beisammenseins war ihm zu kostbar, um ihn mit düsteren Ahnungen und Befürchtungen zu vergeuden. An seine Glückssträhne glaubte er nach wie vor.

Ein paar Glockenschläge holten die junge Frau aus dem siebenten Himmel zurück auf die Erde. Erschrocken warf sie einen Blick auf die große Uhr, die an der Wand des Kreiskrankenhauses angebracht war. Sie sprang auf. „Der Zug nach Eigelsbrunn fährt in einer halben Stund ab", stammelte sie. „Und der Weg zum Bahnhof ist weit."

Ferdl begleitete sie bis zum Tor. Dort gab es noch eine letzte Umarmung und das Versprechen, am übernächsten Tag wieder beisammen zu sein. Dann hastete Afra die belebte Straße hinunter. Ferdls sehnsüchtige Blicke folgten ihr, bis sie im Menschengewühl untergetaucht war.

Dann kehrte er zurück in die Krankenstube und legte sich angekleidet auf das Bett. Er schloß die Augen. An sie wollte er denken, die der Mittelpunkt seines Lebens war. Alle Einzelheiten des reizenden, herzigen Gesichts wollte er sich in die Erinnerung zurückrufen.

Das leise Geräusch der aufschwingenden Tür drang an seine Ohren. Ferdl öffnete die Augen nicht. Nur jemand vom Hauspersonal betrat das Zimmer, ohne anzuklopfen. Und er war fest entschlossen, sich von keiner dieser Personen die verliebten Gedanken verscheuchen zu lassen.

Dicht neben dem Bett vernahm er ein kurzes Räuspern. Unwillig hob er die Augenlider. Sein Blick fiel auf eine ältere, gutgekleidete Frau. Ruckartig richtete er sich auf und schaute die Besucherin ein wenig ratlos an.

„Guten Tag!" sagte er. „Ich fürcht, Sie haben sich in der Zimmernummer geirrt, liebe Frau."

Das Trachtenkleid der Besucherin war aus grünem Samt gearbeitet und mit vielen Silberstickereien verziert. Den Hals schmückte ein goldenes Gehänge, das auf beachtlichen Wohlstand der Trägerin schließen ließ. Auf dem Kopf trug sie ein Veloursĥütchen mit Adlerflaum.

„Bist du der Jäger Ferdl Wegscheider?" fragte sie. In diesem Ton sprachen für gewöhnlich Herrschaften mit ihren Bediensteten.

Ferdl nickte befremdet. „Der bin ich", erklärte er ungehalten. „Jetzt wird's langsam Zeit, daß ich erfahr, wem ich die Ehr des Besuches verdank." Er wischte eine widerspenstige Haarsträhne aus der Stirn. Seine Blicke wurden von dem kleinen, perlbestickten Handtäschchen angezogen, das am Arm der Frau hing.

„Das werd ich dir kundtun, wenn ich es für richtig halte", lautete die kühle Antwort.

„Auch gut", sagte Ferdl achselzuckend. „Wollen Sie sich setzen?"

Sie schüttelte den Kopf. Ihre grünlichen Augen ließen ihn nicht los. Ferdl steckte die Hände tief in die Hosentaschen. Allmählich wurde ihm unbehaglich zumute. Er zog die Hände wieder hervor und ließ die Arme baumeln. Dann scharrte er mit der Schuhspitze leicht über den Boden. Die Blicke hingen an ihm wie Kletten. Ferdl biß sich in die Unterlippe. Er fühlte sich wie das Kaninchen vor der Schlange. Schließlich ertrug er dieses lauernde Schweigen nicht mehr.

„Donner und Hagelwetter!" polterte er los. „Jetzt möcht ich doch bitten, daß Sie den Mund aufmachen. Was wollen Sie eigentlich von mir?"

Im Gesicht der Frau ging eine seltsame Veränderung vor sich. In die grünlichen, eben noch starr blickenden Augen trat ein warmer Glanz. Die strengen Züge in dem nicht unschönen Gesicht wurden weich. Die Besucherin trat einen Schritt auf den jungen Weidmann zu und legte ihm die beringte Hand auf die Schulter.

„Du bist keiner, der einen Menschen heimtükkisch in den Abgrund stößt", murmelte sie. „Du hast ein Gewissen, das sieht man dir deutlich an.

Ich hätt schon früher zu dir kommen sollen und dir in die Augen schauen."

Ferdl spitzte die Lippen. Der Pfiff blieb aber aus. „Langsam geht mir ein Laterndl auf", sagte er gedehnt. „Es geht um den Tod vom Rankl-Adi, gelt?"

Die Frau nickte. „Er war mein Sohn. Weil ich in den letzten Jahren bloß selten in Eigelsbrunn war, hab ich dich net gekannt und du mich auch net."

Ihre Hand glitt von seiner Schulter. Ferdls Miene wurde eisig. „Haben Sie den Mordbuben hinter mir hergehetzt, Ranklmutter?" kam es gepreßt von seinen Lippen.

Die Frau zögerte nur eine Sekunde lang. „Ja, Jägerferdl", sagte sie dann freimütig. „Und dem Himmel dank ich, daß er keinen Erfolg gehabt hat."

Ferdls Augen wurden schmal. „Dann war also der Bruno auch mit im Komplott", knurrte er.

„Nein! Nein!" Die Ranklin hob abwehrend die Hand. „Der Hitzkopf wollt dir im ersten Zorn selber an den Kragen fahren. Das hab ich ihm verboten. Außerdem hat sein Zorn net lang angehalten. Nach einer Weile war er sogar von deiner Unschuld überzeugt." Sie holte tief Luft. „Ohne sein Wissen hat in meinem Auftrag ein guter Bekannter den Mordschützen aufgestöbert."

Der Jagdgehilfe setzte sich auf den Bettrand und stützte den Kopf in beide Hände. „Eine Frau war also hinter mir her", murmelte er. „Alles hätt ich geglaubt, bloß das net."

Sie öffnete ihr Handtäschchen, holte eine kleine Pistole hervor und warf die Waffe auf das Bett. „Heut hab ich selber erledigen wollen, was der gekaufte Mordschütz net fertiggebracht hat." Sie richtete sich zu ihrer vollen Größe auf. „So, jetzt weißt du alles, Jägerferdl."

Der Angesprochene hob den Kopf. „Mutterlieb war's, Ranklin, die Ihnen die Vernunft geraubt hat, so daß Sie Recht und Unrecht nimmer haben unterscheiden können", sagte er leise. „Wer das net begreift, hat kein Herz im Leib. Wenn Sie nachher aus der Krankenstube gehen, werd ich bestimmt ganz schnell vergessen, daß Sie jemals hiergewesen sind."

Auf dem Gesicht der Frau tauchte ein schwaches Lächeln auf. „Du bist ein guter Bub, Jägerferdl", sagte sie. „Aber es muß alles den rechten Lauf nehmen. Ich kann net tun, als wär nix geschehen." Sie beugte sich zu ihm hinab. Flüchtig berührten ihre Lippen seine Stirn. Bevor sich Ferdl von seiner Überraschung erholt hatte, war die Zimmertür hinter ihr ins Schloß gefallen.

★

Drei Tage später wurde die Ranklmutter tot in ihrem Haus aufgefunden. Im Dorf wurde erzählt, sie hätte zu viele Tabletten geschluckt, weil sie ihr schmerzhaftes Rheuma nicht mehr länger ertragen konnte. Ferdl beließ sie in dem Glauben.

Bruno heiratete ein Jahr später eine wohlhabende Witwe. Er verkaufte sein Handelsgeschäft und zog mit der ihm Angetrauten nach Südtirol. Seit seiner Abreise vermißte Afra ein goldgerahmtes Bild von ihr. Eine Nachbarin erzählte, daß Bruno an diesem Tag verdächtig oft um das Försterhaus herumgeschlichen war.

Die Jäger-Afra brachte ein acht Pfund schweres Mädchen zur Welt. Ferdl bestand hartnäckig darauf, daß das Mädchen auf den Namen Melanie getauft wurde. Afra fügte sich, aber sie erfuhr nie den Grund dieses Wunsches.

Melanie hatte die Ranklmutter geheißen.

Das Brandmal

Ein leichter Wind fächelte durch das Perwangertal und trieb die kleinen Schleierwolken am tiefblauen Himmelbogen vor sich her, hoch über die Gipfelgrate der säumenden Bergkette hinweg. Und er kühlte die Stirnen der vier Menschen, die dicht unterm Gipfel des Gassnerhorns auf einer Felsnase standen. Die mit Ferngläsern bewaffneten Augen schweiften umher, und die Blicke reichten hinunter bis zu den Dolomiten.

„Grandioser Ausblick", schwärmte der ältere Herr, nahm seinen nagelneuen Trachtenhut ab und fuhr sich mit einem blütenweißen Taschentuch über die schweißglänzende Stirnglatze.

Die korpulente Frau an seiner Seite nickte zustimmend. „Herrlich", lautete ihr Urteil. „Das entschädigt für die Strapazen des Aufstiegs." In Erinnerung an die zurückliegenden Anstrengungen blies sie die Backen auf und stieß die Luft hörbar aus.

Das etwa zwanzigjährige Mädchen neben ihr kicherte amüsiert. „Übertreib nicht, Mama", empfahl die schlanke, leidlich hübsche Tochter. „Das war doch der reinste Spaziergang." Beifallheischend sah sie den jungen Mann an, der außer dem Ehepaar mit Tochter noch auf der Felsnase stand.

Dieser schüttelte den Kopf. „Spaziergang kann man so eine Bergtour wohl net nennen, Fräulein Olga“, widersprach er. „Schon gar net bei Leuteln, die aus der Stadt kommen und solche Aufstiege net gewöhnt sind.“

Der Sprecher war ein hochgewachsener Bursche von sehniger Gestalt. Das sonnengebräunte, gutgeschnittene Gesicht zierte ein kurzgeschorenes Bärtchen. Die Augen wiesen beinahe die gleiche Farbe auf wie die Stirnlocke, die unter dem verwitterten Hütl hervorlugte. Sie glichen Rehaugen, blickten aber munter und scharf in die Welt.

Er, Florian Wimmer, verdiente sich sein Brot im Sommer als Bergführer und im Winter als Skilehrer. Außer ihm ging auch noch der Stangel-Xaver diesen Tätigkeiten nach und versuchte, dem Florian, den alle Flori nannten, kräftig Konkurrenz zu machen. Das gelang nur selten, denn gerade die weiblichen Feriengäste gaben dem gutaussehenden Flori meistens den Vorzug.

Das Fabrikantenehepaar, das nun mit ihm dicht unterm Gipfel weilte, wollte sich schon für den älteren Xaver entscheiden, doch da hatte die Tochter Olga ein Machtwort gesprochen. Während des ganzen Aufstiegs war sie kaum von seiner Seite gewichen und wollte von ihm weniger über die Schönheit der Bergwelt erfahren als über sein Privatleben.

Flori hatte zuerst ausweichend geantwortet. Als die Fragen immer bohrender wurden, hatte er klipp und klar erklärt: „Freilich gibt's ein Dirndl in meinem Leben. Und was für eines! Ein Glück ist's für jedes Mannsbild, dem die Schinagel-Wanda gut ist."

Da waren die Fragen verstummt. Olga hatte plötzlich Augen für ihre Umgebung, und Flori konnte seinen Weg fortsetzen. Sie überquerten das Latschenfeld und näherten sich der Felsregion. Olga spielte nun gelegentlich die Ängstliche und haschte haltsuchend nach seiner Hand, obwohl der felsige Weg sicher zu begehen war.

Das Fabrikantenehepaar ließ die Ferngläser sinken. „Man kann sich kaum satt sehen", konstatierte die Frau mit glänzenden Augen. „Steigen wir jetzt noch zum Gipfel hinauf, Herr Wimmer?"

Flori schüttelte den Kopf. „Davon möcht ich abraten", sagte er. „'s ist zwar bloß noch ein kleines Stück bis dorthin. Aber der Fels ist so glatt, daß es leicht zu einem Unfall kommen könnt. Und der Ausblick ist droben net besser als hier. Ältere Herrschaften führ ich allweil nur bis zur Felsnase."

„Ich zähle mich nicht zu den älteren Herrschaften", erklärte Olga schnippisch und begann, die steile Wand hinaufzuklettern.

„Olga!" rief der Vater erschrocken. „Laß den Unsinn!"

„Kind, begib dich nicht in Gefahr", flehte die Mutter. Ihre Unterlippe zitterte.

Flori sagte nichts. Er machte nur schmale Augen. Als Olga etwa fünf Meter hochgeklettert war, suchte sie eifrig nach einem griffigen Halt, um den Aufstieg fortzusetzen. Sie fand keinen. Daraufhin wollte sie den Abstieg antreten. Ihre Augen irrten über den glatten Stein. Ihre Miene drückte unverhüllte Angst aus.

„Hilfe!" würgte sie hervor.

„Genauso hab ich mir das vorgestellt", brummte Flori grimmig. „Festhalten, Fräulein Olga!" rief er zu dem zitternden Mädchen hinauf. Dicht neben Olga hielt er an. „So, jetzt legen Sie den Arm um meinen Hals." Nachdem das geschehen war, befahl er: „Und jetzt den zweiten Arm!"

Olgas Augen weiteten sich schreckhaft. Sie schüttelte den Kopf. „Ich trau mich nicht", wimmerte sie.

Flori gab einen Knurrlaut von sich. Ohne zu zögern, umklammerte er Olga mit einem Arm und riß sie energisch an sich. Das Mädchen schrie auf, ebenso einige Meter tiefer die Mutter, die sich an ihren Mann lehnen mußte, um das Gleichgewicht zu bewahren.

Die Tochter hing nun auf Floris Rücken, der behutsam den Abstieg antrat und zwei Minuten später sicher auf dem Felspodest stand. Olga warf sich schluchzend an die Brust der Mutter. Der Vater zog sein Taschentuch und schneuzte sich kräftig. Gleich darauf zückte er die Brieftasche und entnahm ihr ein paar Geldscheine, die er Flori entgegenstreckte.

„Eine kleine Anerkennung für die hilfreiche Tat, Herr Bergführer", sagte er und schluckte.

Flori schüttelte den Kopf. „Ich laß mich für meine Führungsdienste entlohnen", erklärte er, „net aber, wenn ich einen Menschen aus Bergnot errett. Das ist ganz einfach Christenpflicht."

Der Fabrikant versuchte Flori zur Annahme des Geschenkes zu überreden. Ohne Erfolg. Da schob die Tochter den Vater beiseite und stellte sich mit schelmischem Lächeln dicht vor Flori hin. „Geld nimmt er nicht, Papa", flötete sie. „Aber vielleicht einen Kuß als Dank."

Flori grinste. „Gegen ein Busserl gibt's nix einzuwenden", erwiderte er.

Olga küßte ihn heiß auf den Mund. Und einen Kuß auf die Wange erhielt er von der Mutter. Dann drängte er zum Aufbruch, denn das leichte Gewölk am Himmel verdichtete sich von Minute zu Minute.

Als er nach mehr als einer Stunde mit seinen Schutzbefohlenen den Talgrund erreichte, regnete es in Strömen. Völlig durchnäßt langten sie im Gasthaus „Zum goldenen Schwan" an, wo die Fabrikantenfamilie ihr Urlaubsquartier aufgeschlagen hatte.

Flori wurde entlohnt. Das Ehepaar verabschiedete sich herzlich von ihm und sparte nicht mit Dankesworten. Nachdem die Eltern im Haus verschwunden waren, faßte Olga den jungen Mann am Joppenärmel und produzierte einen verführerischen Augenaufschlag.

„Würden Sie mich auch allein auf den Berg führen, Herr Wimmer?" fragte sie mit einschmeichelnder Stimme.

Lachend wischte ihr Flori eine nasse Haarsträhne aus der Stirn. „Lieber net", meinte er. „Das wär mir zu riskant bei Ihren Kletterkünsten." Grüßend schwenkte er sein Hütl und entfernte sich.

Er freute sich schon auf den Abend. Auf ein paar Stünderl mit seiner Wanda. Und auf viele Busserl von ihr.

★

Ein versonnenes Lächeln umspielte Wandas Mundwinkel noch am nächsten Vormittag, wenn sie an den vergangenen Abend dachte. Sie war von molliger Gestalt. Die dunkelblonden Haare hatte sie im Nacken zu einem Knoten geschlungen. Auf der Stupsnase in dem hübschen Mädchengesicht thronten ein paar Sommersprossen.

Seit einem Jahr führte sie dem verwitweten Kommerzienrat Däumling den Haushalt. Es war ein gutes Auskommen mit dem freundlichen, alten Herrn, der auch mit der Löhnung nicht knauserte. Hier wollte sie bleiben, bis ihre und Floris Ersparnisse ausreichten, um eine Familie zu gründen.

An diesem Tag hatte sie sich vorgenommen, dem Dienstherrn wieder einmal seine Leibspeise zuzubereiten, Kartoffelpuffer in Öl gebacken. Wanda schob ein paar Holzscheite in das offene Loch der Herdplatte. Eine kleine Flamme züngelte hoch. Die junge Köchin goß Öl in die Pfanne. Ob Flori sich auch für Kartoffelpuffer begeisterte, hatte sie noch nicht in Erfahrung gebracht. Sie wollte ihn demnächst danach fragen.

Wanda schob die Pfanne über das offene Feuerloch. Wieder züngelte das Flämmchen hoch. Mit einem scharfen Zischlaut fing das Öl Feuer und spritzte bis hinauf zur Küchendecke. Die junge Köchin stieß einen Schrei aus. Sie griff sich an die linke Wange. Von einem fürchterlichen Schmerz gepeinigt, torkelte sie vom Herd weg.

Die Tür flog auf. Der Hausherr stand auf der Schwelle mit schreckgeweiteten Augen. „Kind, was ist passiert?" stammelte er.

„Feuer ... Öl ... mein Gesicht ... meine Hände", kam es stockend von Wandas Lippen. „Ich ... ich ..." Sie knickte in den Knien ein.

Mit einem Sprung war Däumling bei ihr und fing sie auf. Entsetzt sah er die brandrote Verfärbung auf Wandas linker Gesichtshälfte und die dunkelroten Flecken auf ihren Händen.

„Gütiger Himmel, Madl, dich hat's schön erwischt", stieß er hervor. „Du brauchst den Doktor. Und zwar sofort."

Er lud das Mädchen auf seine Arme. Das erforderte viel Anstrengung für den Mittsechziger. Er stolperte über die Schwelle und hastete zur Haustür hin. Wanda regte sich nicht und hielt die Augen geschlossen.

Angst überkam den älteren Herrn. „Sie wird doch net gar …“ Er scheute sich davor, den Satz zu Ende zu sprechen.

Auf der Straße irrten seine Blicke umher. Ratternd näherte sich ein Lieferwagen. Däumling stellte sich in die Straßenmitte und rief laut: „Anhalten!“

Bremsen quietschten. Mit wenigen Worten klärte er den Fahrer über den Unfall auf und zwängte sich zusammen mit seiner Last auf den Beifahrersitz. Der Wagen fuhr an und bog in die nächste Seitengasse ab. Minuten später hielt er vor dem Haus des Dorfarztes.

Der ehemalige Kommerzienrat bedankte sich eilig und lief keuchend zum Haus hin. Da er keine Hand frei hatte, um auf die Klingel zu drücken, stieß er mit der Schuhspitze kräftig gegen die Tür und rief laut. Die Tür schwang auf, und die Frau des Arztes stand ihm gegenüber. Nach einem kurzen Blick auf das Mädchen in seinen Armen trat sie schnell beiseite und forderte Däumling zum Eintreten auf.

„Ihr Mann macht hoffentlich net grad Krankenbesuche, Frau Heiß“, würgte er hervor. „Das Dirndl braucht schnelle Hilf.“

„Er ist da“, beruhigte ihn die Frau und öffnete die Tür, die zum Behandlungszimmer führte. Mit ihrer Unterstützung wurde Wanda behutsam auf den mit Leder bezogenen Behandlungstisch gelegt.

Ein hochgewachsener Mann, dessen Kopf gewelltes, silbergraues Haar bedeckte, betrat den Raum. Stahlgraue Augen richteten sich auf das reglose Mädchen. „Was ist mit ihr?" fragte er knapp.

Däumling rang nach Luft und stammelte seinen Bericht. „Wie kommt's, daß die Wanda wegen ein paar Brandwunden das Bewußtsein verloren hat, Herr Doktor?" begehrte er schließlich zu wissen.

Doktor Arno Heiß beugte sich über das Mädchen und visitierte die Brandverletzungen. Danach fühlte er den Puls und horchte mit dem Stethoskop die Herztätigkeit ab. „Der Schock hat sie wohl in Ohnmacht fallen lassen", konstatierte er. „Die Ohnmacht hat ihr garantiert viele Schmerzen erspart. Sie können getrost nach Hause gehen, Herr Däumling. Die Schinagel-Wanda bleibt vorläufig bei mir. Erst nach eingehender Untersuchung kann ich beurteilen, ob eine Überweisung ins Kreiskrankenhaus erforderlich wird."

„Bittschön net ins Krankenhaus bringen", ließ sich eine schwache Stimme vom Tisch her vernehmen. „Ich war noch nie in einer Klinik und will auch net dorthin."

Doktor Heiß tätschelte Wandas unverletzte Wange. „'s wird wahrscheinlich net nötig sein", beruhigte er das Mädchen. „Aber jetzt müssen wir deine Brandwunden versorgen. Wirst sehen, wie schnell das den Schmerz lindert."

„Gute Besserung, Madl", rief Däumling seiner Köchin zu. „Morgen besuch ich dich, wenn's der Herr Doktor erlaubt." Er verließ das Zimmer.

Wenig später waren die Wunden an Wandas Wange und den Händen versorgt und in einen Watteverband gepackt. Doktor Heiß hob sie vom Tisch herunter und stellte sie auf die Füße. „Ich denk, du wirst schon ein paar Schritte laufen können, Dirndl", sagte er. „Ich führ dich jetzt zu deinem Krankenstüberl, in dem du ein paar Tage lang unser Hausgast sein wirst."

Gleich darauf lag Wanda in einem blütenweiß bezogenen Bett. Heiß nickte ihr zu. „Sollten die Schmerzen schlimmer werden, rufst du. Dann kommt meine Frau und hilft dir."

★

Drei Tage später saß Maria Heiß an Wandas Bettrand und betrachtete zufrieden den geleerten Teller, der auf dem Nachttisch stand.

„Brav, brav", lobte die Arztfrau. „Wenn sich der Appetit wieder zu Wort meldet, schreitet die Genesung schnell voran. Wie steht's mit den Schmerzen?"

Wandas Finger glitten über die Bettdecke, als müßten sie unsichtbare Falten glätten. „Das Gesicht tut überhaupt net weh", versicherte sie. „Und an den Händen spür ich bloß ein Brennen, wenn ich die Finger stark bewege."

„Dein Dienstherr, Herr Däumling, besucht dich fleißig, gelt?"

Wanda nickte. „Ja. Ihn plagt ein bisserl das schlechte Gewissen, weil er keinen modernen Elektroherd angeschafft hat, bei dem das net passieren hätt können. Aber ich hab ihm das Schuldgefühl ausgeredet. Ich weiß doch, daß er an allem hängt, das schon zu Großmutters Zeiten im Haus war."

„Sind deine Angehörigen von dem Unfall verständigt worden?"

„Ich stamm aus dem Leitzachtal. Meine Eltern sind tot. Von anderen Verwandten weiß ich nix." Wandas große, grüngraue Augen begannen aufzuleuchten. „Aber heut krieg ich noch Besuch vom Wimmer-Florian. Wir kennen uns seit einem Jahr. Er ist Bergführer und hat in den letzten drei Tagen drüben in Ruppertiwinkel Sommerfrischler auf den Weilerkegel geführt." Ein glückliches Lächeln huschte über das hübsche Mädchengesicht. Die tiefroten Lippen öffneten sich und gaben den Blick auf zwei makellose Zahnreihen frei. „Von Heirat war zwischen uns schon die Red. Wir wissen, daß wir zusammengehören."

„Wie schön", freute sich die Arztfrau und wischte sich eine dunkle, von Silberfäden durchzogene Haarsträhne aus der immer noch glatten Stirn. „Es ist allweil gut, wenn man einen Menschen hat, auf den man sich verlassen kann."

„Freilich, freilich", stimmte Wanda zu und

strahlte noch stärker. „Wie gesagt, er hat im Rupertiwinkel zu tun gehabt, sonst wär er längst gekommen."

Die Arztfrau tätschelte Wandas Arm und erhob sich. „Ich glaub", sagte sie, „nach dem Besuch vom Florian wird die Heilung noch flinker voranschreiten. Liebesglück ist eine gute Medizin, die der Arzt leider net verschreiben kann." Winkend verließ sie die Krankenstube.

Wanda schloß die Augen. Im Geiste zählte sie die Stunden bis zu Floris Eintreffen. Dann warf sie einen Blick auf die Wanduhr. Wie langsam der Zeiger voranrückte!

Die verbundene Hand tastete sich hinüber zum Nachttisch, auf dem ein kleiner Handspiegel lag. Sie betrachtete kritisch ihr Gesicht, das auf der linken Seite verbunden und verpflastert war. Ob Flori das als störend empfinden würde? Lächelnd schüttelte sie den Kopf. Er war ein verständiger Kerl und freute sich bestimmt mächtig, daß sie noch einigermaßen glimpflich davongekommen war.

Ihr seidiges, dunkelblondes Haar wies freilich nur noch Streichholzlänge auf. Es war von der hochschießenden Flamme erfaßt worden. Die Arztfrau hatte es ihr mit nicht gerade großer Kunstfertigkeit zurechtgeschnitten.

Flori hatte sie wohl hübscher in Erinnerung. Sie nahm sich vor, genau aufzupassen, ob er beim Eintreten ein betroffenes Gesicht machte.

Endlich war es soweit. Sie vernahm ein kräftiges Klopfen an der Tür, die sich gleich darauf in den Angeln drehte. Der große, sehnige Bursche, der auf der Schwelle stand, fuhr sich mit gespreizten Fingern durch die kastanienbraunen Haare. Braune Augen richteten sich auf das Mädchen im Krankenbett.

Wandas Herz tat einen schnellen Schlag. Ihre Finger umkrallten das Ende der Bettdecke. War nicht ein Befremden oder gar Enttäuschung aus seinen Zügen herauszulesen? Angstgefühl kroch in ihr hoch.

Flori strich sich über das zurechtgestutzte Bärtchen. Dann schloß er die Tür hinter sich und eilte zum Bett hin. Dort beugte er sich über die Patientin.

„Schier nimmer erwarten hab ich's können, bis ich bei dir bin, Herzkäferl", raunte er in das kleine, rosige Ohr. „Ausgerechnet jetzt, wo dir ein solches Unglück widerfahren ist, hat mich der Beruf in den Ruppertiwinkel verschlagen. Aber nun bin ich da und rück dir so oft auf den Pelz, daß es dir am End noch zuviel wird."

Wandas grüngraue Augen begannen zu schwimmen. „Bestimmt net, mein Bub", flüsterte sie selig. „Wenn du nur da bist! Die Sehnsucht hat mich arg am Wickel gehabt."

Sein Mund preßte sich auf ihre schön geschwungenen Lippen. Es war ein Kuß, der nicht mehr enden wollte. Atemlos, aber glücklich lösten sich die beiden voneinander und strahlten sich an. Flori rückte einen Stuhl dicht neben das

Bett und setzte sich. Die verbundenen Hände des Mädchens hielt er in den seinen.

„Hast arg leiden müssen?" fragte er leise.

Sie schüttelte den Kopf. „Es war auszuhalten", erklärte sie. „Und hier im Doktorhaus ist man in den besten Händen. Sowohl der Doktor als auch seine Frau und Hauserin Minna, alle sind ganz reizend zu mir."

„Darüber bin ich sehr froh." Er küßte sie wieder. „Wenn du dich erst ganz erholt hast, Herzblattl, dann unterhalten wir uns ernsthaft über die Zukunft. Über die gemeinsame."

„Flori", hauchte sie überglücklich, „war das ein richtiger Heiratsantrag?"

„So könnt man es nennen", sagte er schmunzelnd. „Hast was dagegen?"

„Nein und noch mal nein", stieß sie lauter hervor, als sie wollte. „Nix auf der Welt kann ich mir schöner vorstellen als ein Leben mit dir. Eine gute Frau will ich dir sein."

„Eine bessere als dich werd ich wohl kaum finden können", glaubte er zu wissen. „Net im Perwangertal und nirgendwo sonst."

Wanda wußte keine treffendere Antwort darauf, als ihm die vollen Lippen zum Kuß darzubieten. Dieser Verlockung konnte er nicht widerstehen und küßte sie heiß. Dann zog er aus der inneren Joppentasche einen Beutel mit Pralinen hervor und drückte ihn ihr in die Hände.

„Damit du auch was Süßes hast, wenn ich net da bin", sagte er augenzwinkernd. Sein Blick richtete sich auf die dick verpflasterte linke Wange des Mädchens. „Hat dich das Feuer und auch das siedende Öl arg im Gesicht erwischt, Herzmadl?"

Ihre Augen umflorten sich für einen Moment. „Genau weiß ich's net", murmelte sie ein wenig beklommen. „Der Doktor Heiß meint, es wär net gar zu schlimm." Eine Träne hing an den langen gebogenen Wimpern. „Vielleicht bin ich entstellt, wenn der Verband abgenommen wird. Möglicherweis gefall ich dir dann nimmer."

„Dummerle", tröstete er sie und gab ihr ein Busserl auf die hübsche Stupsnase. „Wenn wirklich ein kleiner Brandfleck zurückbleibt, dann werd ich den Fleck genauso liebhaben wie alles übrige an dir."

Ein hörbarer, befreiter Seufzer entrang sich ihren Lippen. „Meine Angst war also für die Katz. Du bleibst mir treu, wie's auch kommt, gelt?"

„So ist's und so wird's auch bleiben", versicherte er. „Auf Ehr."

Ihre Lippen fanden sich noch mehrmals zu einem innigen Kuß. Dann warf Flori einen erschrockenen Blick zur Wanduhr hin und sprang auf.

„Ich muß zum Mandlwirt. Dort warten Urlauber auf mich, die morgen aufs Gassnerhorn geführt werden wollen. Hoffentlich sind sie noch anzutreffen." An der Tür blieb er noch einmal stehen. „Vergiß nie, wie lieb ich dich hab."

„Jedes Stünderl will ich dran denken", versprach sie, und ihre Augen glänzten wieder feucht. Dann fiel die Tür hinter dem Rücken des jungen, hochgewachsenen Mannes ins Schloß.

Flori rannte mit seinen langen Beinen quer durchs Dorf zum Mandlwirt hin. Wer das Hochzeitmachen im Sinn hatte, durfte keine Verdienstmöglichkeit versäumen. Mit Schweißtropfen auf der Stirn betrat er die Schankstube und sah sich nach allen Seiten um.

„Ich bin mit der Familie Döring verabredet“, erklärte er heftig schnaufend dem Wirt, der hinter dem Schanktisch Bierkrüge polierte. „Sind mir die gar durchgebrannt?“

Feixend schüttelte der Wirt den Kopf. „Im Nebenstüberl hocken sie“, lautete seine Auskunft. „Aber sie sind dort net allein. Der Stangl-Xaver ist bei ihnen. Nachdem die Dörings ein paarmal nach dir gefragt haben, hat Xaver, der grad hier beim Bier gesessen ist, den Herrschaften seine Dienste angetragen.“

Flori furchte die Stirn. „Der Schleicher“, knurrte er. „'s ist net das erstemal, daß er sich an Leutl heranmacht, die mit mir eine Bergtour vereinbart haben. Aber dem blas ich jetzt den Marsch.“

Der Wirt hob warnend die Hand. „Keinen Streit unter meinem Dach, Flori“, mahnte er. „Sag ihm in aller Ruh deine Meinung, aber fahr ihm net gleich an die Gurgel.“

Flori grinste, „Keine Sorg, Wirt“, beruhigte er den Gasthausbesitzer. „Das spar ich mir für einen anderen Ort auf.“

Er schob sich das Hütl weit aus der Stirn und betrat das Nebenzimmer. Dort saß der stämmige Xaver mit zwei Damen und drei Herren am Tisch und kündigte gerade wortreich an, daß er bei der Führung am nächsten Tag auch die uralte Mühle am Wildbach aufsuchen wollte, die eine Sehenswürdigkeit sei.

Flori räusperte sich laut und sechs Augenpaare richteten sich ruckartig auf ihn. „Du wirst die Herrschaften nirgendwo hinführen, Xaver", sagte er ruhig. „Sie stehen bei mir im Wort."

Der ältere der Herren musterte den Ankömmling mit strenger Miene. „Sie haben den Zeitpunkt der Verabredung nicht eingehalten, junger Mann", grollte er. „Wir sind es nicht gewohnt, zu warten. Also wird Herr Stangl unser Wegbegleiter sein."

Die Blicke der beiden Damen wanderten von Flori zu Xaver und wieder zurück. Dann nickten sie sich in stummem Einverständnis zu. „Gerda und ich", sagte die Dunkelhaarige, „denken darüber anders, Stephan. Schließlich haben wir mit Herrn Wimmer eine feste Abmachung getroffen. Wir wollten wegen einer kleinen Verspätung nicht wortbrüchig werden."

Um Floris Mundwinkel zuckte es. Auf die holde Weiblichkeit ist halt Verlaß, dachte er. Er deutete eine kleine Verbeugung an, und ihm war, als hätte ihm eine der Damen zugezwinkert.

Der mit dem Namen Stephan angesprochene Herr hüstelte verlegen. Dann wandte er sich an

Xaver, der grimmig an seiner Unterlippe nagte. „Meine Frau hat recht", sagte er zögernd, griff in die Jackentasche und holte einen Geldschein hervor. „Eine kleine Entschädigung für die Zeit, die Sie für uns geopfert haben, Xaver."

Der Angesprochene nagte mit grimmiger Miene an seiner Unterlippe. Dann nahm er den Geldschein entgegen, rückte den Stuhl geräuschvoll zurück und erhob sich. Ein schiefer Blick traf den jüngeren Kollegen. „Da hat halt wieder einmal die hübschere Visage entschieden", brummte er. „Egal, 's gibt genug andere Leut, die einen erfahrenen Bergführer zu schätzen wissen." Grußlos verließ er den Raum.

Achselzuckend besprach Flori mit seinen Schutzbefohlenen die Bergroute für den kommenden Tag und schloß die Mahnung an: „Bergfestes Schuhzeug anziehen, Herrschaften! Ich hoff, daß niemand in Sandalen daherkommt."

Die Herren versprachen es, und die Damen verabschiedeten sich mit einem verheißungsvollen Lächeln. Zufrieden begab sich Flori hinaus in die Gaststube und ließ sich ein Krügl Bier und einen Obstlerschnaps bringen.

Nach dem ersten kräftigen Schluck dachte er schon nicht mehr an die Begebenheit im Nebenzimmer, sondern nur noch an seine Wanda. Dabei verging ihm die Zeit wie im Flug, und das Glück leuchtete ihm aus den Augen.

★

Fünf Tage später wurde der Verband von Wandas linker Gesichtshälfte abgenommen und auch von den Händen. An den Händen waren nur winzige Narben zurückgeblieben. Flink griff sie nach dem Handspiegel, der immer auf ihrem Nachttisch lag.

Entsetzt betrachtete sie ihr Konterfei. Mit zitternden Fingern deutete sie auf das handtellergroße, dunkelrote Brandmal an ihrer Wange.

„Entsetzlich", keuchte sie. „Eine Fratze ist das. Eine abstoßende Fratze."

„Aber nein, Wanda", tröstete sie die Frau des Arztes. „Die Röte auf deiner Wange verblaßt mit der Zeit mehr und mehr. Der Brandfleck ist in vier Wochen bestimmt viel schöner anzusehen."

Wandas Mund verzerrte sich. Sie schüttelte den Kopf. „Mit diesem Gesicht möcht ich net weiterleben", brach es aus ihr hervor. „Auch dann net, wenn die Röte ein bissel verblaßt."

Maria Heiß räusperte sich. Zwischen ihren schön geschwungenen Augenbrauen grub sich eine steile Falte ein. „Was ist das für eine Red?" fragte sie streng. „So was darfst net einmal denken, geschweige aussprechen. Es gibt Menschen, die mit den ärgsten Gebrechen weiterleben, und das sogar vergnügt. Dagegen ist deine Gesichtsverletzung eine Bagatelle. Du solltest dem Schicksal danken, daß das Unglück net schlimmer ausgefallen ist."

Wanda wich dem Blick der Arztfrau aus. Als diese nach ihrer Hand griff, entriß sie ihr diese.

„Flori wird sich mit Abscheu von mir abwenden", keuchte sie. „Nirgendwo wird er sich mehr blicken lassen wollen mit mir." Ihre Stimme hob sich. Laut und unbeherrscht schrie sie heraus: „Nirgendwo! Nirgendwo!" Ihre Augen füllten sich mit Tränen.

„Er ist gewiß vernünftiger als du", sagte Maria, immer noch in strengem Ton. „Froh wird er sein, daß dir nix Schlimmeres passiert ist."

Wieder schüttelte Wanda den Kopf, Tränen perlten über die verunstaltete Wange. „Er ist ein blitzsauberer Bursch, nach dem sich die Dirndln umdrehen. Er hat's net nötig, mit einer herumzulaufen, die so ausschaut wie ich." Sie schlug die Hände vors Gesicht. Ihr Körper wurde von heftigem Schluchzen geschüttelt. Maria ließ sich auf dem Bettrand nieder und beugte sich tief über die Schluchzende. „Verzag net, Madl. Ich hol jetzt meinen Mann. Er soll sich das Brandmal anschauen. Es gibt Schönheitskorrekturen. Warten wir ab, was der Doktor dazu meint."

Die Hände glitten vom tränennassen Gesicht der Hausgehilfin. Ein Anflug von Hoffnung leuchtete aus den grüngrauen Mädchenaugen.

„Wird er … wird er mir helfen können?" stammelte sie.

„Geduld dich ein paar Minuten."

Maria erhob sich und verließ die Krankenstube. Doktor Heiß versorgte gerade den Großknecht des Festlbauern, als sie sein Sprechzimmer betrat. Er umwickelte den Fuß, den ihm dieser entgegenstreckte und sagte: „Paß gefälligst beim Sensenschwingen in Zukunft besser auf, Michl! Hast wohl wieder einmal zu lang zu den Mägden hinübergeschielt. Dabei ist dir das Sensenblatt in den Haxen gefahren.“

Der Gerügte schnitt eine Grimasse. „Könnt sein, daß es so gewesen ist, Herr Doktor“, gab er zu. „Es wird schon nimmer vorkommen.“ Er drückte sich das verschwitzte Hütl auf die zerzausten Haare und humpelte aus dem Raum.

Heiß wandte sich seiner Frau zu und hob fragend die Augenbrauen. „Was hat meine bessere Hälfte auf dem Herzen?“ erkundigte er sich.

„Leider nix Erfreuliches, Arno“, antwortete Maria. Dann schilderte sie die Verzweiflung, die Wanda bei der Betrachtung der Brandwunde im Gesicht gepackt hatte, und vergaß auch nicht, die Selbstmorddrohung zu erwähnen.

Heiß lehnte sich an die Kante seines Schreibtisches und biß sich in die Unterlippe. Dabei rieb er sein kräftiges Kinn. „Das darf man net auf die leichte Schulter nehmen“, murmelte er. „Ein Dirndl in diesem Zustand ist zu allem fähig. Noch dazu, wo sie um die Lieb ihres Herzbuben bangt. Ich geh sofort zu ihr.“

Heiß besah sich eingehend die vom Feuer verbrannte Wange. Bedächtig nickte er. „Wie dir meine Frau schon gesagt hat, Madl, wird die Wunde in ein paar Wochen weniger schlimm ausschauen. Ich rat dir, warten wir ab, wie sich die Sache entwickelt.“

„Nein, nein!" stieß Wanda erregt hervor. „Keinen Tag länger als nötig möcht ich eine so grauslige Wange haben."

Heiß kniff sie ins Ohr. „Du bist net grauslig, Dirndl. Wenn dich dein Flori besucht, wird er das bestätigen. Wann kommt er wieder?"

Wandas Augen waren weit aufgerissen. Die Unterlippe zitterte. „Er darf mich net so sehen", kam es heiser aus ihrem Mund. „Auf keinen Fall! Für den heutigen Nachmittag hat er seinen Besuch angesagt. Ich bitt um Verbandszeug, damit ich mein Gesicht verpflastern kann." Flehend hob sie die Hände. „Operieren Sie meine Wange so bald wie möglich, Herr Doktor. Bald! Bald!"

Heiß lächelte mitleidvoll. „Dirndl", sagte er, „ich bin ein einfacher Landarzt, der keine Hauttransplantationen vornehmen kann. Aber ich hab gehört, daß der Oberarzt vom Kreiskrankenhaus solche Operationen gelegentlich durchführt. Ich werd sofort mit ihm telefonieren. Und du, Maria, bring ihr Verbandsmaterial, wenn sie die malade Wange unbedingt vor dem Herzliebsten verstecken will."

Fünf Tage später lag Wanda schon auf dem Operationstisch in der Kreisstadtklinik. Doktor Rudnick löste ein gesundes Hautstück von der Hüfte des Mädchens und verpflanzte es auf die linke Wange.

Die Operation dauerte über eine Stunde. Danach zogen sich die Ärzte zufrieden die Gummihandschuhe von den Händen. Während sie sich an den Waschbecken die Finger schrubbten, sagte der Assistenzarzt: „Die Transplantation ist meiner Meinung nach gut geglückt. Ich gratulier, Chef. Wo Sie doch mit solchen operativen Verrichtungen nur höchst selten konfrontiert werden."

„Das ist wahr", gab Rudnick zu. „Erst dreimal in meinem Leben ist mir eine solche Aufgabe gestellt worden."

„Die betroffene Wange wird auf jeden Fall besser aussehen, wenn das Operationsfeld verheilt ist. Das Mädchen wird sich damit abfinden können."

„Der Kollege Heiß aus Hallhofen hat mir nahegelegt, auf die Patientin ein wachsames Auge zu haben, da sie sich in einer kritischen Gemütsverfassung befindet."

„Dafür ist Schwester Angela grad die richtige Person", glaubte der Assistenzarzt zu wissen. „Ihr mütterliches Auftreten wird auf das Mädchen net ohne Eindruck bleiben."

★

Der Bergführer Flori Wimmer saß im Kreiskrankenhaus auf einem Hocker neben Wandas Bett und hielt ihre beiden Hände.

„Ich bin froh, daß du die Gesichtsoperation gut überstanden hast, Herzblattl", raunte er ihr zu. „War sie denn unbedingt nötig?"

Wandas Zungenspitze befeuchtete die trockenen Lippen. „Ja, Bub“, hauchte sie. „Könnt sein, daß ich dir ohne die Operation nimmer gefallen hätt.“

Er beugte sich zu ihr hinüber und küßte sie auf den Mund. „Kleines, dummes Dirndl“, flüsterte er in das rosige Mädchenohr. „Denkst wirklich, daß ein kleiner Brandfleck in deinem Gesichterl meine Lieb zu dir beeinträchtigen könnt?“ Heftig schüttelte er den Kopf. „Niemals, Wanda. Eine Zukunft ohne dich kann ich mir nimmer vorstellen. Also schlag dir die dummen Gedanken aus dem lieben Köpfl.“

Selig lächelte Wanda ihn an. Mit den Fingerspitzen tastete sie vorsichtig nach dem Verband auf der linken Gesichtshälfte. „Jetzt ist plötzlich die Angst wie weggeblasen. Mir ist, als tät die Sonn heller scheinen als vorher. Auch das Krankenstüberl schaut freundlicher und heimeliger aus. Du bist schuld daran, Flori.“

Er küßte sie wieder. Tausend verliebte, unsinnige Worte flüsterten sie sich zu und glaubten jede Silbe, die von ihren Lippen kamen. Schließlich warf Flori einen Blick auf die Uhr und hob bedauernd die Hände.

„Der Zug nach Hallhofen geht bald“, stellte er fest. „'s heißt Abschied nehmen. Morgen hab ich eine Führung auf die Heiglspitze zu machen.“ Flori lachte. „Mein Kunde schaut net grad vertrauenswürdig aus. Aber er hat schon im voraus bezahlt. Und das ist die Hauptsache. Man kann sich die Leut net aussuchen, wenn man genug verdienen will." Er beugte sich zu Wanda hinüber. „Übermorgen komm ich wieder. Inzwischen wollen wir ganz fest aneinander denken, gelt?"

„Ganz, ganz fest", versicherte Wanda eifrig. „Kein Viertelstünderl darf verstreichen, ohne daß wir aneinander denken."

Wanda zupfte eine der Blumen, die er ihr mitgebracht hatte, aus der Vase auf dem Nachttischchen und sog den Duft ein. Wie ein Gemälde mit prachtvollen Farben lag die Zukunft an der Seite des geliebten Menschen vor ihr. Am liebsten hätte sie ihre Freude aus sich herausgeschrien. Doch sie traute sich nicht. Man hätte sie draußen auf dem Flur hören können.

Als Schwester Angela Kaffee und knusprige Kipferl brachte, beäugte sie überrascht das strahlende Gesicht des jungen Mädchens. Lächelnd sagte sie: „Du siehst aus, als hättest in einem Preisausschreiben gewonnen, Wanda."

Die Patientin drückte die Blume an den Mund. „Mehr als das hab ich gewonnen, Schwester Angela", flüsterte sie. „Nämlich eine Lieb, von der ich geglaubt hab, ich hätt sie schon verloren." Sie dehnte die Arme. „Schön ist sie, die Welt."

„Das hör ich gern", sagte Schwester Angela. „Glückliche Leut werden schneller gesund als unglückliche. Aber jetzt trink deinen Kaffee und mach dich über die Kipferl her. Sie sind ganz frisch und schmecken hervorragend."

Am nächsten Morgen stapfte Flori zusammen

mit einem mittelgroßen, schlanken Mann auf den Wiesenhängen dahin, die sanft anstiegen und sich bis zum Waldgürtel hochzogen. Der Tau der Nacht hing noch an den Gräsern und funkelte auf, wenn er von einem Strahl der noch schrägstehenden Sonne getroffen wurde. Eine Lerche tirilierte in den Lüften. Ein wolkenloser, tiefblauer Himmel wölbte sich über Berg und Tal.

Aus den Augenwinkeln schielte Flori zu seinem Schutzbefohlenen hin. Dieser trug ortsübliche Kleidung, stammte aber nicht aus der Gegend, wie Flori schon am Dialekt erkannte. Ein dunkles Haarbüschel hing dem Mann in die fliehende Stirn. Buschige Brauen hingen über den nachtschwarzen Augen, die unstet hin und her wanderten. Je länger ihn der junge Bergführer betrachtete, desto weniger gefiel er ihm. Zum Glück sprach der Mann nur wenig, denn seine Stimme ging Flori auf die Nerven.

„Der Tag geht auch vorbei", dachte Flori und erinnerte sich lieber des letzten Busserls, mit dem ihn seine Wanda im Kreiskrankenhaus beglückt hatte. Nicht mehr allzu lange würde sie dort bleiben müssen. Mit viel Liebe wollte er sie dann für alles Durchlittene entschädigen.

Sie langten am unteren Saum der Bergwaldung an. Flori blieb stehen. „Ich schlag vor", sagte er, „daß wir auf dem Serpentinenweg hinaufmarschieren bis zum Latschenfeld. Von dort aus haben Sie schon einen schönen Ausblick. Und der Weg bis zum oberen Steig der Ostwand ist nimmer gar zu weit."

„Einverstanden", brummte der Angesprochene knapp.

Erleichtert traten die Männer unter die schirmenden Äste der Baumriesen, denn die höhergerückte Sonne hatte ihnen schon manche Schweißperle auf die Stirn getrieben. Als sie am großen Tobel vorbeiwanderten, kam ihnen eine zweiköpfige Zollstreife entgegen. Einer der Zöllner legte grüßend die Hand an das Mützenschild.

„Hallo, Flori!" rief er. „Sieht man dich auch wieder einmal auf der Heiglspitze? Warst lang nimmer da."

„Stimmt, Korbi", erwiderte Flori. „Die meisten Führungen gehen halt aufs Gassnerhorn. Das ist sozusagen der Hausberg von Hallhofen." Er wies auf seinen Begleiter. „Der Herr da freilich war fürs Gassnerhorn net zu begeistern."

„Aha!" Der Zöllner besah sich den Mann und schob nachdenklich die Unterlippe vor. „Mir ist, als wären wir uns schon einmal begegnet. Aber man täuscht sich leicht."

„Ich kann mich an keine Begegnung erinnern", schnarrte der Mann in abweisendem Ton.

Flori lüftete sein Hütl. „Wir müssen weiter. Ich möcht den oberen Steig gern erreichen, bevor die Mittagssonne herunterbrennt. Macht eure Sache gut, ihr Grenzersleut. Pfüat euch!"

„Servus, Flori!" Die Zöllner setzten ihren Weg

fort. Vorher hatte der Zollassistent Korbi dem Begleiter des Bergführers noch einen langen, grübelnden Blick zugeworfen.

Bald lag der Waldgürtel hinter Flori und seinem Kunden, und vor ihren Augen breitete sich das Latschenfeld aus, das sich bis zum Beginn der Felsregion hinzog. Flori wies auf das Bergpanorama hin, das vor ihrem Standpunkt aus gut zu überblicken war.

Der Mann hob das Fernglas nur kurz an die Augen und drängte zum weiteren Aufstieg. Dann wurde die Vegetation immer dürftiger. Nur noch in felsigen Ritzen fristete Mooswurz ein kümmerliches Dasein.

Floris Begleiter hielt ruckartig an und starrte hinüber zu den buckligen Almmatten. Flori entdeckte drei Zollbeamte, die mit geschulterten Gewehren über die Wiesen schlenderten, auf denen Jungvieh weidete. Die Aufmerksamkeit des Mannes an seiner Seite galt also den Beamten.

Der Mann hüstelte. „Da wimmelt es ja von Grenzschnüfflern", murmelte er. Sein Blick hing immer noch an den Zöllnern.

Flori lachte. „Ganz so schlimm ist 's net", erklärte er. „Aber die Grenz verläuft direkt hinterm Gipfel. Und an Schmugglern fehlt's wohl net, wie man hört."

Sie setzten den Aufstieg am Felshang fort und erreichten den unteren Steig. Die griffige, nicht zu steile Wand wurde von Flori und seinem Schutzbefohlenen ohne Schwierigkeiten gemeistert. Am oberen Steig angelangt, nahm Flori das Hütl ab, wischte sich mit dem Joppenärmel über die Stirn und zwinkerte dem Mann zu.

„Wie wär's mit einer Rast, bevor wir den Gipfel packen?“ fragte er. „Ich muß mich wundern, wie gut Sie mitgehalten haben.“

Der Gefragte grinste schief. „Das ist net der erste Berg, den ich in Angriff nehm“, verkündete er. „Und eine Rast ist net nötig.“

Flori drückte sich den Hut auf die braunen Haare. „Gut. Klettern wir weiter, Herr Namenlos. Oder darf ich endlich erfahren, wie Sie heißen?“

Der Mann grinste erneut. „Nennen Sie mich einfach Bonifaz“, schlug er vor. „Das genügt.“

„Meinetwegen“, sagte Flori achselzuckend. Er zweifelte keine Sekunde daran, daß ihm der Mann einen falschen Namen angegeben hatte. Aber darum hatte er sich nicht zu kümmern. Dieser Berggang dauerte nicht ewig. Und dann kam ihm der Bonifaz genannte Mensch wohl nie mehr unter die Augen. „Also steigen wir auf!“

Er wunderte sich wiederholt, mit welchem Geschick der über ihm kletternde Bonifaz jede Ritze im Gestein und jeden winzigen Felsvorsprung nutzte. Flori mußte seine ganze, bergsteigerische Kunst aufbieten, um ihm mit gleicher Geschwindigkeit folgen zu können.

Rascher als erwartet langten sie am kleinen Gipfelplateau an. Flori setzte sich auf eine niedrige Erhebung und griff zu seinem riesigen karierten Taschentuch, mit dem er sich über Stirn und Nacken fuhr.

„Sakra, sakra", stieß er hervor. „Jetzt verraten Sie mir gefälligst, wozu Sie einen Bergführer brauchen, Bonifaz. Daß Sie ein erfahrener Alpinist sind, können Sie wohl net leugnen."

Das schiefe Grinsen tauchte wieder in Bonifaz' Gesicht auf. „Wofür Sie gebraucht werden, erfahren Sie noch früh genug, Wimmer-Flori." Er steckte eine Zigarette in Brand und sog den Rauch tief in die Lungen. Nach ein paar weiteren Zügen warf er sie zu Boden und trat die Glut aus. Dann trat er an den hinteren Rand des Plateaus, von dem aus die Rückseite des Berges eingesehen werden konnte.

„Wo verläuft die Grenze?" begehrte er zu wissen.

„Weniger als hundert Meter unterhalb vom Gipfel", lautete Floris Auskunft.

Bonifaz nickte. Plötzlich steckte er zwei Finger in den Mund und stieß einen schrillen Pfiff aus. Flori zuckte zusammen und schaute ihn verdutzt an. Gleich darauf wurde ihm klar, was dieser Pfiff zu bedeuten hatte.

Aus einer Einbuchtung in der Wand tauchten zwei Köpfe auf. Eine Hand winkte und eine Stimme rief: „Pünktlich seid ihr. Respekt. Wir kommen hinauf."

„Net bis zum Gipfel", empfahl Bonifaz. „Der könnt von unten beobachtet werden. Klettert seitlich herüber zur Südwand. Am Steig treffen wir uns dann."

Die Köpfe verschwanden. Flori stemmte die Fäuste in die Hüften. „Ich denk, jetzt ist eine Erklärung fällig", sagte er mit rauher Stimme. „Was sind das für Leut, die zum Steig herüberkommen?"

„Freunde", sagte Bonifaz feixend. „Und sobald wir mit ihnen zusammengetroffen sind, erklär ich Ihnen alles."

Sie kletterten hinab zum oberen Steig. Flori bewunderte wieder die Geschicklichkeit seines Begleiters. Sie brauchten nicht lange zu warten. Minuten später schoben sich zwei Gestalten hinter der nächsten Steigkrümmung hervor. Es handelte sich um einen großen, massigen Mann und einen kleineren, der städtische Kleidung trug.

Bonifaz begrüßte beide wortreich. Dem Mann in städtischer Kleidung schüttelte er besonders lange die Hand. Dann deutete er auf Flori. „Das ist der Mensch, der euch sicher ins Perwangertal hinunterbringt. Er macht wohl kaum Schwierigkeiten."

„Oho!" Floris Augen blitzten. Herausfordernd schob er das eckige Kinn vor. „Was wird da über meinen Kopf hinweg ausgehandelt?"

Der kleinere, städtisch gekleidete Mann holte tief Luft und stieß sie geräuschvoll aus. „Ich glaube, wir müssen ihm reinen Wein einschenken", sagte er mit auffallend heller Stimme. „Es gibt Leute, die hinter mir her sind. Und mein

Steckbrief ist wohl auch schon diesseits der Grenze in Umlauf. Ich werde drunten im Perwangertal abgeholt. Allerdings erst nachts. Daß ich ohne Zwischenfall unten ankomme, dafür sollen Sie sorgen."

„Ha!" Flori schüttelte heftig den Kopf. „Dafür geb ich mich net her", stieß er erregt hervor. „Ihr habt euch den falschen Mann ausgesucht, ihr noblen Herren."

Bonifaz lachte. „Ich glaub net", sagte er. „Zwei Bergführer gibt's in Hallhofen. Sie sind der Mensch, der sich auf der Heiglspitze besonders gut auskennt, wie ich erfahren hab. Und daß Sie Heiratspläne schmieden, ist mir auch erzählt worden. Wer an den Ehestand denkt, braucht Geld."

Auf seinen Wink zerrte der massige Mann den Rucksack vom Rücken und knüpfte ihn auf. Flori traute seinen Augen nicht. Der Rucksack war prall mit Geldscheinen gefüllt. Der Städter griff hinein und zog ein Bündel heraus, das er Flori entgegenstreckte.

„Als Balsam für das strapazierte Gewissen", sagte er lächelnd. „Das ist mehr, als Sie sonst in einem Jahr verdienen."

Flori trat einen Schritt zurück und machte eine abwehrende Handbewegung. „Mit keinem Finger rühr ich das Sündengeld an", rief er aus. „Seht zu, wie ihr ins Tal kommt. Aber ohne mich. Ade!"

Er wollte sich entfernen, da tauchte in Bonifaz'

Hand eine kleine Pistole auf. „Bübl", sagte er beinahe nachsichtig, „du kannst jetzt net einfach davonlaufen. Dafür weißt du schon zuviel. Sei gescheit und tu, was man von dir erwartet. Es ist bestimmt net dein Schaden. Steck endlich das Geld ein!"

„Nie und nimmer!" Flori verschränkte die Arme auf dem Rücken. „Auf der Haut tät mir das Geld brennen."

Mit einem Sprung war der massige Mann bei ihm. Flori konnte dem kräftig geführten Schwinger auf dem schmalen Steig nicht ausweichen. Der Hieb riß ihn von den Beinen. Gefährlich nahe am Steigrand fiel er auf den Rükken.

Mit einem unterdrückten Ächzen richtete er den Oberkörper auf und befühlte die malträtierte Kinnlade. Der Städter beugte sich zu ihm hinab. „Das hättest du dir ersparen können, Junge", sagte er in vorwurfsvollem Ton. „Wer weiß, was meinem schlagkräftigen Freund noch alles einfällt. Möglicherweise tust du einen Fehltritt und fällst in den Abgrund. Was wird deine Braut dazu sagen?"

Flori stand auf. „Mir bleibt wohl keine Wahl", murmelte er mit heiserer Stimme. „Also, was erwartet ihr von mir?"

„Daß du uns unbemerkt an den Zöllnerstreifen vorbeiführst", sagte der Städter.

„Wie soll ich wissen, wo die Grenzer grad ihren Dienst verrichten?"

Bonifaz mischte sich ein. „Du kennst den Berg wie deine Hosentasche, und du kennst viele der Zollschnüffler. Mach uns also net weis, du wüßtest net, wie man sich an ihnen vorbeischleichen kann."

„Und wenn wir trotzdem von ihnen ertappt werden?"

Die Augen des städtisch gekleideten Mannes wurden schmal. „Dann gibt es eine Schießerei", zischte er. „Sehr leicht kann dich dabei eine Kugel treffen."

„Hm!" Flori rieb sein Kinn. „Warum habt ihr den Berggang net in der Dunkelheit gemacht?"

„Weil ich ein vollkommen unerfahrener Kletterer bin", erklärte der Städter. Lächelnd fügte er hinzu: „Es wäre doch schade, wenn ich abstürzen würde, wo sich so viel Geld in meinem Besitz befindet." Er deutete mit dem Daumen auf den offenen Rucksack. Er trat nahe an Flori heran und steckte ihm das Bündel Banknoten in die Joppentasche.

Der junge Bergführer wischte sich mit dem Handrücken über die Stirn. „Also vorwärts! Ihr haltet euch hinter mir. Ich führ euch zum Kar hinüber. Dort ist der Abstieg zwar net ganz leicht, aber man sieht dafür kaum einen Grenzer, weil die Schmuggler die steile Wand am Kar scheuen."

„Gut. Wir verlassen uns auf dich."

Gebückt stapfte die kleine Gruppe auf dem Steig dahin. An einer Felsnase hielt Flori an und lugte vorsichtig daran vorbei. „Kommt, die Luft ist rein!“

Sie erreichten einen zerklüfteten Felshang, in dessen Mulden sie vor spähenden Zöllneraugen ziemlich sicher waren. Langsam bewegten sie sich vorwärts. Die Sonne stand im Zenit und trieb den Bergwanderern den Schweiß aus allen Poren. Doch keiner achtete darauf.

Als sie sich dem oberen Ende des Kars näherten, legte sich Flori auf den Bauch und kroch bis zum Rand vor. Von dort aus konnte er das ganze Latschenfeld überblicken, das etwa fünfzig Meter tiefer lag. Angespannt spähte er nach allen Seiten. Kein Zollbeamter war zu entdecken. Weit im Hintergrund kräuselte sich aus dem Kamin der Sennhütte ein dünner Rauchfaden in die klare Luft.

Flori rief über die Schulter zurück: „Wir können den Abstieg antreten, ihr Leut.“ Die Gefahr, beim Abwärtsklettern gesehen zu werden, war sehr gering, da die nischenförmige Vertiefung des Kars im Schatten lag. Der Fels war allerdings ziemlich glatt und erforderte größte Behutsamkeit. Doch dieses Risiko mußten die lichtscheuen Begleiter des jungen Bergführers auf sich nehmen.

Als erster stieg Bonifaz ab. Er befürchtete wohl, daß Flori Reißaus nehmen könnte, wenn er vor den anderen am Latschengrund anlangte. Nach Bonifaz machte sich der Städter an den Abstieg. Dabei ging er ziemlich ängstlich ans

Werk, glitt mehrmals mit den Spitzen seiner Straßenschuhe ab und konnte sich gerade noch mit den Fingern festkrallen. So mancher leise Angstschrei entrang sich seinen Lippen. Endlich stand er auf festem Boden und ließ einen erleichterten Seufzer hören.

Flori bewältigte die Klettertour ohne Schwierigkeiten. Im Schatten der Karnische ließ Flori die Blicke schweifen. Zu seiner Beruhigung tauchte kein Zöllner auf.

„Wenn wir die Waldung da drüben ungesehen erreichen, ist viel gewonnen", sagte er. „Drücken wir uns halt gegenseitig die Daumen, daß es klappt."

Er huschte aus der Nische heraus und rannte quer über den Latschenhang. Dicht hinter sich vernahm er heftiges Atmen. Er grinste. Bonifaz befürchtete also immer noch, er, Flori, könnte sich aus dem Staub machen.

Hinter den ersten Stämmen des Waldrands stolperte der stämmige Mann und fiel der Länge nach zu Boden. Eine wilde Verwünschung ausstoßend rappelte er sich hoch und torkelte keuchend hinter einen Kiefernstamm.

„Jetzt verschnauft erst einmal", schlug Flori vor. „Aber vergeßt net, ihr seid noch lang net in Sicherheit. Drei bis vier Zollstreifen spazieren ständig durch den Bergwald. Darum ist's ratsam, sich im dichten Unterholz zu verstecken, bis die Nacht anbricht."

„Zeig uns ein gutes Versteck!"

Wortlos setzte sich Flori in Bewegung. Die anderen folgten ihm. Zuerst ging es ein Stück durch den Hochwald, dann stapften sie am Rand einer Jungfichtenschonung dahin. Flori steuerte auf den langgezogenen Tobel zu. Kurz bevor er ihn erreichte, stockte sein Fuß. Durch einen warnenden Zischlaut brachte er seine Begleiter dazu, regungslos zu verharren. Lauschend hob er den Kopf. Dann sprang er mit einem Satz zum Tobelgrund hinunter und bedeutete den Männern durch lebhaftes Winken, es ihm gleichzutun.

Sie drückten sich in den Schatten einer Lärche, die in der Mitte des Tobels aufragte. Keine Sekunde zu früh. Das Knacken dürren Reisigs, das auf dem Waldboden lag, verriet, daß sich jemand näherte. Gleich darauf vernahmen sie Stimmen und zwei uniformierte Männer mit kurzläufigen Gewehren auf den Rücken tauchten auf. Sie unterhielten sich über den letzten Tanzabend beim Mandlwirt und über eine rothaarige Hühnermagd, deren Mieder einen besonders tiefen Einblick gestattet hatte.

Die Beamten blieben oben am Tobelrand stehen. Die Männer unten hielten den Atem an. „Wie ich sie heimbegleitet hab, die rothaarige Liesl", erzählte der eine Zöllner, „war von dem Feuer, das ich in ihr vermutet hab, nimmer viel übrig. Ein Busserl auf die Wange hat sie gestattet. Dann ist sie ins Haus gelaufen. So eine Enttäuschung."

„Nimm's net tragisch, Vinzenz", tröstete der

zweite Beamte. „Eine andere Mutter hat auch ein schönes Kind."

Sie setzten ihren Weg fort und waren bald aus Floris Gesichtskreis verschwunden. Ihm fiel ein Stein vom Herzen.

„Mir nach!" raunte er seinen Begleitern zu. Sie verließen den Tobel und verkrochen sich in der Nähe im Unterholz, wo es am dichtesten war. Auf einer winzigen Blöße setzten sie sich auf den mit dürren Nadeln bedeckten Boden.

„So", sagte der Städter, „hier machen wir es uns gemütlich bis zum Einbruch der Nacht."

Flori krauste die Stirn. „Soll ich gar acht Stunden lang bei euch hocken? Das letzte Stück vom Berg schafft ihr auch ohne mich."

Bonifaz lachte hell auf. „Was denkst du dir eigentlich, Bürschl?" fragte er belustigt. „Möchtest wohl gern auf dem schnellsten Weg zur Gendarmerie laufen und uns die Polizisten auf den Hals hetzen, gelt? Daraus wird nix. Wir freuen uns über deine Gesellschaft. Vergiß die dummen Gedanken!"

Er zog eine flache Schnapsflasche aus der Innentasche seiner Joppe, trank und ließ sie reihum gehen. Flori verspürte ein Kribbeln im Magen und trank auch. Er blickte zu dem kleinen Stück Himmel hinauf, das die hohen Wipfel freigaben. Der Sonnenball war ein gutes Stück über den Zenit hinausgerückt, wie er mit Befriedigung feststellte.

Der stämmige Mann stieß ihn mit dem Ellbogen an. „Träumst gar?" fragte er und lachte glucksend. „Erzähl uns lieber was von deiner Braut. Wie sieht sie aus?“

Flori bog die Mundwinkel nach unten. „Mit euch red ich net über mein Madl“, sagte er. Dann wandte er sich an den Städter. „Glauben Sie wirklich, lang auf freiem Fuß zu bleiben, wo doch Ihr Steckbrief schon überall hängt?“

Der Gefragte nickte lächelnd. „Ja, das glaube ich“, antwortete er. „Auf mich warten einflußreiche Freunde, die mir weiterhelfen.“

„Wenn schon“, sagte Flori geringschätzig. „Sie werden allweil ein Gejagter sein. Ich möcht so net leben.“

„Um meine Nerven ist es nicht schlecht bestellt“, erklärte der gut gekleidete Mann achselzuckend.

Dann lehnte er den Kopf auf den vollen Rucksack und schloß die Augen.

Auch Flori versuchte zu schlafen. Es gelang ihm nicht. Intensiv dachte er an seine Wanda und beschloß, ihr das Erlebnis dieses Tages zu verschweigen. In ihrem Zustand würde sie sich zu sehr aufregen.

Ein dämmriges Grau breitete sich in dem Versteck im Unterholz aus. Das Blau des Himmels verblaßte. War die Sonne schon untergegangen? Flori hoffte es. Er wollte endlich die Nähe dieser Leute loswerden. Wollte wieder unter Menschen sein, die sich offen zeigen konnten.

Es wurde düsterer und düsterer im Versteck. Der Himmel nahm eine dunkle Färbung an. Die

Mondsichel blinkte blaßgelb auf. „Ich denk, ihr könnt jetzt ins Tal hinuntersteigen", sagte Flori ungeduldig.

„Eine Stunde warten wir noch", erklärte Bonifaz. „Das Auto ist bestimmt noch net zur Stell."

Flori begann die Minuten zu zählen. Wie auf glühenden Kohlen saß er im Dickicht des Unterholzes. Endlich hob der städtisch gekleidete Mann die Hand. „Es ist soweit", sagte er.

Sie erhoben sich und zwängten sich durch das Gezweig hinaus in den Hochwald. Flori holte tief Luft und reckte sich, denn das Rückgrat schmerzte.

„Wachsam sein!" mahnte Bonifaz. „Wir können jederzeit noch einer Streife in die Arme laufen."

Ohne Zwischenfall langten sie am unteren Saum der Waldung an und stiegen die Hangwiesen hinunter. An der Seite des Kiesweges stand ein Wagen. Der Mann mit dem Rucksack stieß einen unterdrückten Jubelruf aus.

Ein hochgewachsener Mann stieg aus dem Fahrzeug. Der Gutgekleidete eilte ihm entgegen und schüttelte ihm kräftig die Hand. Flori warf einen Blick auf das Nummernschild. Es war mit einem Lappen verhängt.

Bonifaz wandte sich an den Rucksackträger. „Kümmere dich um unsern Bergführer."

Flori ballte die Fäuste und winkelte die Arme an. „Was habt ihr mit mir vor?" fragte er mit gepreßter Stimme.

„Nix Schlimmes", besänftigte ihn Bonifaz. „Dir wird der Mund zugeklebt und die Handgelenke und Fußknöchel mit Klebeband umwikkelt. Ein kräftiger Bursch wie du befreit sich schon nach einer Weil. Wir aber haben den Vorsprung, den wir brauchen, bis du zum Gendarm rennst." Er kniff ein Auge zu. „Mach keine Schwierigkeiten, Wimmer-Flori. Es tät mir leid, wenn unsere gemeinsame Bergtour einen tragischen Ausgang nehmen tät." In seiner Hand tauchte wieder die Pistole auf. Flori fügte sich, wenn auch zähneknirschend. Wenige Minuten später lag er auf dem Boden, den Mund verklebt und Arme und Beine mit Klebeband umwickelt. Bevor der stämmige Mann das Auto bestieg, sagte er noch: „Du hast deine Sache gut gemacht, Bergführer. Bist ein sympathisches Bürschl. Trag mir den Faustschlag net nach, den ich dir droben auf dem Steig versetzen hab müssen. Pfüat dich!"

Das Auto fuhr ab. Flori zerrte an seinen Fesseln. Der Schweiß brach ihm vor Anstrengung in Strömen aus. Seiner Meinung nach war mindestens eine Stunde verstrichen, als er merkte, daß sich das Band an seinen Handgelenken dehnte. Er bot alle Kraft auf. Die Adern an der Stirn schwollen an. Ihm wurde rot vor den Augen. Da gelang es ihm, eine Hand aus der Fessel herauszuziehen.

Mühelos entledigte er sich nun der übrigen Fesseln. Dann blieb er ein paar Minuten lang erschöpft im Gras des Wiesengeländes liegen. Einigermaßen erholt rappelte er sich schließlich hoch und marschierte auf das Dorf zu.

Auf der Gendarmeriestation schlug der Dorfpolizist fassungslos die Hände über dem Kopf zusammen. „Hast du die ganze Geschichte net gar am End geträumt, Flori?“ fragte er schließlich mißtrauisch.

Flori kramte das Bündel Geldscheine aus der Tasche und warf es auf die Tischplatte. „Genügt das, oder brauchst noch mehr Beweise, Stieglauer?“

Der Polizist stierte das Bündel mit aufgerissenen Augen an. „Das ist ein Haufen Geld“, konstatierte er. Dann griff er zum Telefon und meldete diesen Vorfall der Kriminalaußenstelle. Er übergab Flori den Hörer und dieser beschrieb durch den Draht das Aussehen der drei Verbrecher. Der Kriminalbeamte am anderen Ende der Leitung stellte dabei fest, daß einer dieser Männer gesucht wurde; wegen eines Banküberfalls jenseits der Grenze, bei dem der Kassierer lebensgefährlich verletzt worden war.

Gendarm Stieglauer legte den Hörer auf die Gabel. „Die Jagd auf die drei Flüchtigen beginnt“, erklärte er. „Vielleicht fällt für dich sogar eine Belohnung ab, Flori, wenn sie durch deine Angaben gefaßt werden.“

Flori winkte ab. „Darauf hab ich's net abgesehen“, versicherte er. „Ich bin schon froh, daß ich bei dem Abenteuer mit heiler Haut davongekommen bin. Und jetzt freu ich mich auf mein Bett. So müd wie heut war ich schon seit Jahr und Tag nimmer."

★

Der Oberarzt Doktor Rudnick betrat Wandas Krankenzimmer. Die Patientin stand am Fenster und schaute über die Dächer der gegenüberliegenden Häuser. Sie drehte sich um, lächelte den Arzt an, der von Schwester Angela begleitet wurde.

„Das Stünderl ist da, wo wir den Verband abnehmen, Wanda", sagte er und nickte ihr aufmunternd zu.

Das Lächeln gefror in dem Mädchengesicht. Wanda spürte, wie ihr Herz bis zum Hals schlug. Rudnick faßte sie bei der Hand und drückte sie sanft auf den einzigen Stuhl im Zimmer.

„Ich glaub net, daß du dich vor der Enthüllung fürchten mußt, Kind", sagte er beruhigend. „Die Operation ist meiner Meinung nach gut gelungen. Schauen wir uns also das Ergebnis an."

Schwester Angela entfernte den Verband. Rudnick beugte sich interessiert zu der Patientin hinab. Der rote Brandfleck war verschwunden. Nur die Ränder der von der Hüfte auf die Wange übertragenen Haut waren noch zu erkennen.

Rudnick und die Schwester sahen sich an. Den beiden war die Erleichterung deutlich anzumerken. Die gespannte Miene des Arztes löste sich.

Mit Bangen hatte Wanda in die Gesichter geblickt. Nun fiel ihr ein Stein vom Herzen. Sie konnte einen befreiten Seufzer nicht unterdrükken. „Ich schau also nimmer so grauslig aus wie vorher, gelt?"

„Nein", erwiderte Schwester Angela lächelnd. Sie griff nach dem Handspiegel und hielt ihn dem Mädchen vor die Augen. „Überzeug dich selber davon, kleiner Angsthas!"

Mehrere Sekunden lang blieb Wandas Miene ausdruckslos. „Eine Schönheit bin ich net grad geworden", stellte sie dann fest. „Aber bei meinem Anblick kriegt der Flori wohl keine Gänsehaut mehr. Darauf kommt's mir an." Kaum hörbar fügte sie hinzu: „Bloß darauf."

„Was sind denn das für Redensarten", sagte Oberarzt Rudnick halb belustigt, halb ärgerlich. „Wenn du deinem Freund net schön genug bist, soll er sich eine Filmdiva suchen. Doch die ist net für jeden zu haben."

„Da haben Sie wohl recht, Herr Doktor", antwortete Wanda und atmete tief auf. „Flori ist ein vernünftiger Bub. Er wird verstehen, daß ich bei allem Unglück noch Glück gehabt hab." Sie streckte Rudnick ihre Hand entgegen. „Glück auch, weil Sie mir geholfen haben."

„Meine Pflicht hab ich getan, Kindl, net mehr und net weniger. Darüber mußt net extra große Wörtl verlieren." Rudnick nickte ihr zu und ging zur Tür. Dort drehte er sich um und sagte: „Beinah hätt ich's vergessen, die Frau vom Doktor Heiß aus Hallhofen hat angerufen. Sie will dich heut noch besuchen. Auch sie wird sich über dein Aussehen freuen."

Es kam, wie Rudnick prophezeit hatte. Maria Heiß gratulierte Wanda herzlich zu der gelungenen Operation. „Das müssen wir gleich feiern", meinte sie, „mit einem Glaserl Wein und dem Rosinenkuchen, den unsere Minna eigens für dich gebacken hat."

Sie entkorkte die mitgebrachte Weinflasche, füllte zwei Wassergläser und schnitt Stücke vom Kuchen ab. Wanda, die auf dem Bettrand saß, nippte und bekam glänzende Augen. Auch der Kuchen schmeckte ihr vorzüglich.

„Wie du weißt", sagte Maria dann, „kommt dein Dienstherr, der Kommerzienrat Däumling, für alle Kosten auf, die durch die Schönheitsoperation entstehen. Da er aber zu Haus ein ziemlich unbeholfener Herr ist, hat er eine Wirtschafterin engagiert, die ihn versorgt. Sie soll nur bleiben, bis du wieder deinen Dienst antreten kannst." Maria hüstelte. „Nun ist sie aber eine Witwe, die in ärmlichen Verhältnissen lebt. Ihr graut schon davor, die schöne Stellung wieder aufgeben zu müssen."

Auf Wandas glatter Stirn tauchte eine kleine Falte auf. „Was soll aus mir werden, wenn die Frau den Posten behält?" fragte sie ratlos.

Maria legte den Arm um Wandas schmale

Schultern. „Wenn du unbedingt zu Herrn Däumling zurückkehren willst, wird dich niemand daran hindern, Madl. Aber mein Mann und ich, wir würden uns freuen, wenn du als Köchin in unser Haus kommen möchtest." Maria lachte. „Die Minna ist eine tüchtige Hauserin und backt auch gute Kuchen. Aber um ihre sonstigen Kochkünste ist 's net zum Besten bestellt. Wirst es schon gemerkt haben, wie du bei uns gewohnt hast."

Wandas Blick war zu Boden gerichtet. Dann wanderte er zum Fenster hin. „'s war ein schönes Schaffen beim Herrn Kommerzienrat", sagte sie grüblerisch. Gleich darauf verzog sich ihr Mund zu einem unbekümmerten Lachen. „Doch mit Ihnen und dem Herrn Doktor Heiß bin ich bestimmt net schlechter dran. Wann soll ich kommen?"

„Morgen. Das heißt net, daß du sofort den Dienst aufnehmen mußt. Mein Mann übernimmt die Nachbehandlung. Er hat das mit Oberarzt Rudnick schon besprochen." Maria griff nach Wandas Händen. „Weißt, Dirndl, er traut deiner seelischen Verfassung noch net ganz und möcht dich deswegen gern in seiner Näh haben."

Wanda nickte. In ihrem Augenwinkel hing eine kleine Träne. „Er ist ein guter Mensch, der Herr Doktor Heiß", murmelte sie gerührt.

Am übernächsten Tag saß Wanda im Garten hinter dem Doktorhaus in Hallhofen und blätterte in einer Zeitschrift. Sie hatte ihr kurzgeschnittenes Haar besonders sorgfältig gekämmt, ein paar Tropfen Parfüm hinter die Ohrläppchen getupft und sogar die Lippen mit dem Stift leicht nachgezogen. Denn in spätestens einer Stunde kam Flori. Zum erstenmal trat sie ihm dann ohne Gesichtsverband gegenüber.

Zum wiederholten Male zog sie einen kleinen Spiegel aus der Rocktasche und betrachtete die feinen Narben, die von der Hautübertragung zurückgeblieben waren.

„Das kann ihn net stören", stellte sie mit Erleichterung fest. „Außerdem hat er mich ja lieb." Ihre Zähne nagten an der Unterlippe. „Liebt er mich wirklich so tief und fest wie ich ihn?" Sie nickte heftig. „Er hat 's deutlich gesagt. Und Flori lügt net."

Ein Blick auf die Armbanduhr überzeugte sie davon, daß es sich nur nach um Minuten handeln konnte, bis Flori vor ihr stand. Ihr Blick schweifte hinüber zum Gassnerhorn, in dessen Felsschründen der ewige Firn nistete. Ein Starenschwarm schwirrte flügelschlagend durch die Lüfte. Hin und wieder schob sich ein Wölkchen vor den gleißenden Sonnenball.

Sie vernahm Schritte, die sich der Rückseite des Hauses näherten. Wanda legte die Hand auf die linke Brustseite und erhob sich aus dem bequemen Gartenstuhl, neben den sie vorsorglich einen zweiten geschoben hatte. Ihr Herz pochte so heftig gegen die Rippen, daß sie glaubte, der Ankömmling müßte es hören.

Flori stand vor ihr und Wanda flog ihm an den Hals. Die Lippen der beiden jungen Menschen fanden sich zu einem heißen Kuß. Sanft befreite sich Flori aus der Umarmung des Mädchens und überreichte ihr einen Margeritenstrauß und eine Sektflasche. Sein Blick ruhte auf ihrem Gesicht. Wanda stieg das Blut bis unter die Haarwurzeln.

„Endlich ist der Gesichtsverband ab, Schatzerl", stellte er fest. „Das ist wohl recht angenehm für dich, gelt?"

„Freilich", stimmte sie zu und legte die mitgebrachten Geschenke auf ein Tischchen, das in der Nähe stand. Dicht trat sie vor ihn hin. Die eigene Stimme klang ihr fremd in den Ohren, als sie sagte: „Jetzt siehst, was aus meinem Gesicht seit dem Unglücksfall geworden ist."

Er nickte. „Ich seh 's, Schatzl. Und ich bin der Meinung, du bist noch recht gut davongekommen. Es hätt wirklich schlimmer enden können."

Wanda, die sein Mienenspiel keine Sekunde aus den Augen ließ, verkrampfte die Finger so stark ineinander, daß die Knöchel weiß hervortraten.

„Man hat mich vor dem Unglück ein hübsches Madl genannt." Sie holte tief Luft. „Kann man mich heut noch so nennen, Flori?"

„Aber natürlich, Schatzl", beteuerte er und schlang die Arme um sie. „Bist allweil noch blitzsauber."

Wanda glaubte, von einer schweren Last befreit zu sein. Ein überglücklicher Seufzer entrang sich ihren Lippen. „Vor lauter Freud über deine lieben Wörtl möcht ich jetzt am liebsten ein Glaserl Sekt mit dir trinken“, verriet sie. „Meinst, ich muß den Doktor erst um Erlaubnis fragen?“

„Ach was!“ Lachend winkte Flori ab. „Du bist doch gesund. Da kann kein Doktor was gegen ein Glaserl einwenden.“

Das Mädchen eilte ins Haus, ließ sich von Minna zwei Gläser geben und kehrte hurtig zu Flori zurück. Sie saßen nebeneinander in den Gartenstühlen. Flori ließ den Korken hoch in die Luft fliegen, dann füllte er die Gläser. Sie tranken und lachten sich an.

Wanda erzählte von einem Stallknecht, der sich auf die Zinken einer Heugabel gesetzt hatte und beim Doktor absolut die Hose nicht fallen lassen wollte. Erst ein Donnerwetter des Arztes hatte ihn dazu gebracht, sich gründlich untersuchen zu lassen.

„Ja, es gibt schon bockbeinige Querschädel in unserer Gegend“, meinte Flori und wischte sich eine Lachträne aus den Augen.

Noch eine Stunde lang saßen sie vergnügt plaudernd nebeneinander. Wanda hatte zwar den Eindruck, daß Floris Blick oft zu ihrer operierten Wange wanderte und manchmal auch nachdenklich darauf ruhte, doch sie verscheuchte alle Besorgnisse schnell, nannte sich heimlich eine furchtsame Gans und gab sich wieder unbeschwert der munteren Unterhaltung hin.

Wie von einer Stahlfeder abgeschnellt, sprang

Flori schließlich von seinem Sessel hoch. „Heiliger Bimbam!“ entfuhr es ihm. „Ich müßt schon längst in der Gemeindekanzlei sein. Der Schreiberling, der sich um den Fremdenverkehr kümmert, will mir ein paar Führungen zuschanzen.“ Er umarmte Wanda. „Wenn sie mir durch die Lappen gehen, vergieß ich deswegen keine Träne. Hauptsache, ich hab ein paar Stünderl bei dir sein dürfen.“

Ein letztes Busserl folgte, dann stürmte er davon.

Wanda fuhr sich mit gespreizten Fingern durch die kurzen Haare und atmete auf. Was sie für eine Hürde auf dem Weg zu ihrem Lebensglück gehalten hatte, war nicht einmal ein winziger Stolperstein gewesen. Floris Liebe zu ihr war ungebrochen.

Gemächlich schlenderte sie durch den Garten und summte eine Melodie.

Eine wundervolle Zeit lag vor ihr. So wundervoll wie dieser Himmel, dessen tiefes Blau nur von ein paar winzigen Wölkchen unterbrochen wurde, die wie Wattebäusche hoch oben hingen.

Flori, um den alle Gedanken Wandas kreisten, schlug nach der Unterredung in der Gemeindekanzlei die Richtung zu seinem Elternhaus ein. Da es für das Nachtmahl noch zu früh war, kredenzte ihm die Mutter ein Schalerl Kaffee und eine Schmalznudel in der Wohnstube, dann begab sie sich wieder in die Küche.

Kauend saß Flori am Tisch und spülte den Nudelbrocken mit Kaffee hinunter. Seine Gedanken kehrten zu Wanda zurück. Er glaubte, den Druck ihrer weichen Lippen noch auf den seinen zu spüren. Er erinnerte sich aber auch der deutlich sichtbaren Operationsnarben auf ihrer linken Wange. Aus der Brusttasche zog er eine Photographie von Wanda und betrachtete sie mit Hingabe. Damals hatte es diese Narben noch nicht gegeben. Ein bildhübsches Madl war sie gewesen.

Sie ist 's noch, verteidigte er sie in Gedanken. Doch die Narben standen dicht vor seinen Augen und wurden größer und größer. Ich werd mich daran gewöhnen, beruhigte er sich selber.

Flori leerte die Kaffeetasse, stand auf und verließ die Wohnstube. „Ich vertret mir noch ein bissel die Füß“, rief er der Mutter zu und trat hinaus in den leuchtenden Spätnachmittag. Die Sonne rückte der Bergkette im Westen immer näher, doch ihre Strahlen überfluteten noch das ganze Tal. Gemächlich schlenderte er durch die Gassen von Hallhofen. In einiger Entfernung erspähte er das Dach des Doktorhauses. Darunter weilte sie.

Er lächelte, doch das Lächeln verflüchtigte sich schnell. Wieder einmal zog er das Foto aus der Tasche, das Wanda mit kunstvoll aufgesteckter Haarkrone und unversehrtem Gesicht zeigte.

„Wie schad“, murmelte er, „daß das im Kommerzienrathäusl passiert ist. Ein Gesichterl hat sie gehabt wie Milch und Blut. Zum Anbeißen.

Aber ich werd mich mit der narbigen Wange abfinden, weil ich sie liebhab."

Er erreichte den Dorfrand. Eigentlich wäre es jetzt an der Zeit gewesen, den Heimweg einzuschlagen. Die Mutter wartete sicher schon mit dem Essen auf ihn. Doch er verspürte weder Lust noch Hunger und lenkte seine Schritte zum Mandlwirt, wo er meistens Jugendfreunde traf, mit denen er gelegentlich auch einen zünftigen Tarock spielte. Vor der Tür blieb er stehen, überlegte kurz und schlenderte dann weiter bis zum Oberbräu.

Dieses Gasthaus hatte er nicht mehr betreten, seit er mit Wanda verbunden war. Denn im Oberbräu verrichtete die Hoferer-Zilly ihren Dienst als Kellnerin. Sie war vorher sein Gspusi gewesen und hatte ihn, als er ihr die Liebe aufkündigte, mit nicht gerade freundlichen Worten verabschiedet.

Er sann über die Zeit mit ihr nach und dachte an das schimmernde, pechschwarze Haar, das sie im Nacken zu einem Knoten trug. Ihm fielen die großen, tiefblauen Augen ein, die so hintergründige Blicke verschicken konnten. Und dann das Muttermal an ihrem rechten Mundwinkel! Es lud zu einem Busserl förmlich ein. Ob sie wohl noch so schlank war wie damals? Unwillkürlich stieß er einen anerkennenden Pfiff aus.

„Was liegt schon daran, wenn ich ihr wieder einmal meine Aufwartung mach?" fragte er sich selbst. „Das tut Wanda net weh und der Lieb keinen Abbruch."

Seine Blicke schweiften neugierig durch den Raum, als er die Schankstube betrat. Nur ein paar Tische waren besetzt. Einige der Gäste kannte er und nickte ihnen grüßend zu. Hinter dem Schanktisch stand der pausbäckige Wirt und grinste ihn an. Von Zilly war nichts zu sehen.

Flori suchte sich einen Ecktisch im Hintergrund der Gaststube aus und setzte sich. Er holte ein Zigarillo aus der Tasche und steckte es in Brand, was er nur höchst selten tat. Der Wirt hob fragend die Augenbrauen und Flori rief ihm zu, daß er gern ein Krügl Bier trinken würde. Der schäumende Krug wurde gleich darauf gebracht.

Seine Augen wurden groß. Durch die Küchentür trat Zilly. Ihre schlanke Gestalt wies Rundungen auf, die Männerblicke sofort auf sich zogen. Sie wippte leicht in den wohlgeformten Hüften und begab sich zum Schanktisch.

Einer der Gäste rief sie und begehrte noch ein Viertel Tiroler Roten. Der Wirt schenkte ein, und die Kellnerin trug das Gewünschte an den Tisch des Gastes.

Flori kannte den Faltermeier-Egid flüchtig. Sein Vater betrieb einen gutgehenden Viktualienhandel bis weit über die Grenzen des Tales hinaus. Vom Sohn wurde behauptet, er fände mehr Gefallen an Weiberschürzen und Saufgelagen, als an den Geschäften des alten Herrn.

Egid legte den Arm um Zillys Hüften und tätschelte sie. Sie befreite sich aus seinem Griff und klopfte ihm scherzhaft auf die vorwitzige Hand, was schallendes Gelächter an Egids Tisch auslöste. Auch dieser grinste und zwinkerte der gutaussehenden Bedienerin vertraulich zu, die zum nächsten Tisch eilte und Bestellungen entgegennahm.

Als sie einem Sommergast Bratwürstl servierte, fiel ihr Blick auf den Tisch in der hinteren Ecke. Für einen Moment erstarrte sie. Dann verengten sich die großen Blauaugen. Die Brüste hoben und senkten sich wie in innerer Erregung. Gleich darauf kehrte sie Flori den Rücken und begab sich zum Schanktisch, wo sie die Gläser trockenrieb, die der Wirt gespült hatte.

Flori schmunzelte. Sein Erscheinen hatte bei der ehemaligen Liebsten eine heftigere Gemütsaufwallung hervorgerufen, als er erwartet hatte. Rasch trank er sein Bier aus und rief: „Noch ein Krügl, wenn ich bitten darf."

Deutlich erkennbar preßte Zilly die Lippen zusammen.

Sie stellte den Krug so temperamentvoll vor Flori auf die Tischplatte, daß das Bier überschwappte. Dann stemmte sie die kleinen Fäuste in die Hüften. Ihre blauen Augen funkelten feindselig.

„Welches Lüfterl hat dich hereingeweht?" begehrte sie zu wissen.

Flori feixte. „Meine Gelüste auf ein Krügl frisches Bier waren schuld daran, Zilly. Man wird doch noch Durst haben dürfen."

„Bier wird auch in anderen Wirtshäusern ausgeschenkt. Hättest es genausogut beim Mandlwirt trinken können. Dann wär mir dein Anblick erspart geblieben."

Flori beugte sich vor. „Tut 's denn allweil noch weh, Zilly?" fragte er leise.

„Pah!" Sie bog geringschätzig die Mundwinkel nach unten. „Aus den Augen, aus dem Sinn, heißt 's bei mir. Merk dir das, Bürschl, eingebildetes."

Er ließ keinen Blick von ihr. „Du schwindelst, Madl", behauptete er. „Du bist immer noch net über die Trennung hinweggekommen. Ich hab dich für leichtfertiger gehalten."

„Narr!" zischte sie. „Längst hab ich mich mit dem Egid getröstet. Der ist aus selbigem Haus und möcht mich heiraten. Ein feines Leben werd ich haben bei ihm."

Flori blickte an ihr vorbei zu dem Tisch hin, an dem der Strohblonde saß. Er bemerkte, daß dieser mit gerunzelter Stirn zu ihm herüberblickte. Ohne es zu wollen, empfand er ein wenig Triumph dabei.

„Ich denk, du magst ihn net besonders", sagte Flori. „Er ist auch ein Gesell, der einem so leicht net gefallen kann."

„Jetzt langt 's mir", fauchte die hübsche Bedienerin. „Ich hoff, du trinkst schnell aus und gehst dahin, wo du hergekommen bist." Sie machte auf dem Absatz kehrt und eilte zu Egids Tisch hin. Demonstrativ lehnte sie sich gegen seine Schulter und fuhr ihm mit der Hand streichelnd über das etwas ungebärdige Haar.

Der Faltermeier-Egid strahlte sie an und kniff sie herzhaft in die Kehrseite, daß sie einen belustigten Schrei ausstieß. So laut, daß es jeder in der Wirtsstube hören konnte, rief er: „Bist halt mein blitzsauberes, rabenschwarzes Schöpfl. Beim Goldschmied hab ich ein Ketterl gesehen mit einem Anhänger dran, in den ein Saphir gefaßt ist, so blau wie deine Äugerl sind. Morgen kauf ich dir das Schmuckstück, mag es kosten, was es will." Beifallheischend sah er sich in der Tischrunde um und blickte in respektvolle Gesichter.

Zilly löste sich mit einem Ruck von ihm. „Das ist net nötig, Egid", erklärte sie ziemlich barsch. „Ich mach mir net viel aus solchem Firlefanz." Hüftenschwenkend eilte sie zum Wirt hin, der zwei Weinkelche und drei Krüge vollgeschenkt hatte.

Flori trommelte mit den Fingerspitzen auf die Tischplatte und lehnte sich zurück. Was er soeben beobachtet hatte, erfüllte ihn mit Befriedigung. Das verwunderte ihn. Was ging ihn an, wie es um Zilly und den hageren Faltermeier-Egid stand? Im Doktorhaus saß ein Mädchen, das ihm vertraute.

Von unterschiedlichen Empfindungen hin und her gerissen, nagte er an seiner Unterlippe. Warum nur mußte er fortwährend an Wandas Operationsnarben im Gesicht denken? Sie war trotz des leichten Schönheitsmakels immer noch ein reizvolles Geschöpf.

Sein Blick heftete sich auf das Gesicht der Kellnerin am Schanktisch. Sogar aus der Entfernung konnte er das verlockende Muttermal am Mundwinkel erkennen, das er in vergangenen Tagen so leidenschaftlich geküßt hatte.

Er leerte seinen Krug und überlegte, ob er sich auf den Heimweg machen oder noch ein Bier trinken sollte. Die Entscheidung wurde ihm von Zilly abgenommen. Bewußt die Hüften schwenkend kam sie näher und blieb am Tisch stehen. Ihr Blick ruhte kühl auf ihm.

„Willst zahlen oder noch ein Krügl?" fragte sie scheinbar gleichmütig.

Das Muttermal stach ihm förmlich in die Augen. Krampfhaft schluckte er und würgte hervor: „Noch ein Krügl will ich. Ein Schnapserl bringst auch dazu."

Wortlos tat sie, wie ihr geheißen. Und wortlos stellte sie die Getränke vor ihn hin. Zu seiner heimlichen Freude entfernte sie sich nicht sofort wieder. Ein paar Sekunden lang fiel kein Wort. Dann fragte sie: „Bist noch verbandelt mit der Schinagel-Wanda?"

Er zögerte und neckte schließlich. „Wohl, wohl, Zilly."

„Das Feuer hat sie erwischt. Steht 's arg um sie?"

Flori schüttelte den Kopf. „Hände sind gut verheilt." Er räusperte sich. „Auch das Gesicht."

„Das freut mich. Ich hab nix gegen sie. Wanda ist net schuld daran, daß du damals meine Lieb beiseite gestoßen hast."

Flori stieß die Luft hörbar zwischen den Zähnen hindurch. „Alte Geschichten, Zilly", murmelte er. „Wenn ich dich so anschau, versteh ich freilich nimmer ganz, warum ich 's getan hab." Er hob ihr den Krug entgegen. „Tu mir die Ehr an und nimm den ersten Schluck, Zilly."

Sie zierte sich nicht lange, setzte den Krug an die schön geschwungenen Lippen und nippte daran. „Ich dank", sagte sie kurz, gab den Krug zurück und schritt hüftenwippend zum nächsten Tisch, wo man nach ihr gerufen hatte.

Floris Blick kreuzte sich mit dem des Faltermeier-Egid. Der hagere Bursche rieb nachdenklich sein Ohrläppchen. Dann rappelte er sich von seinem Stuhl hoch und stelzte auf langen Beinen quer durch die Gaststube zu Flori hin. Die Hände hatte er tief in den Hosentaschen vergraben.

„Du bist der Wimmer-Flori, wenn mich net alles täuscht", sagte er mit etwas zu schriller Stimme. „Ich weiß, daß ihr einmal ein Gespann wart, die Zilly und du."

„Du hast 's erraten", erwiderte Flori und grinste schwach. „Aber das liegt schon eine Weil zurück."

„Wohl net so lang, daß du dich nimmer an ihre

süßen Busserl erinnern könntest", vermutete Egid. „Das les ich dir von der Nasenspitze ab."

Flori stützte die Ellbogen auf der Tischplatte auf und legte das Kinn in die Hände. „Was willst von mir?"

Der Gefragte wippte auf den Fußballen. „Net viel, Freunderl. Bloß daß du die Finger net wieder nach der Zilly ausstreckst. Sie gehört zu mir. Verstanden!"

Flori grinste noch stärker. „Natürlich. Du redest ja laut genug." Er bemerkte, daß auch andere Gäste die Worte vernommen haben mußten, denn sie äugten neugierig zu seinem Tisch herüber. „Bist dir denn der Lieb von dem Madl nett sicher?" fügte er mit leisem Spott hinzu.

„Weiberleut sind oft launenhaft. Könnt sein, daß ihr dein Auftauchen das Köpfl ein bissel verdreht hat."

Flori nahm, einen langen Schluck aus seinem Krug und wischte sich den Mund ab. Er war ein Mensch, der den Streit nicht suchte, doch der herausfordernde Ton des anderen reizte ihn.

„Und wenn 's so wär?" fragte er und kniff ein Auge zu. „Was willst dagegen tun?"

Angriffslustig winkelte Egid die Arme an. „Wenn du mir in die Quer kommst, staub ich dir die Joppe aus, daß dir Hören und Sehen vergeht, Freunderl."

Flori schlug sich klatschend auf die Schenkel und lachte aus vollem Hals. „Jetzt hast den Mund aber ein bissel zu voll genommen, Kümmerling. Wer dich fürchtet, der erschrickt auch vor einer Fledermaus."

Der Verspottete knirschte hörbar mit den Zähnen. Seine knochigen Hände ballten sich zu Fäusten. Er machte Anstalten, sich auf Flori zu stürzen, doch Zilly war mit drei Sprüngen bei ihm und riß ihn zurück.

„Untersteh dich, Egid, und fang Raufhändel an!" zischte sie ihm ins Ohr. „Wenn du net sofort ein Einsehen hast, red ich kein Wörtl mehr mit dir."

Das wirkte. Egid ließ sofort die erhobenen Fäuste sinken. Folgsam ging er zu seinem Tisch zurück. Aus den Mienen der meisten Gäste war Bedauern herauszulesen. Eine handgreifliche Auseinandersetzung wurde immer als erfreuliche Abwechslung im täglichen Einerlei empfunden.

Ein strafender Blick Zillys traf Flori. „Er ist ein hitziges, unüberlegtes Bürschl, aber du hättest ihn net anstacheln dürfen", grollte sie. „Er hängt an mir wie 's Glöckerl an der Leitkuh."

Flori fuhr sich mit den Fingerspitzen über sein Bärtchen. Er zuckte mit den Schultern und lächelte betreten. „Wahrscheinlich hast recht, Dirndl", gab er zu. „Ich hab mich halt hinreißen lassen. Tut mir leid." Hastig leerte er seinen Krug, griff in die Tasche und warf ein paar Münzen auf den Tisch. Dann drückte er sich das Hütl auf das kastanienbraune Haar. Ruckartig stand er auf. „Ich hätt den Oberbräu net aufsuchen sollen. Das war ein Fehler."

Zilly holte tief Luft. Ihre wohlgeformte Brust hob und senkte sich. „Hat 's dich denn net gefreut, mich wiederzusehen?" fragte sie leise.

Er nickte. „Doch Zilly. Ich find aber, auch das ist ein Unrecht." Er murmelte einen Gruß und verließ mit weitausgreifenden Schritten die Gaststube.

Egid leerte sein Weinglas in einem Zug. „Ah!" Er gab ein wohliges Grunzen von sich. „Den Strumpfbandljäger hab ich verscheucht", brüstete er sich vor seiner Tischrunde. „Der läßt sich hier nimmer blicken."

Er hatte nicht bemerkt, daß die schwarzhaarige Bedienerin hinter ihn getreten war. „Halt den Schnabel und sei froh, daß er friedlich gegangen ist", fauchte sie. „Wie ein Schulbübl hätt er dich verdroschen, wenn 's zum Fäusteschwingen gekommen wär."

Egid fuhr herum, um protestierend aufzubegehren. Doch ein Blick in die blitzenden Mädchenaugen dämpfte schlagartig den hochsteigenden Groll. „Bring mir noch ein Viertel Tiroler Roten", bat er.

Die Schleier der Dämmerung senkten sich schon über das Tal, als Flori durch die Dorfgassen stapfte. Der Himmel nahm ein düsteres Grau an. Der junge Bergführer langte an der Karwendelgasse an und stand schließlich vor dem kleinen Elternhaus. Ihn zogen weder der Hunger noch die Sehnsucht nach einer Unterhaltung mit den Eltern nach Hause. Er wanderte weiter, hatte bald den Ort hinter sich gelassen und näherte sich dem Mühlbach.

Auf dem Uferweg blieb er stehen. Sowohl die aufsteigende Mondsichel als auch die ersten, schüchtern aufblinkenden Sterne spiegelten sich in dem seichten, aber munteren Wässerchen, das gurgelnd und glucksend dem Perwangersee zustrebte.

Flori hob einen dürren Zweig auf und warf ihn in den Bach. Er sah ihm nach, bis ihn die Wellen fortgetragen hatten. Die Dämmerung war inzwischen längst der Nacht gewichen. Das laue Lüftchen frischte auf und säuselte im Geäst der Weidenbäume.

„Ich weiß nimmer, was ich von mir selber denken soll", murmelte Flori. „Ein ganzes Jahr lang hat 's für mich nix anderes gegeben als Wanda. Keinen Zweifel hab ich daran gehabt, daß unser Lebensweg gemeinsam sein wird. Hat mich das Wiedersehen mit der Hoferer-Zilly aus der Bahn geworfen? Oder gar ..." Heftig schüttelte er den Kopf. „Schändlich wär's, dem armen Madl wegen der narbigen Backe die kalte Schulter zu zeigen. Niemals tu ich das."

Er machte sich auf den Rückweg. Als er beim Elternhaus eintraf, war er fest davon überzeugt, daß sich zwischen ihm und Wanda nichts geändert hatte. Der Vater war ausgegangen. Die Mutter fragte besorgt nach seinem langen Ausbleiben und trug dann Nierenbraten mit Gurkensalat auf.

Flori machte sich mit wenig Appetit über das

Gericht her. Den noch halbvollen Teller schob er von sich und steckte ein Zigarillo in Brand.

Die Mutter erkundigte sich, wie es der armen Wanda ergehe. Flori gab Auskunft und schielte hinauf zur Wanduhr. Ihm war nicht danach zumute, jetzt ein belangloses Gespräch zu führen. Er täuschte ein Gähnen vor und erhob sich.

„Ich bin rechtschaffen müd, Mutter", sagte er. „Es kann gewiß net schaden, wenn ich mal ganz zeitig ins Bett komm. Gute Nacht!"

Er erklomm die schmale Stiege, die hinauf zu seiner Dachkammer führte. Oben angelangt, zog er sich die Kleider vom Leib, löschte die Nachttischlampe und kroch unter die Decke. Mit offenen Augen starrte er in die Dunkelheit hinein. Nur an Wanda wollte er denken, nahm er sich vor. Nur an die gemeinsamen Tage und Jahre, die vor ihnen lagen. Doch immer wieder verwandelte sich ihr Gesicht in das der Kellnerin. Verdrossen wälzte er sich auf die Seite.

Es dauerte eine ganze Weile, bis ihn der Schlaf übermannte. Wilde Träume peinigten ihn, Feuer sah er hochlodern. Mitten durch die züngelnden Flammen sprang ein Mädchen. Das Mädchen brannte am ganzen Körper. Es rannte auf ihn zu. Das Mädchen war Wanda. Flori blickte in ein grauenhaft entstelltes Gesicht. Entsetzt drehte er sich um. Da stand Zilly vor ihm. Sie nahm ihn bei der Hand und führte ihn fort von dieser Stätte des Grauens.

Er wachte auf und wischte sich dicke Schweißtropfen von der Stirn. Ein leises, klirrendes Geräusch ließ ihn zu dem kleinen Fenster hinblikken, durch das die Mondsichel ihr bleiches, milchiges Licht schickte.

Wieder klirrte es leise. Da hatte jemand ein winziges Steinchen gegen die Scheibe geworfen, fuhr es Flori durch den Kopf. Er schlug die Dekke zurück und sprang aus dem Bett. Eine schlanke Gestalt stand am Zaun des Vorgartens. Er erkannte Zilly sofort. Verblüfft winkte er zu ihr hinab. Dann schlüpfte er eilig in seine Kleider und hastete auf Strümpfen die Stiege hinunter. Erst draußen vor der Haustür zog er die Schuhe an. Kopfschüttelnd stand er gleich darauf vor der hübschen Bedienerin.

„Was geht dir denn im Hirnkastl um, daß du zur Nachtstund Steine an mein Fenster wirfst, Zilly?" fragte er entgeistert. „Ein Glück, daß meine Eltern net aufgewacht sind."

Die junge Kellnerin beugte sich vor und fuhr mit der Hand über seine nur flüchtig gekämmten Haare. Die blauen Augen leuchteten auf. Sie kicherte kaum hörbar.

„Daß deine Eltern einen gesunden Schlaf haben, weiß ich noch aus der Zeit, wo wir ein Paar waren, Flori", raunte sie ihm zu und kicherte wieder. „Hast mich oft genug heimlich in deine Kammer geschleust. Nie sind sie wach geworden."

„Jetzt weiß ich allweil noch net, was dich hergetrieben hat, Madl." Flori knöpfte sein Hemd zu, das an der Brust offenstand.

„Das bereden wir an einem anderen Platz", schlug sie leise vor. „Hier könnten wir aus den Nachbarhäusern beobachtet werden." Sie legte den Kopf ein wenig schief und fragte: „Oder verweigerst mir gar die kleine Mondscheinpromenad?"

Tief holte Flori Luft. „Also gut", murmelte er ohne Begeisterung. „Gehen wir."

Außerhalb der Ortschaft hängte sie sich bei ihm ein und sorgte dafür, daß ihn ihre Hüfte gelegentlich streifte. Als Flori einen Feldweg ansteuern wollte, zog sie ihn zur Landstraße hin und bog erst nach etwa hundert Schritten in den nächsten Feldpfad ein. Etwas später merkte er, warum das geschehen war. Zielstrebig steuerte Zilly einen halbverfallenen, windschiefen Heustadel an. Davor blieb sie stehen.

„Wenn du müd bist, kannst du dich da drinnen ins Heu legen", erklärte sie. „Es ist genug da."

„Ich bin net müd. Jetzt erzähl mir endlich, was der Spaziergang nach Mitternacht zu bedeuten hat."

Sie warf sich an seine Brust und schlang die Arme um seinen Hals. „Ist das so schwer zu erraten?" flüsterte sie in sein Ohr. „Wie ich dich am frühen Abend im Oberbräu gesehen hab, nach langer Zeit wieder einmal, da ist zuerst die Wut in mir hochgestiegen. Aber so nach und nach ist mir allweil deutlicher geworden, daß meine Lieb zu dir noch net geschwunden ist. Sie ist da – fest und stark." Zilly stellte sich auf die Zehenspitzen und drückte ihm einen Kuß auf die Lippen.

Flori erwiderte den Kuß nicht. „Und was ist mit dem Faltermeier-Egid?" fragte er rauh. „Lockt sein dickes Geldsäckl nimmer?"

Sie schmiegte sich noch enger an ihn. „Wie kannst vom Geld reden, wo 's um Herzensangelegenheiten geht?"

„Vergiß net, daß es auch noch Wanda gibt. Bei ihr steh ich im Wort."

Sie hob ihm ihr bildhübsches Gesicht entgegen. Sein Blick saugte sich an dem reizenden Muttermal an ihrem rechten Mundwinkel fest.

„Ich bin ein Weib und hab gespürt, daß unser Wiedersehen auch an dir net spurlos vorbeigegangen ist. Gepackt hat 's dich. Leugne net, Flori!"

Sanft, aber mit Nachdruck löste er ihre Arme von seinem Hals und trat einen Schritt zurück. „Ich begeh keinen Verrat an einem Madl, das erst von einem Unglück heimgesucht worden ist", gab er ihr zu verstehen. „Schuftig tät ich mir vorkommen."

„Das Herz muß sprechen, Flori", sagte sie eindringlich, „net der Verstand." Zentimeter um Zentimeter schob sie sich näher an ihn heran. Ihre Finger tasteten sich über seine Augenbrauen, über sein Bärtchen und über das kräftige Kinn. „Du hast längst gespürt, daß wir zusammengehören. Da können sich weder Wanda noch Egid dazwischenschieben."

Er starrte immer noch ihr Muttermal an. Dann riß er sie in seine Arme, bedeckte ihr Gesicht und den Hals mit unzähligen Küssen. Zilly stieß einen tiefen, beseligten Seufzer aus. Scheinbar kraftlos hing sie in seinen Armen.

Er hob sie hoch, um sie ins Innere des Stadels zu tragen, doch Zilly sagte laut: „Halt, Bub! Erst muß ich mir deiner Lieb ganz sicher sein. Auf die Busserl hab ich mich gefreut. Net auf mehr."

★

Wanda wartete den ganzen Tag über auf den versprochenen Besuch Floris. Nach dem Abendessen wurde ihr klar, daß er an diesem Tag nicht mehr kommen würde. Sie suchte nach Entschuldigungen für sein Fernbleiben.

Die Hände auf dem Rücken verschränkt, ging sie in ihrem Zimmer auf und ab. Es gab viele Gründe, die ihn möglicherweise ferngehalten hatten. Eine Bergführung konnte sich länger hingezogen haben als vorauszusehen war. Auch krank konnte er geworden sein. War er ihr nicht ziemlich blaß vorgekommen am vergangenen Tag?

Lächelnd schüttelte sie den Kopf. Es nützte nichts, sich selbst zu beschwindeln. Morgen würde er bestimmt mit lachendem Gesicht auftauchen.

Trotzdem hatte sich auf ihrer Stirn eine kleine Sorgenfalte eingegraben, als sie sich zur Ruhe legte. Aber alle unguten Gedanken verbannte sie sofort aus ihrem Kopf. Flori war ehrlich und wahrheitsliebend. Sie war gespannt darauf, am nächsten Tag zu erfahren, was ihn gehindert hatte.

Da sie eine Schlaftablette geschluckt hatte, schlummerte sie auch sofort ein.

Fröhlich verzehrte sie am nächsten Morgen ihr Frühstück und verbrachte nach dem Waschen und Kämmen eine ganze Weile vor dem Spiegel. Nein, die kleinen Narben auf ihrer linken Wange konnten nicht der Grund sein, daß er am vergangenen Tag nicht erschienen war.

Der Vormittag verstrich, und das Mittagessen schmeckte ihr immer noch gut. Erst am späten Nachmittag stellte sich Unruhe bei ihr ein. Immer wieder trat sie ans Fenster und schaute hinaus in den wolkenverhangenen Tag, an dem es schon ein paarmal geregnet hatte. Ihre Stimmung paßte sich langsam dem Wetter draußen an.

Wenn Flori am Kommen gehindert war, so hätte er von irgendeinem Ort im Doktorhaus anrufen können. Sie preßte die heiße Stirn an das kühle Glas der Fensterscheiben. In ihrer linken Brustseite verspürte sie einen stechenden Schmerz. Alle Trostworte, die sie sich selbst zusprach, verfehlten ihre Wirkung.

Als sie die Hauserin Minna zum Abendbrot in die Küche holen wollte, saß Wanda am ganzen Leib zitternd auf der Bettkante. Erschrocken eilte Minna zu ihr hin. „Wo fehlt 's, Wanda?" fragte sie besorgt. „Du fieberst ja. Sofort ins Betterl, marsch, marsch!"

Sie half der zitternden Gestalt aus den Kleidern und verfrachtete sie ins Bett. „Ich bring dir das Essen aufs Zimmer", kündigte Minna an.

Heftig schüttelte Wanda den Kopf. „Bleib mir vom Leib damit!" stieß sie hervor. „Keinen Bissen tät ich hinunterbringen."

Verwirrt verließ die Hauserin das Zimmer. Auf dem Flur begegnete ihr die Frau des Arztes. Aufgeregt berichtete sie von Wandas beunruhigender Veränderung.

„Am End hat sie sich erkältet", vermutete Minna.

„Im warmen Stüberl kann sie sich wohl kaum erkälten", meinte Frau Maria. „Da liegen andere Gründe vor. Ich schau sofort nach ihr."

Gleich darauf stand sie am Bett der Fiebernden und befühlte Wandas Puls und auch die Stirn. „Du bist hochgradig erregt, Kind", sagte sie. „Was ist der Grund dafür?"

Wanda drehte den Kopf zur Seite und antwortete nicht. Auch als Maria die Frage wiederholte, blieb sie stumm. Nur ihre grüngrauen Augen füllten sich langsam mit Tränen. Die Arztfrau räusperte sich. „Ist dein Bräutigam ausgeblieben?" fragte sie mit Nachdruck.

Die Tränen perlten über Wandas Wangen. Doch der Mund blieb verschlossen. Beharrlich starrte sie an die Zimmerdecke.

„Er ist also nimmer gekommen, seit er dein Gesicht gesehen hat. Ist es so? Bitte sprich!"

Wandas Zähne gruben sich in die Unterlippe.

Lange Sekunden verstrichen, bis sie hervorwürgte: „Genauso ist es."

Maria griff nach ihren Händen. „Bis jetzt kann es für sein Ausbleiben allweil noch eine einleuchtende Erklärung geben", gab sie zu bedenken. „Warten wir den morgigen Tag ab. Bestimmt löst sich alles in Wohlgefallen auf."

Wanda nickte nur, ohne die Frau anzusehen. Maria warf einen Blick auf das Schälchen mit den Schlaftabletten, das auf dem Nachttisch stand. Nur zwei Schlafpillen lagen darin. Beruhigt wandte sie sich wieder dem in Tränen aufgelösten Mädchen zu.

„Versuch zu schlafen, Wanda. Nimm eine Tablette. Morgen reden wir weiter. Angenehme Ruhe."

Sie verließ das Stübchen und begab sich zu ihrem Mann ins Sprechzimmer. Dieser hielt gerade zwei Röntgenbilder gegen das Lampenlicht. „Der Guggemoos kommt um eine Dickdarmoperation net herum", sagte er. „Das wird ihn net freuen, aber es ist net zu ändern."

„Tu mir den Gefallen und leg die Bilder jetzt beiseite, Arno", bat Maria. „Mit unserer kleinen Wanda gibt 's Probleme."

„Mit Wanda?" Doktor Heiß hob verwundert die Augenbrauen. „Die ist doch längst übern Berg. Übermorgen wird sie bei uns ihren Dienst als Köchin antreten."

„Das hat mit dem Heilungsprozeß nix zu tun, Arno. Seit ihr Verlobter, der Wimmer-Flori, ihr

Gesicht gesehen hat, hat er seine Besuche eingestellt."

Heiß stieß einen leisen Pfiff aus. „Oh! Das ist freilich eine Sache, der man seine Aufmerksamkeit zuwenden muß."

Maria erzählte ausführlich über Wandas Verfassung. Heiß unterbrach sie mit keinem Wort, rieb aber dabei unablässig sein Kinn. Als Maria schloß, nickte er bedächtig.

„Das Dirndl schaut zwar seit der Operation wieder ganz manierlich aus, doch net jedes Bürschl hat die Größe und sieht über verbliebene Merkmale hinweg. So was trifft ein Dirndl wie Wanda natürlich wie ein Hammerschlag."

„Wir müssen uns morgen eingehend um sie kümmern", sagte Maria.

„Wieso morgen? Sofort! Solche jungen Geschöpfe sind unberechenbar."

Heiß stürmte aus dem Sprechzimmer. Maria blieb ihm dicht auf den Fersen. Als beide Wandas Stube betraten, lag das Mädchen mit geschlossenen Augen im Bett. Die beiden Schlafpillen im Schälchen fehlten, wie Maria sofort bemerkte. Sie machte ihren Mann flüsternd darauf aufmerksam. Dieser nickte, legte den Finger mahnend auf die Lippen und verließ auf Zehenspitzen zusammen mit seiner Frau den kleinen Raum.

„Schlaf", sagte er draußen im Flur, „ist im Moment die beste Medizin für sie." Er feixte. „Für mich wär jetzt ein Schalerl Kaffee die reinste Medizin. Bestell das bitte der Minna."

„Den Kaffee brüh ich selber auf", versprach Maria.

„Dann schmeckt er natürlich doppelt so gut." Schmunzelnd versetzte ihr Heiß einen Klaps auf die Sitzfläche und strebte seinem Sprechzimmer zu.

Am nächsten Morgen trat die Hauserin Minna mit dem Frühstückstablett an Wandas Bett. Diese lag mit geschlossenen Augen in den Kissen. „Aufwachen, Wanda!" rief die Hauserin fröhlich. „Das Frühstück ist da."

Wanda rührte sich nicht. Verwundert stellte Minna das Tablett auf dem Nachttisch ab und rüttelte das Mädchen leicht an der Schulter, dann immer heftiger. „Wanda – Wanda! Um Himmels willen sag doch was!"

Die Angerufene regte sich nicht und die Hauserin rannte verstört aus dem Raum. In Heiß' Sprechzimmer traf sie diesen und seine Frau an. „Sie ... sie wacht net auf, die Wanda, Herr Doktor", stammelte Minna. „Ich hab Angst um sie."

Der Dorfarzt und seine Frau warfen sich einen raschen Blick zu. Dann liefen sie zu der nur wenige Meter entfernten Stube des Mädchens. Heiß versetzte Wanda leichte Schläge auf die Wangen, hob ihren Oberkörper hoch und schrie sie an. Danach setzte er sein Stethoskop an ihre linke Brustseite.

„Der Puls ist nur noch schwach zu fühlen", berichtete Maria.

„Alle Anzeichen weisen auf Tablettenvergiftung hin“, murmelte Heiß. „Wie viele Schlaftabletten sind ihr gebracht worden?“

„Zwei Stück haben in ihrem Schälchen gelegen“, erklärte Maria, und die Hauserin nickte zustimmend.

„Ist der Medikamentenschrank heut nacht verschlossen gewesen oder net?“ Scharf blickte der Arzt seine Frau an.

Maria dachte angestrengt nach. Dann schluckte sie krampfhaft. „Ich hab gestern abend auf deinen Wunsch Bestandsaufnahme über den Inhalt des Schrankes gemacht und eine Liste angelegt. Da hab ich wohl vergessen, ihn zuzusperren. Ich mach mir große Vorwürf.“ Sie ertrug den Blick ihres Mannes nicht länger und starrte zu Boden. „Bodenloser Leichtsinn“, knurrte Heiß. „Aber darüber unterhalten wir uns später.“ Er griff unter die Kissen des in totenähnlichem Schlaf liegenden Mädchens und holte ein leeres Tablettenröhrchen hervor. Eilig lud er die Besinnungslose auf seine Arme und trug sie hinüber ins Behandlungszimmer. Maria schleppte das Gerät zum Auspumpen des Magens herbei und zog eine kreislaufstabilisierende Spritze auf.

Währenddessen richtete Heiß Wandas Oberkörper auf. Ihr Kopf hing vornüber. Der Dorfarzt nahm sich nicht mehr die Zeit, auf Gummihandschuhe zu warten. Mit geschicktem Griff öffnete er den Mund des Mädchens und steckte zwei Finger in ihre Kehle. Wanda begann zu würgen.

Für Sekunden öffneten sich die grüngrauen Augen. Ausdruckslos war der Blick auf den Arzt gerichtet. Dann erbrach sie sich heftig.

„Das meiste von dem Gift ist schon heraus", sagte Heiß zufrieden. „Aber der Rest muß auch noch folgen."

Nachdem der Magen ausgepumpt war, wurde Wanda auch noch die Spritze verabreicht. Ihr Atem ging jetzt wieder ruhiger. Doch die Bewußtlosigkeit war noch nicht von ihr gewichen. Heiß fuhr sich mit dem Handrücken über die Stirn.

„Jetzt hat sie wohl das Schlimmste überstanden. In spätestens zwei Stunden wird sie erwachen, nehm ich an." Sein Blick funkelte Maria an. „Deine Unbedachtheit hätt ihr das Leben kosten können. Dir hätt ich eine solche Nachlässigkeit niemals zugetraut."

Das schmale, ausdruckslose Gesicht der Arztfrau rötete sich. „Mir ist selber unbegreiflich, wie es zu diesem Versäumnis hat kommen können", sagte sie leise. „Aber es ist halt kein Mensch fehlerlos."

„Stimmt, Liebste", sagte Heiß in etwas versöhnlicherem Ton. „Aber verhängnisvolle Fehler dürfen einfach net begangen werden." Er trug Wanda zurück in ihre Stube.

Am späten Vormittag erwachte Wanda. Heftige Kopfschmerzen und Übelkeit plagten sie. Es fiel ihr schwer, die Augen offenzuhalten. Doch daß in der Ecke der Stube die Hauserin Minna saß, das entging ihr nicht. Dann versank sie wieder in tiefen Schlummer.

Als sie die Augen zum zweitenmal öffnete, blickte sie in das hübsche Gesicht der Arztfrau, die sich über sie beugte und sie anlächelte.

„Na, da wären wir ja wieder aus dem Land der Träume zurückgekehrt, Wanda. Wie fühlst du dich?"

Mit der Zungenspitze befeuchtete Wanda die trockenen, rissigen Lippen. „Net besonders gut, Frau Heiß", kam es krächzend aus ihrem Mund. „Was ist eigentlich los mit mir?"

„Kannst dich nimmer erinnern? Eine riesengroße Dummheit hast heut nacht begangen. Eine Dummheit, die dich leicht dein blutjunges Leben hätt kosten können."

Wandas Blick wanderte zur Zimmerdecke hinauf. „Jetzt fällt's mir wieder ein. Aus dem Behandlungszimmer hab ich mir das Pillenröhrl geholt und alle Tabletten geschluckt."

„Warum, Wanda?"

Das Mädchengesicht verzerrte sich. „Weil mir am Leben nix mehr liegt, Frau Heiß", stieß Wanda bitter hervor. „Soll ich noch länger leben mit einem verunstalteten Gesicht, das den einzigen Menschen, der mir gut war, abgestoßen hat? Nein! Dem mach ich lieber ein End."

„Du Närrin!" fuhr die Arztfrau sie an. „Du bist net verunstaltet. Keinem vernünftigen Menschen tät es wegen der winzigen Narben einfallen, sich das Leben zu nehmen. Daß dir der Wimmer-

Flori deswegen den Rücken gekehrt hat, kann ich mir net vorstellen. Das muß erst noch geklärt werden."

„Es ist so", kam es mit verbissenem Trotz aus Wandas Mund. „So und net anders. Ich spür 's deutlich."

„Alles Einbildung, Wanda. Ich hol jetzt meinen Mann. Er möcht bestimmt gern mit dir reden." Zögernd begab sich Maria zur Tür. „Schön liegenbleiben!" mahnte sie. „Ich bin gleich wieder zurück."

Ein schwaches Lächeln umkräuselte Wandas bleiche Lippen. „Ich glaub net, daß ich mehr als drei Schritte laufen könnt", murmelte sie. „Also keine Sorg, Frau Heiß. Aber ein großer Durst plagt mich."

„Dem wird abgeholfen", versprach Maria und verließ den Raum.

Eine Minute später kehrte sie mit einem großen Glas Zitronenlimonade zurück. Hinter ihrem Rücken tauchte die hochgewachsene Gestalt des Dorfarztes auf. Wanda bekam das Glas gereicht und leerte es gierig. Mit gemischten Gefühlen schaute sie den Arzt an, der sich auf ihren Bettrand setzte.

„Fangen Sie schon an zu schimpfen, Herr Doktor", hauchte sie. „Ich hab es wohl verdient."

„Was tät das schon nützen, du kleines, armes, ratloses Dirndl", sagte er leise. Maria wunderte sich über die Sanftheit seiner Stimme. „Du bist net das erste Geschöpf in diesem Haus, das nimmer weitergewußt hat. Mir ist nix Menschliches mehr fremd. Aber loben kann ich dich dafür freilich net. Denn es gibt nix Dümmeres, als das eigene Leben wegzuwerfen, noch dazu ein so junges."

„Was hab ich vom Leben noch zu erwarten mit einem Gesicht voller Narben?" brach es aus Wanda hervor. „Höchstens Mitleid. Das aber kann ich net ertragen. Lieber tot sein."

Heiß griff nach ihren Händen und hielt sie fest. „Warum lügst du dich selber an, Kindl?" fragte er ruhig. „Du hast einen Spiegel und kannst sehen, daß die zwei oder drei Narben auf deiner Wange kaum zu erkennen sind und dich gewiß net verunstalten. Ein hübsches Madl bist, nach dem sich noch viele Mannsleut die Köpf verrenken werden."

„Net der eine."

„In der Angelegenheit ist das letzte Wörtl noch net geschwatzt, Madl." Heiß holte sein Taschentuch hervor und wischte eine Träne aus ihrem Augenwinkel. „Schau, morgen hättest du bei uns als Köchin anfangen sollen. Daran ist natürlich vorerst net zu denken. In deinem Zustand brauchst du Ruh."

Wanda drehte den Kopf zur Seite. Ihr Blick wanderte hinaus in den grauen Tag, der schon mehrmals Regen gebracht hatte. Kaum hörbar murmelte sie: „Ich bin so froh, daß ich in Ihrem Haus bleiben darf, Herr Doktor. Der Kommerzienrat ist gewiß ein herzensguter Mann. Aber ganz in der Näh von seinem Haus wohnt

Flori. Wenn ich ihm begegnen tät, ich ... ich ..."

Ein paar neue Tränen traten in die grüngrauen Augen und blieben an den langen Wimpern hängen. Heiß rieb sein Kinn.

„Das wäre freilich in deiner Gemütsverfassung net ratsam", gab er zu. „Aber du bleibst ja bei uns. Ein tüchtiges Küchenmadl können wir allweil gebrauchen."

„Nur zu gern bleib ich hier, Herr Doktor", beteuerte Wanda.

„Das freut auch mich, Wanda", mischte sich die Arztfrau in die Zwiesprache. „Wir werden gut miteinander auskommen."

Mahnend hob Heiß den Zeigefinger. „Aber keine Dummheiten mehr!" verlangte er. „Wenn du noch einmal den Versuch machen solltest, Hand an dich zu legen, müßt ich dich in die psychiatrische Klinik nach München überweisen. Da hätt ich gar keine andere Wahl mehr. Versprichst mir, vernünftig zu bleiben?"

„Ich verspreche es, Herr Doktor." Wanda legte die Hand auf die linke Brustseite.

„Fein, Madl." Heiß erhob sich. „Nach meiner Sprechstund komm ich wieder zu dir herein, und wir schwatzen ein bissel miteinander. Auch meine Frau wird sich fest um dich kümmern. Und wenn du einen Wunsch hast, brauchst du bloß zu rufen. Sollst haben, was du verlangst."

Er winkte ihr lächelnd zu und verließ zusammen mit Maria das Zimmer. Draußen im Flur sagte er zu seiner Frau: „Höchste Wachsamkeit ist geboten, meine Liebe. Vorerst ist der Kleinen noch net ganz zu trauen. Mindestens jedes Viertelstünderl muß nach ihr geschaut werden."

„Ist klar, Arno", stimmte Maria zu. „Auch Minna muß mithelfen, rund um die Uhr."

„Heut nachmittag hab ich noch einen Gang zu machen." Die Augen des Dorfarztes wurden schmal. „Das gehört zwar absolut net zu meinen Aufgaben. Aber ich tu 's trotzdem."

Zielstrebig steuerte Heiß am Nachmittag das kleine Haus an, das die Familie Wimmer bewohnte. Kräftig drückte er auf die Klingel. Schlurfende Schritte näherten sich von innen der Tür, die sich gleich darauf in den Angeln drehte. Floris Mutter stand auf der Schwelle und sah den Arzt mit großen Augen an.

„Grüß dich, Wimmerin!" sagte Heiß.

„Herr Doktor, das ist aber nett, daß Sie einmal zu mir hereinschauen", rief sie erfreut aus und machte eine einladende Handbewegung. „Falls Sie sich nach meinen Magenbeschwerden erkundigen wollen, die sind so gut wie weggeblasen, dank Ihrer Hilf."

„So was hört man gern, Wimmerin", sagte Heiß und trat ein. „Aber ehrlich gesagt, will ich net zu dir, sondern zu deinem Sohn Flori. Ist er anzutreffen, oder kraxelt er grad auf irgendeinem Berg herum?"

„Das tut er erst morgen, Herr Doktor. Jetzt hockt er in der guten Stube. Fehlt ihm gar was?" fragte sie mit besorgter Miene.

„Hm!“ Heiß kratzte sich hinterm Ohr. „Könnt sein, daß es irgendwo bei ihm fehlt. Ich möcht ihn unter vier Augen sprechen.“

„Freilich, freilich, Herr Doktor.“ Die Wimmermutter schlurfte zu einer Tür hin und öffnete sie. Heiß betrat die Wohnstube. Hinter seinem Rükken schloß sich die Tür.

Der junge Bergführer saß auf der Ofenbank und ließ die Zeitung in seinen Händen sinken. Sein gutgeschnittenes Gesicht war ein großes Fragezeichen. Er erhob sich. „Wollen Sie zu mir, Herr Doktor?“ fragte er und verspürte einen Kloß in seinem Hals. „Mir fehlt nix. Ich bin kerngesund.“

Heiß musterte ihn von Kopf bis Fuß mit scharfen Blicken. Unter diesen Blicken schien Flori förmlich in sich zusammenzusinken. Er hüstelte und merkte, wie seine Handflächen feucht wurden.

„In meinem Haus liegt ein kreuzbraves Dirndl, das die Freud am Leben verloren hat, weil ihr ein charakterschwaches Bürschel wegen einer winzigen Verunzierung im Gesicht die Lieb aufgekündigt hat“, knurrte Heiß, der sein Gegenüber um einige Zentimeter überragte.

Flori wechselte die Farbe. „Wanda?“ würgte er heiser hervor. „Was ist mit ihr?“

„Heut früh haben wir ihre Tablettenvergiftung grad noch rechtzeitig bemerkt. Um ein Haar wär 's zu spät und das Dirndl nimmer zu retten gewesen.“

„Gütiger Himmel!“ stammelte Flori. Das totenblasse Gesicht bekam rote Flecken. „Hat ... Hat sie es gut überstanden?"

Heiß' Miene wurde eisig. „Wenn das net der Fall wär, wie wär dir dann zumut, Bürschl?"

Floris Kopf sank auf die Brust hinab. „Daran darf ich gar net denken", kam es tonlos von seinen Lippen. „Sie ist also übern Berg?"

„Ja", sagte der Dorfarzt hart. „Und jetzt stell ich dir ein paar Fragen, zu denen ich eigentlich net berechtigt bin. Du kannst die Antwort verweigern. Warum hast du deine Besuche bei dem armen Dirndl eingestellt? Ist ihre Gesichtsverletzung schuld daran?"

„Bestimmt net", beteuerte Flori. Doch sein Blick hielt dem des Arztes nicht stand. Scheu wich er zur Seite aus.

„Also doch", sagte Heiß. Seine Mundwinkel bogen sich verächtlich nach unten. „Das Dirndl ist allweil noch herzig anzuschauen. Wer ihr die paar kaum sichtbaren Narben verargt, ist ein ganz erbärmlicher Wicht."

Flori richtete sich zu seiner vollen Größe auf. Trotz war aus seinen Zügen herauszulesen. „So dürfen Sie net mit mir reden, Herr Doktor", protestierte er. „Das steht Ihnen net zu."

Heiß winkte geringschätzig ab. „Weiß ich", brummte er. „Aber das bekümmert mich wenig. Hast überhaupt noch die Absicht gehabt, dem Dirndl jemals die Aufwartung zu machen?"

Flori holte tief Atem. „Nein", sagte er offen. „Dafür sind aber net die Narben in ihrem Gesicht der Grund, sondern ..." Er hüstelte wieder. „Da ist ein anderes Madl." Seine Stimme hob sich. „Ich hab mich in eine andere verliebt. So was kommt auf der Welt an jedem Tag ein paar tausendmal vor." Noch lauter fügte er hinzu: „Bloß bei mir wird getan, als wär 's ein Kapitalverbrechen."

Heiß packte ihn an den Aufschlägen seiner Joppe.

„Bist du so dumm oder so gewissenlos, daß dir net bewußt wird, in welchem Seelenzustand sich das arme Geschöpf befindet? Wenn ihr das Unglück am Kochherd net passiert wär, hätt sie deinen Liebesentzug wohl zehnmal leichter verkraftet. Aber ausgerechnet jetzt, da ihr Selbstvertrauen am Boden liegt, und sie sich wie ein Mensch zweiter Klasse fühlt, hast ihr die Lieb aufgesagt." Seine Finger ließen Floris Joppe los. „Das ist unmenschlich. Packt dich net die Reu?"

Verbissen starrte der braunhaarige Bursche zu Boden. „Man kann seinem Herzen net befehlen", verteidigte er sich. „Es hat sich anders entschieden. Tut mir leid."

„Pfui Teufel! Ich muß an mich halten, um net auszuspucken." Ohne Flori noch eines Blickes zu würdigen drehte Heiß ihm den Rücken zu und verließ den Raum. Den Gruß der Wimmermutter überhörte er und verließ das Haus. In düstere Gedanken versunken, mit tiefen Falten auf der Stirn traf er in seinem Haus ein. Maria erwartete ihn schon.

Mit einer hilflosen Gebärde, die seine Frau bei ihm noch nie beobachtet hatte, murmelte er: „Es war ein Schlag ins Wasser. Gern hätt ich der armen Wanda einen Dienst erwiesen und ihr wenigstens ein kleines Glücksgefühl vermittelt, das sie jetzt so dringend braucht. Aber der noble Herr hat schon eine andere gefunden."

„O je!" rief die Arztfrau betroffen aus. „Jetzt liegt es an uns, daß sie net noch einmal eine Kurzschlußhandlung begeht."

„Wird sie laufend kontrolliert?"

„Freilich, Arno. Wir riskieren nix. Heut nacht soll Minna bei ihr schlafen, hab ich angeordnet. Ein Feldbett steht schon in ihrem Zimmer."

„Sehr vernünftig." Er grinste. „Errätst du, was ich jetzt nötig hab, meine Teuerste?"

Maria kicherte. „Das ist wirklich kein Kunststück. Nach der fehlgeschlagenen Mission brauchst du einen Kognak." Sie verschwand und kehrte gleich darauf mit einer Flasche und zwei Gläsern zurück, in die sie den goldbraunen Inhalt rinnen ließ.

Stumm sahen sie sich an. Es bedurfte keiner Worte. Sie dachten beide dasselbe.

★

Am frühen Abend fuhr Flori auf dem Fahrrad durch die Dorfgassen. Das Rad hatte er sich zugelegt, um schneller beim Oberbräu einzutreffen, wo die rassige Zilly schon auf ihn wartete.

Auch an diesem Abend wurde er von ihr vor aller Augen mit einem herzhaften Kuß begrüßt. So mancher neidvolle Blick traf ihn dabei. Der strohblonde Faltermeier-Egid hatte das Gasthaus nicht mehr betreten, seit ihm Zilly den Laufpaß gegeben hatte.

Fürsorglich brachte Zilly Bier und Würstl mit Kraut an Floris Tisch, der hungrig und durstig darüber herfiel. Sie beobachtete ihn dabei mit verliebten Blicken. Unwillig drehte sie den Kopf herum, als sie einer der Gäste anrief und einen Wunsch äußerte.

Rasch erledigte sie den Auftrag, kehrte sofort wieder zu Flori zurück und setzte sich neben ihn. Zärtlich legte sie unter der Tischdecke die Hand auf sein Knie.

„Wie hast du den Tag verbracht, Herzbub?" wollte sie wissen.

Er stieß einen langen Seufzer aus. „Heut hab ich Besuch gekriegt, der net grad erfreulich war." Nach einem zweiten Seufzer begann er zu erzählen.

Zilly lehnte sich erschüttert zurück. „Alle guten Geister", flüsterte sie. „Wanda hat einen Selbstmordversuch begangen. Hängt sie so an dir?"

Er hob die breiten Schultern. „Sie ist halt allweil noch durcheinander wegen des Unglücks, das sie getroffen hat und glaubt, ich hätt sie wegen der Brandwunden verlassen."

„Und was ist die Wahrheit?"

„Wie ich dich wiedergesehen hab, ist halt alles andere daneben verblaßt, Schatzerl", raunte er ihr schmeichelnd ins Ohr. „Wer hat schon Macht über seine Lieb?"

„Niemand." Sie kniff ihn kräftig ins Knie. „Bleibst, bis mein Dienst zu End ist?"

„Heut net, Schatzerl. Erstens muß ich morgen früh aus den Federn. Hab einen Berggang zu machen. Und zweitens hat die Aussprach mit Doktor Heiß doch stark an meinen Nerven gezerrt. Ich hüpf zeitig ins Bett."

Sie rückte näher zu ihm hin und drückte ihre Hüfte an die seine. „Lockt dich net das weiche Heu im Stadel, Herzbub?" hauchte sie. „Könnt sein, daß ich heut nacht drin liegen möcht."

Er zwinkerte ihr zu. „Und ob es lockt", flüsterte er. „Aber es kommen noch mehr Nächte. Jetzt bringst mir noch ein Schnapserl zum Abschied."

Ein wenig enttäuscht stand Zilly auf, ging zum Schanktisch und brachte flink ein Gläschen Obstler. Flori leerte es in einem Zug. Dann beglich er seine Zeche, nahm mit Vergnügen Zillys Abschiedsbusserl entgegen, tätschelte ihre Hüfte und ging aus der Schankstube.

Als er sich draußen in den Fahrradsattel schwang, senkte sich die Dämmerung über das Perwangertal nieder. Das dicke Wolkengewölbe färbte sich schwärzlich. Das schwache Lüftchen, das durch die Gassen strich, frischte zum scharfen Wind auf.

Flori ließ den Ortsrand hinter sich und strampelte über einen lehmigen, mit Regenpfützen bedeckten Wiesenpfad, um den Weg zu seinem Elternhaus abzukürzen. Etwa in der Mitte des Wiesenpfades ragte eine Buchengruppe auf. Als er daran vorbeifuhr, schnellte im Halbdunkel ein Schatten auf ihn zu und riß ihn vom Fahrrad.

Kaum daß er auf dem feuchten Boden aufgeprallt war, traf ihn ein harter Faustschlag an der Schläfe, der ihn für Sekunden benommen machte. Bis er wieder klar bei Sinnen war, hämmerte sein Gegner weiter auf ihn ein.

Flori gelang es, auf die Beine zu kommen. Der Gegner richtete sich auf. Trotz der Dunkelheit erkannte ihn Flori sofort.

„Schau an", keuchte er, „der verlassene Liebhaber betätigt sich als hinterfotziger Wegelagerer! Ein feines Früchterl bist du."

Der Faltermeier-Egid schnaufte erregt. Seine langen Arme schlenkerten hin und her. „Seit gestern lauere ich dir schon auf, du staubiger Schurzbandljäger", stieß er zwischen den Zähnen hervor. „Endlich hab ich dich erwischt."

Flori kniff ein Auge zu. „Was machst mir zum Vorwurf, Strohkopf?" fragte er. „Hab ich die Zilly gar hypnotisiert, daß sie von dir nix mehr wissen will?"

„Das wohl net", knirschte er. „Aber du hast dich in unsere Liebschaft gedrängt, die vorher so schön war. Und dafür mußt büßen."

„Zilly hat mich gewählt, du hirnrissiger Binkel", sagte Flori ruhig. „Damit wirst dich wohl abfinden müssen."

„Ich find mich net ab", knurrte Egid und schlug erneut zu. Seine Faust streifte den zurückweichenden Flori an der Wange.

„Jetzt bin ich dran", kündigte dieser an.

Seine Rechte schnellte vor. Der Schlag erschütterte den hageren Burschen sichtlich. Doch Egid griff sofort wieder an. Seine Hiebe erreichten das Ziel jedoch nicht, denn Flori tänzelte wie ein Irrwisch vor ihm hin und her.

Wenig später machte er der Rauferei ein rasches Ende. Hart schmetterte sein Schlag auf Egids Nase, aus der sofort Blut sickerte. Ein Aufwärtshaken riß den Hageren von den Beinen. Ächzend lag er im Gras und betastete sein verschwollenes Gesicht.

Flori rieb die schmerzenden Handknöchel. „Das ist dir hoffentlich eine Lehr", sagte er. „Such dir eine andere Liebste. Bei deinem dicken Geldsäckel wird dir das wohl net schwerfallen. Aber schlag dir Zilly aus dem Kopf. Sie will von dir nix mehr wissen."

Mühsam rappelte sich Egid hoch. In seinen hellen Augen war ein tückisches Glitzern. Er drückte sein Taschentuch auf die blutige Nase. „Wir treffen wieder zusammen, Wimmer", zischte er. „Und dann nimmt die Sach ein anderes End. Verlaß dich drauf."

Achselzuckend sagte Flori: „Wenn du unbedingt noch mehr Prügel einstecken willst, mir soll's recht sein." Er hob sein Fahrrad auf und fuhr davon, ohne sich noch einmal umzudrehen.

★

In dieser Nacht schlichen sich der Dorfarzt und seine Frau vor dem Zubettgehen noch einmal in Wandas Stübchen und lauschten auf die ruhigen, tiefen Atemzüge des Mädchens. Sie nickten sich zufrieden zu, huschten zur Tür zurück und drückten sie hinter sich geräuschlos ins Schloß.

„Minna wird gleich kommen und bei ihr nächtigen", sagte Heiß und fügte feixend hinzu: „Hoffentlich weckt sie das Dirndl mit ihrem Geschnarche net auf."

„Sie schnarcht nur ganz leis", sagte Maria lächelnd. „Ich hab aber ein besseres Gefühl, wenn sie bei Wanda im Zimmer ist. Bevor das arme Kind seine Fassung net wiedererlangt, darf unsere Wachsamkeit net nachlassen."

„Mein grundgescheites Weib hat den Nagel wieder einmal auf den Kopf getroffen", meinte Heiß schmunzelnd. „Mit dieser Erkenntnis können wir uns getrost schlafen legen."

Wanda schien am nächsten Morgen sehr gefaßt zu sein und zeigte sogar einen Anflug von Fröhlichkeit, als die Frau des Dorfarztes in ihr Zimmer trat und fragte: „Wie hast du geschlafen, Wanda?"

„Wie ein Murmeltier", erklärte Wanda. „Ich kann mich an keinen Traum erinnern."

„So ist 's recht", freute sich Maria. „Und keine dummen Gedanken schwirrten mehr im Köpfl herum?"

„Die sind fortgeweht. Was der Herr Doktor alles zu mir gesagt hat, ist net in den Wind geredet. Ich hab genau begriffen, daß es der reine Wahnsinn ist, das eigene Leben wegzuwerfen." Wanda drückte die Hand auf die linke Brustseite. „Wenn 's auch da drin noch ein bissel weh tut."

„Das wird von Tag zu Tag leichter. Mein Mann meint, es könnt gut sein, wenn du ab morgen schon ein bissel im Haus mithelfen tätst. Net bloß in der Küch. Ab und zu ein Stünderl leichte Arbeit, meint er, könnt segensreich für dich sein."

„Das glaub ich auch." Wanda war von der Aussicht, nicht mehr untätig herumsitzen zu müssen, sichtlich angetan. „Die Faulenzerei war mir schon allweil ein Greuel."

„Gut. Zu tun gibt 's genug."

Zur selben frühen Vormittagsstunde betrat der hagere Faltermeier-Egid die Gaststube des Oberbräu. Die Stühle standen noch auf den Tischen, denn Zilly hatte gerade den Fußboden geschrubbt. Sie hatte eine derbe, graue Leinenschürze umgebunden.

Als sie den Eintretenden erkannte, verfinsterte sich ihre eben noch heitere Miene. Zwischen den schön geschwungenen Brauen grub sich eine steile Falte ein. Sie wischte die feuchten Hände an der leinenen Schürze ab und ging ein paar Schritte auf Egid zu.

Die kleinen Fäuste in die Hüften gestemmt fragte sie unfreundlich: „Was hast du hier zu suchen, Egid? Wir waren uns doch einig, daß du das Wirtshaus nimmer betrittst."

Er drehte das Hütl zwischen den Fingern hin und her und trat von einem Bein auf das andere. Geduckt wie ein geprügelter Hund stammelte er: „Zilly, ich hab 's einfach nimmer ausgehalten ohne dich. Meine Lieb zu dir ist halt zu groß."

Mit ausgestrecktem Arm wies sie zur Tür. „Geh, sonst hol ich den Wirt! Wo du auftauchst, gibt 's Streit und Aufregung. Das wollen wir hier net haben."

Sein Kopf drehte sich nach allen Seiten. „Mit wem soll ich den Streit anfangen? Ist doch kein Mensch da außer uns zwein. Sei nett und bring mir einen Schoppen Roten und für dich einen süßen Pfefferminzschnaps, den du so gern magst. Dann setzen wir uns zusammen und reden miteinander wie vernünftige Leut."

„Zuerst muß ich die Stühl von den Tischen herunternehmen." Sie machte sich ans Werk.

Der hagere Bursche half ihr. „Hättest es nimmer nötig, eine solche Arbeit zu verrichten, wenn du nur gescheit wärst", sprach er dabei auf sie ein. „Hausfrau könntest sein, der eine Köchin und ein Putzmadl zu Diensten sind. Müßtest net länger besoffenen Dörflern die Krügl hintragen und dich betatschen lassen."

Geräuschvoll hatte Zilly den letzten Stuhl zu Boden gestellt und wandte sich dem redseligen

Burschen zu. „Im Oberbräu weiß jeder Gast, daß ihm auf die Hände gehauen wird, wenn er mich betatscht. Und die Arbeit war mir noch nie zuviel. Ich verricht sie gern.“

Sie schenkte ein Römerglas mit funkelndem Rotwein voll und füllte ein kleines Gläschen mit Pfefferminzlikör. Beides trug sie zu dem Tisch, an dem sich Egid niedergelassen hatte. Sie aber blieb neben dem Tisch stehen.

„Setz dich doch, Zilly“, bat er.

Unwillig schüttelte sie den Kopf. „Ich hock mich net zu einem Mannsbild an den Tisch, das friedliche Leut vom Fahrrad reißt und ...“

„Ah!“ fiel er ihr ins Wort und schnitt eine Grimasse. „War der armselige Binkel gar heut schon bei dir?“

„Auf dem Weg zu den Herrschaften, die er zu führen hat, ist er hier vorbeigekommen. Ich bin grad vor der Tür gestanden, um ein paar Tischdecken auszuschütteln. Da hat er mir kurz erzählt, was vorgefallen ist.“

Theatralisch hob Egid die Arme und ließ sie so schwer auf die Tischplatte fallen, daß das Römerglas zu tanzen begann. „Warum hab ich 's denn getan? Weil er die Finger von dir lassen soll, denn du bist zu gut für ihn.“

„Wem ich mein Herz schenk, das mußt schon mir überlassen“, fuhr sie ihn an. „Und aufs Geld schau ich dabei überhaupt net.“ Sie stand immer noch und blickte abweisend auf ihn hinab.

Egids Zungenspitze fuhr von einem Mundwinkel zum anderen. „Trinken wir!" sagte er heiser, hob den Römer an den Mund und nahm einen kräftigen Schluck.

Zilly nippte nur an ihrem Gläschen. „Trink aus und geh!" ersuchte sie ihn. „Es ist besser so, Egid."

Er preßte die Lippen zusammen. Dann sprang er so ungestüm auf, daß der Stuhl krachend umfiel. Bevor Zilly es verhindern konnte, hatte er sie mit seinen langen Armen umschlungen und an sich gedrückt. Sein Atem strich über ihr Gesicht. Angewidert drehte sie den Kopf zur Seite.

„Auf Händen trag ich dich durchs Leben", beteuerte er. „Wenn du mir gut bist. Hast mich doch schon vor einer Weil ein bissel gern gehabt. Die Lieb kommt mit der Zeit, wirst schon sehen."

„Loslassen, Egid!" forderte sie.

„Net, bevor du mir versprichst, daß es wieder so wird, wie 's einmal war." Er suchte mit seinen Lippen ihren Mund, doch sie wich ihm aus. Da preßte er gierig die Lippen auf ihren Hals.

Sie stieß einen unterdrückten Schrei aus und hämmerte mit ihren kleinen Fäusten gegen seine Schultern. „Loslassen, oder ich ruf den Wirt! Der bleut dir dann mit dem Bierschlegel schon Vernunft ein."

Widerstrebend gab er sie frei und stand ihr vor Erregung keuchend gegenüber. „Gut, ich geh, Zilly. Aber merk dir, dem schäbigen Bergschleicher gönn ich dich net."

„Daran wirst dich wohl gewöhnen müssen", sagte sie schnippisch.

Die hellen Augen des hageren Burschen flakkerten. „Nie, Zilly", stieß er hervor. „Ich werd dir beweisen, zu was ich fähig bin." Seine Finger fuhren in die Joppentaschen und holten ein paar Münzen heraus, die er klirrend auf die Tischplatte fallen ließ. „Du wirst von mir hören, Zilly. Bald schon, sehr bald." Grußlos verließ er die Schankstube.

Beunruhigt starrte Zilly die Tür an, die hinter ihm ins Schloß gefallen war. Sollte sie die Drohungen des Burschen ernst nehmen? Daß er rabiater Handlungen fähig war, hatte er schon bewiesen. Sie nestelte an den Schnüren ihrer Bluse herum, dann zuckte sie mit den schmalen Schultern. Flori war schon einmal mit ihm fertig geworden. So würde es auch beim nächsten Zusammentreffen der beiden Rivalen sein. Doch ganz wohl war ihr nicht in ihrer Haut, als sie sich zum Schanktisch begab, um Gläser zu spülen.

⋆

Wanda stand im Behandlungsraum und desinfizierte ärztliche Instrumente, wie es ihr die Frau des Arztes aufgetragen hatte. Leise summend verrichtete sie diese Beschäftigung und war froh, die Tage nicht mehr tatenlos verbringen zu müssen. Mit Energie hatte sie alle quälenden Gedanken aus ihrem Kopf verbannt und fing allmählich an, an eine Zukunft zu glauben, die auch für sie noch Sonnentage bereithielt.

Nachdem die Arbeit im Behandlungsraum beendet war, ging sie in die Küche hinüber, um der Hauserin Minna an die Hand zu gehen. Sie rührte im Gemüsetopf, schnitt Zwiebeln und formte Speckknödel. Als sie das fertige Gericht zur Mittagsstunde auf einem Tablett ins Wohnzimmer trug, zwinkerte ihr der Dorfarzt gutgelaunt zu.

„So schön rund waren die Speckknödel schon lang nimmer", scherzte er. „Man merkt, daß du in der Küch mitgeholfen hast."

Wanda lachte. „Mich freut, daß es was zu tun gibt für mich", sagte sie. „Da vergeht die Zeit wie im Flug."

Am Nachmittag traf sie im Flur die Kreilinger-Berta, das Dienstmädchen vom Bäckermeister Veigel, an. Sie kannten sich von mehreren Begegnungen auf dem Marktplatz, wo sie beide die Einkäufe ihrer Dienstherren getätigt hatten.

Die Mädchen begrüßten sich erfreut. „Fehlt dir gar was, Berta, weil du hier im Doktorhaus auftauchst?" wollte Wanda wissen.

„Das Knie tut mir weh", erklärte die Gefragte. „Jetzt soll mir halt der Herr Doktor eine gute Salbe verschreiben." Ihr prüfender Blick ruhte auf Wandas Gesicht. „Von deiner Brandverletzung sieht man kaum noch was. Ich bin schön erschrocken, wie ich damals von dem Unglück gehört hab."

„'s hätt schlimmer enden können", sagte Wanda. „Ich bin gut davongekommen."

„Hm!" Berta hüstelte. „Bist du noch mit dem Wimmer-Flori verbandelt?" fragte sie zögernd.

Wandas Herz tat einen raschen Schlag. „Nein", sagte sie tonlos. „Seit einer kurzen Weil nimmer."

„Aha! Dann kann ich dir ja verraten, daß ich ihn Arm in Arm mit der Hoferer-Zilly gesehen hab. Recht heftig geturtelt haben sie miteinander."

Wanda war, als griffe eine eisige Hand an ihr Herz. Sie hielt sich an der Kante des Flurschrankes fest. „Was du net sagst", würgte sie hervor.

Zu der Kellnerin Zilly war er also zurückgekehrt. Zu jener Person, die er vor Jahresfrist ihretwegen verlassen hatte. Unwillkürlich griff sie sich an die linke Wange.

Berta hob verblüfft die Augenbrauen. „Was ist los? Du schaust drein, als hättest du grad ein paar Pfefferkörndl verschluckt. Geht's dir net gut?"

„Doch, Berta, doch", versicherte Wanda eilig. „Nix fehlt mir. Aber jetzt muß ich weiter. Die Hauserin wartet auf mich." Sie nickte Berta zu und verschwand in der Küche.

Doch Minna hatte nichts für sie zu tun. „Leg eine Rast ein, Kindl", empfahl die Hauserin. „Der Doktor hat mich ausdrücklich ermahnt, gut auf deine Ruhepausen zu achten, damit du dich ja net überanstrengst." Sie schob der Jüngeren eine Praline in den Mund und klopfte ihr wohlwollend auf den Rücken. „Marsch, auf dein Zimmer! Und daß du dich ja erst um fünf Uhr wieder blicken läßt. Kannst dann noch ein bissel bei der Zubereitung des Nachtmahls helfen."

Wanda schlurfte zu ihrem Zimmer. Sie glaubte Blei in den Gliedern zu haben. Kraftlos ließ sie sich auf das Bett fallen und starrte die weiße Zimmerdecke an. Eine Stubenfliege krabbelte dort herum und hielt bei der Deckenlampe an.

„Warum trifft's mich so, was Berta da erzählt hat?" fragte sie sich und schüttelte über sich selbst den Kopf.

Daß es zwischen Flori und ihr aus war, wußte sie nun schon seit mehreren Tagen. Was ging es sie an, ob sich Flori mit der Kellnerin Zilly oder einer anderen getröstet hatte? Sie war sich doch schon sicher gewesen, den ärgsten Schmerz überwunden zu haben.

„Ich hab mich selber belogen", flüsterte sie. „Die Lieb zu ihm ist allweil noch da. Die kann ich mir net einfach aus dem Herzen reißen, wenn ich auch möcht."

Sie schloß die Augen und wartete auf den Schlaf. Als er sich nicht einstellte, griff sie nach dem Büchlein auf ihrem Nachttisch. Sie versuchte zu lesen, doch die Zeilen verschwammen vor ihren Augen.

Wie sollte es mit ihr weitergehen, wenn sie über die Trennung von Flori nicht hinwegkam? War das ein Leben mit dieser nagenden, verzehrenden Sehnsucht in der Brust? Wieder schüttelte sie den Kopf. Dann schon lieber tot sein.

Wie zerschlagen erhob sie sich in der fünften

Nachmittagsstunde von ihrem Lager und begab sich in die Küche. Die Hauserin machte bei ihrem Anblick ein besorgtes Gesicht.

„Dirndl, du hast ja dunkle Schatten unter den Augen, und dein Blick ist ganz trüb. Hast gar einen gesundheitlichen Rückschlag erlitten? Wenn das so ist, mußt sofort wieder zurück ins Bett."

„Schick mich net aufs Zimmer, Minna", flehte sie. „Das Alleinsein tut mir im Moment net gut. Ich brauch eine Beschäftigung. Dann geht's mir besser."

Der Blick der Hauserin drückte Zweifel aus. „Bist sicher, daß dir die Arbeit net zuviel wird, Dirndl?"

„Ganz sicher." Um von weiteren Fragen verschont zu bleiben, legte Wanda auf die bereitgestellten Teller je einen Bismarckhering, Butter, Käse und Brotscheiben. Als Nachspeise war Himbeergelee vorgesehen, das Wanda in kleine Schüsseln füllte. Dann goß sie Milch in zwei Becher und brühte Kaffee für das Arztehepaar auf.

„Weißt, Dirndl", verriet die Hauserin lächelnd, „der Doktor hat eine Vorliebe für Bismarckheringe. Die Frau ist net begeistert davon. Aber sie sagt allweil, für sie sollen keine Extrawürst gebraten werden."

Wanda trug ein Tablett mit Tellern, die für das Ehepaar bestimmt waren, in die Wohnstube hinüber. Dann kehrte sie in die Küche zurück und setzte sich zusammen mit Minna an den kleinen

Tisch. Sie würgte an einem Stück Hering herum und griff immer wieder zum Becher mit Milch. Dreimal hatte sie den Becher schon nachgefüllt.

Die Hauserin legte Messer und Gabel beiseite und stützte sich schwer auf die Tischplatte. „Jetzt aber heraus mit der Wahrheit! Wo drückt der Stiefel?"

„Nirgendwo", beteuerte Wanda und saß mit gesenktem Kopf am Tisch. „Das bildest du dir bloß ein."

„Bist krank, Madl?"

„Gewiß net."

„Dann hast Kummer. Stimmt's?"

Wanda schob ihren Teller von sich und erhob sich. „Morgen ist sicher wieder alles in Ordnung. Gut Nacht!" Sie lief so schnell aus der Küche, daß die Hauserin verwundert den Kopf schüttelte.

Maria betrat das Sprechzimmer ihres Mannes. Dieser hatte gerade den letzten Patienten verabschiedet. „Willst mich zum Abendessen abholen, meine Liebe?" Er warf einen Blick auf seine Armbanduhr. „Das hat doch noch Zeit."

„Net aber das, was ich dir zu sagen hab, Arno", erwiderte sie. „Die Hauserin war grad bei mir. Sie ist äußerst beunruhigt über den Zustand der kleinen Wanda. Krank scheint sie net zu sein. Eher nervlich am End. Ich hab 's für gut gehalten, dich zu verständigen, bevor ich zu ihr reinschau. Vielleicht möchtest du dich selber von ihrem Zustand überzeugen."

Heiß nickte. Elastisch sprang er auf, legte den

Arm um die schmalen Schultern der Frau und schob sie aus dem Raum.

„Gemeinsam werden wir feststellen, was an der Red der Hauserin dran ist", sagte er.

Gleich darauf standen sie vor Wandas Zimmer. Heiß drückte die Klinke nieder, aber die Tür ließ sich nicht öffnen. Sein Blick richtete sich auf Maria. „Sie hat sich eingeschlossen", murmelte er betroffen. „Das bedeutet nix Gutes."

„Gütiger Himmel!" flüsterte Maria und machte erschrockene Augen.

Heiß trat zwei Schritte zurück. Dann warf er sich mit voller Wucht gegen die Tür. Diese krachte und knirschte in allen Fugen. Doch sie hielt stand. Heiß warf sich wieder dagegen, doch erst beim drittenmal fiel er zusammen mit der aus den Angeln gerissenen Tür in den kleinen Raum. Maria und die Hauserin stiegen über ihn hinweg und sprangen auf Wanda zu, die im Hintergrund des Stübchens mit aufgerissenen Augen stand. Auf dem Nachttischchen neben ihr lag ein Zettel, auf dem stand: „Ich kann nicht mehr."

Heiß rappelte sich hoch, unterdrückte mit Mühe eine Verwünschung und faßte sich an die geprellte Schulter. „Ein Zimmer betret ich sonst eigentlich auf andere Art und Weis", erklärte er mit grimmigem Humor. „Aber das Leben ist halt voller Überraschungen."

„Du bist ein talentierter Einbrecher, Arno", meinte Maria verschmitzt. „Das hätt ich dir gar net zugetraut."

„Ja. Der Spott bleibt net aus." Heiß trat dicht vor Wanda hin, die verschämt zur Seite blickte. „Was hat dich so sehr aus der Fassung gebracht, daß sich bei dir zum zweitenmal eine närrische Idee einnisten hat können?" fragte er eindringlich. „Keine Ausred, bitt schön! Wir gehen jetzt in mein Sprechzimmer. Dort wirst du reden, gelt? Nur wenn du offen und ehrlich bist, kann dir geholfen werden."

In seinem Sprechzimmer wies er Maria und Wanda Stühle an. Dann angelte er sich die Kognakflasche und füllte drei Gläschen. Eines schob er Wanda über den Schreibtisch zu.

„Ich mag keinen Kognak", sagte diese mit dumpfer Stimme.

„Trink! In deiner Verfassung ist das die reine Medizin."

Heiß' Stimme ließ keinen Widerspruch zu. Gehorsam leerte Wanda das Gläschen. Er stopfte seine Pfeife und steckte sie in Brand. „Ich hör, Madl", sagte er und lehnte sich zurück.

Wanda holte tief Luft und berichtete genau über ihre Unterhaltung mit der Kreilinger-Berta und schloß: „Nachdem ich erfahren hab, daß Flori wieder mit Zilly vom Oberbräu angebandelt hat, war mir klar, daß ihn mein Gesicht abgestoßen hat. So wie ihn, wird 's auch andere Leute abstoßen."

Die Hand des Dorfarztes fiel schwer auf die Schreibtischplatte. In beinahe komischer Verzweiflung drehte er die Augen zur Decke. „Was fang ich bloß an, um dir die fixe Idee aus dem Köpfl zu treiben, daß dein Gesicht irgend jemand abstößt? Lieb und herzig schaut es aus. Wenn ich net dein Arzt wär, tät ich mich glatt in dich verlieben."

Nun lächelte auch sie. „So gut sind Sie zu mir und auch Frau Heiß", wisperte sie, „obwohl ich Ihnen viel Verdruß ins Haus bring. Schämen muß ich mich." Ihre Augen begannen zu schwimmen.

Maria rückte zu ihr hin und legte den Arm um ihren Nacken. „Schämen sollt sich ein anderer, net du. Zum Glück gibt 's noch genug Mannsleut auf der Welt, die Charakter und Verstand haben und ein Madl wie dich zu schätzen wissen. Eine Lieb wirst finden, die den Namen Lieb verdient."

Halb ungläubig, halb hoffnungsfroh schaute Wanda die Frau mit den Silberstreifen im Haar an. „Glauben Sie das wirklich, Frau Heiß, oder sind das bloß Trostwörtl?" fragte sie bang.

„Felsenfest glaub ich 's. Und ich stell mich jetzt schon als Patin für dein erstes Kind zur Verfügung."

Schmunzelnd fügte der Arzt hinzu: „Einen Geburtshelfer wirst ja wohl auch brauchen. Ich denk, du weißt, wo er zu finden ist."

★

Eng umschlungen saßen Zilly und Flori auf der Bank, nahe dem Mühlbach. Die schwarzhaarige Bedienerin stammelte verliebte Worte und biß ihn zärtlich ins Ohrläppchen. Nach einer Weile löste sie die Arme von ihm und drehte den Kopf zur Seite.

„Du bist seit einer Woch nimmer so, wie du warst, Herzbub", beklagte sie sich. „Deine Gedanken sind oft genug net bei mir. Das spür ich jetzt auch."

„Ach was", erwiderte er unwirsch. „Ihr Weiberleut bildet euch ständig alles mögliche ein."

„Leugne net, du denkst allweil noch an die Schinagel-Wanda", behauptete sie eigensinnig. „Hast sie noch net vergessen."

Ihm lag eine grobe Antwort auf der Zunge. Doch dann besann er sich anders, griff nach ihr und zog sie an sich. Sie sträubte sich, aber nur bis sich seine Lippen heiß auf die ihren preßten.

Zwölf hallende Schläge der Kirchturmuhr von Hallhofen zeigten die Mitternachtsstunde an. Zilly und Flori erhoben sich. Tief atmete Flori die kühle, würzige Luft ein. Ein glitzernder Sternenteppich wölbte sich über das schlafende Tal, und die Mondsichel steuerte ihren matten Schein bei. Ein lindes Nachtlüftchen hauchte über die Fluren und säuselte im Gezweig des Akazienbaumes, der die Bank überdachte.

Untergehakt gingen die beiden Verliebten auf dem einsamen Feldweg dahin. In der Ferne tauchten ein paar Lichter auf. Dort war der Ortsrand. Nicht alle Dörfler hatten sich also zur Ruhe begeben.

„Wie lang soll das noch so weitergehen mit

uns und den stillen Platzerln in der freien Natur?“ fragte Zilly und kicherte leise. „Es ist ja ganz romantisch, aber kein Dauerzustand. Über deine Absichten weiß ich so gut wie nix.“

Flori schnitt eine Grimasse. „Man soll nix überstürzen, Schatzl“, meinte er. „Es wird schon alles gut werden mit uns.“

Damit gab sie sich zufrieden. Sie stolperte über einen Stein und wäre gefallen, wenn er nicht flink zugepackt hätte. Am Ende des Haferfeldes zu ihrer Linken tauchte ein kleines Birkengehölz auf. Als sie daran vorbeigingen, lösten sich zwei Gestalten aus dem Schatten der Bäume und bewegten sich auf das junge Paar zu. Ängstlich umkrallten Zillys Finger Floris Arm.

„Was die zwei wohl von uns wollen?“ flüsterte sie.

Auch Flori war beunruhigt, denn die Gestalten steuerten direkt auf Zilly und ihn zu. Einen Moment lang dachte er daran, zusammen mit ihr loszurennen, doch das kam ihm lächerlich und unwürdig vor.

Etwa fünf Schritte von dem Paar entfernt blieben die beiden Männer stehen. Sie hatten die Hüte tief in die Stirnen gezogen, so daß die Hutkrempen die obere Hälfte ihrer Gesichter beschatteten.

Einer der Männer sagte mit kehliger Stimme: „Lauf heim, Dirndl! Wir haben mit dem Bürschl da was zu bereden.“

„Nein, nein!“ würgte Zilly hervor. „Ich bleib

bei ihm.“ Mit beiden Händen klammerte sie sich an Flori.

Der Sprecher trat einen Schritt vor. „Sei gescheit, Madl. Die Wörtl, die wir mit Wimmer wechseln wollen, sind nix für zarte Ohren.“

„Mir geht ein Lichtl auf“, schrie Zilly. „Bestochen seid ihr. Und zwar vom Faltermeier-Egid. Für dreckiges Geld sollt ihr Flori zusammenschlagen, weil er 's selber net fertigbringt, der elendige Wicht.“

Flori räusperte sich. „Wieviel hat er springen lassen, der Lump?“ fragte er mit ruhiger Stimme. Er befreite sich aus Zillys Griff und ballte die Fäuste. „Kommt nur her, leicht werdet ihr's mit mir net haben, ihr Helden.“

Zilly beugte sich vor und betrachtete den zweiten Mann, der bisher geschwiegen hatte. Dieser drehte sich zur Seite. „Dich kenn ich doch“, rief sie erregt aus. „Du bist der Grieshaber-Benedikt, der schon öfter im Oberbräu ein Krügl getrunken hat.“

Die beiden Männer warfen sich ratlose Blicke zu. Benedikt zerquetschte einen Fluch zwischen den Lippen. Doch der andere winkte unwillig ab. „Ob dich das Weibsstück kennt oder net, ist Wurscht“, knurrte er. „Wir stauben dem Bürschl jetzt die Joppe aus.“

„Tu 's net, Benedikt“, stieß Zilly hervor, „sonst sorg ich dafür, daß du dich nirgendwo mehr blikken lassen kannst. Und zum Gendarm geh ich auf der Stell.“

Wütend stampfte Benedikt mit dem Fuß auf. „Da ist nix mehr zu machen, Xaver", meinte er. „Ich laß die Finger davon."

„Feigling!" knirschte dieser. „Dann nehm ich mir das Bürschl halt allein vor."

„Komm nur", sagte Flori und hob die Fäuste höher. „Wirst dein blaues Wunder erleben, genau wie dein Auftraggeber, der Faltermeier-Egid."

Aus schmalen Augen fixierte Xaver sein Gegenüber. Dann spuckte er aus. „Der Karren steckt im Dreck. Jetzt hab ich auch die Freud dran verloren. Gehen wir." Ohne noch ein weiteres Wort zu verlieren, drehte er sich um und stapfte auf das Birkenwäldchen zu. Sein Kumpan folgte ihm auf dem Fuße.

Zilly und Flori sahen ihnen nach, bis sie im Gehölz verschwunden waren. Dann brachen sie in schallendes Gelächter aus. Flori umfaßte das hübsche Gesicht der Kellnerin mit beiden Händen.

„Dir hab ich 's zu verdanken, daß mir die windigen Kerle net den Buckel vollgehauen haben, Schatzerl", rief er fröhlich aus.

„Froh bin ich, daß ich helfen hab können, Herzbub. Aber ich glaub, du wärst auch allein mit ihnen fertig geworden."

Eng umschlungen setzten sie schließlich den Heimweg fort. Als sie das Dorf erreichten, blieb Zilly plötzlich stehen. „Der Egid gibt bestimmt net auf, Herzbub", murmelte sie besorgt. „Sei wachsam. Ich hab ein ungutes Gefühl."

„Angsthaserl", flüsterte er. „Das windige Bürschl bringt mich net aus der Ruh. Wenn er sich noch einmal in meine Näh traut, braucht er dringend den Doktor Heiß."

Er begleitete Zilly bis zur Hintertür des Oberbräu, in dessen Haus kein Licht mehr brannte. Zilly drängte sich noch einmal fest an ihn. „Kommst morgen abend?" fragte sie erwartungsvoll.

Flori zögerte. „Ich werd nach dem Berggang morgen müd sein", sagte er.

Ihre Lider mit den seidigen Wimpern senkten sich. „Ich bin net überrascht", sagte sie leise. „Schon seit einer Weil bemerk ich eine Veränderung an dir. Ich frag mich, ob mir dein Herz überhaupt noch gehört."

„Es gehört dir", sagte er und glaubte in diesem Moment selber daran. „Aber in meinem Kopf schwirren alle möglichen Gedanken herum. Die muß ich erst loswerden."

„Tu, wie du 's für gut hältst", wisperte sie. „Aber vergiß net, daß mir niemand auf der Welt mehr bedeutet als du."

„Ich will dran denken, Schatzl", versprach er. Nach einem letzten Kuß machte er sich auf den Heimweg. Eine Viertelstunde später lag er in seinem Bett und schaute zum Fenster des Dachzimmers hin, durch dessen Scheiben ein Mondstrahl helle Streifen auf den Fußboden zeichnete.

Warum muß ich seit ein paar Tagen soviel an Wanda denken? grübelte er. Das war seltsam, wo doch sein Herz in neuer Lieb lichterloh für Zilly entbrannt war. Meldete sich das schlechte Gewissen zu Wort? Er versuchte sich Wandas Wange mit den feinen Narben in Erinnerung zurückzurufen. Es gelang ihm nicht.

Erst spät schlief er ein und kroch am Morgen wie gerädert aus den Federn. Schlaftrunken und gähnend setzte er sich an den Frühstückstisch und hörte die Vorwürfe wegen seiner späten Heimkehr nur mit halbem Ohr.

„Was soll der noble Stadtherr denken, den du heut aufs Horn führen mußt, wenn du verschlafen bei ihm ankommst?"

„Ich bitt dich, Mutter, sei still", flehte er mit erhobenen Händen. „In der frischen Luft draußen bin ich sofort hellwach. Der Herr wird sich net über mich zu beklagen haben."

So kam es auch. Professor Hertrich, der mit Flori zusammen die Bergpartie unternahm, war von den Qualitäten seines Bergführers angetan und fand ihn sehr sympathisch. Auf seinen Wunsch hin dehnte sich die Tour bis zum frühen Abend aus, da er sich von der wildromantischen Felslandschaft kaum trennen mochte.

Flori drängte auf den Abstieg, um mit dem bergunerfahrenen Herrn zusammen nicht von der Dunkelheit überrascht zu werden. Am Dorfrand angelangt, wurde er entlohnt und mit vielen Komplimenten vom Professor verabschiedet.

Flori wanderte auf dem Wiesenweg dahin, in dessen Mitte die Baumgruppe aufragte, hinter der ihm der hagere Sohn des Viktualienhändlers vor einiger Zeit aufgelauert hatte. Er feixte. Den Bemühungen seines Rivalen war bisher wenig Erfolg beschieden gewesen. Flori war überzeugt, daß dieser die Aussichtslosigkeit seines Bestrebens eingesehen hatte.

Wenige Meter weiter wurde er eines anderen belehrt. Wie aus dem Boden gewachsen stand Egid mitten auf dem Weg. In der Rechten hielt er eine Pistole.

Flori blieb stehen. Der Blick auf das kleine, schwarze Loch der Pistolenmündung jagte ihm einen kalten Schauer über den Rücken. „Willst mich erschießen, du Narr?" rief er seinem Gegenüber mit heiserer Stimme zu. „Bist denn von allen guten Geistern verlassen?"

Egids hohlwangiges Gesicht verzog sich zu einem häßlichen Grinsen. „Ich bin ein Mensch, der sich net wegnehmen läßt, was er gern haben möcht. Du hast mir die Hoferer-Zilly abspenstig gemacht und dafür mußt büßen."

Die Dämmerung senkte sich über das Perwangertal und hüllte die Fluren in ihren grauen Schleier. Ein flinker Blick nach allen Seiten überzeugte Flori davon, daß es keine Beobachter dieser makabren Szene gab und Hilfe nicht zu erwarten war. Die nächsten Häuser der Ortschaft standen ziemlich weit entfernt.

Er holte tief Luft. „Daß du net viel taugst, war mir schon früher klar", sagte er gepreßt. „Aber für einen Mordgesellen hab ich dich net gehalten."

Immer noch grinsend schüttelte Egid den Kopf. „Ich bin kein Mordgesell", behauptete er. „Niemals tät ich einen wehrlosen Menschen erschießen." Seine linke Hand griff in die Brusttasche der Lederjoppe und holte eine zweite Schußwaffe hervor. In weitem Bogen warf er sie Flori zu. „Heb den Kracher auf! Anschließend wollen wir feststellen, wer von uns der Schnellere ist. Also bück dich!"

Floris Blick fiel auf die Pistole, die einen Meter vor ihm im Gras lag. „Du mußt wahnsinnig geworden sein, Egid", sagte er ruhig. „Glaubst denn, die Lieb von der Zilly gehört dir, wenn du mich totgeschossen hast?"

„Sie war mir gut, bevor du dich an sie herangemacht hast, du Strolch", keuchte der strohblonde Bursche. „Heb endlich die Kugelspritze auf!"

„Ich mag net", erklärte Flori und verschränkte die Arme vor der Brust. „Noch nie in meinem Leben hab ich so was in den Händen gehalten."

Die Mündung der Pistole in Egids Hand senkte sich etwas. Gleich darauf fuhr ein Feuerstrahl heraus. Dicht vor Floris Schuhspitzen bohrte sich das Geschoß in den weichen Wiesenboden. Flori zuckte heftig zusammen.

Egids Mund verzog sich zu einem noch breiteren Grinsen. „Das war der Anfang", verkündete er. „Das nächste Kügerl landet in deinem Fußgelenk."

Flori schickte einen verzweifelten Blick hinter

sich. Er hoffte, der Knall könnte Dörfler aufmerksam gemacht haben. Doch keine Menschenseele war zu sehen.

Egid beobachtete ihn. „Keiner hilft dir", sagte er spöttisch. „Mußt dir schon selber helfen, du Strumpfbandljäger."

Flori reckte sich zu seiner vollen Größe hoch. „Ich schieß mich net mit dir, du hirnrissiger Kerl", erklärte er.

„Wie du willst." Wieder fuhr ein Feuerstrahl aus der Mündung. Flori verspürte einen stechenden Schmerz im rechten Bein.

Der Schmerz paarte sich mit blinder Wut. Er beugte sich hinab und riß die im Gras liegende Pistole an sich.

„Entsichern", rief Egid. „Der Sicherheitsbügel ist am hinteren End des Laufes. Kannst ihn wohl net übersehen."

Flori tat, wie ihm geheißen und zielte auf den hageren Burschen. Dieser schoß. Flori war es, als streiche glühender Stahl über seine linke Wange. Er drückte ab. Doch die Waffe gab nur ein Klikken von sich.

„Du Hund!" knirschte er. „Das Schießeisen ist net geladen."

Egid bog sich vor Lachen. „Das muß ich wohl vergessen haben." Wieder richtete er die Pistole auf Flori. Er sah, wie Blut über die aufgerissene Wange des jungen Bergführers lief. Seine Hand begann zu zittern, stärker und immer stärker, und sank schließlich herab.

„Ich kann net noch mal schießen“, murmelte er. Es klang, als führte er ein Selbstgespräch. „Ich kann es einfach net. Verflixt!“ Er wirbelte herum und rannte wie ein gehetztes Wild davon.

Flori griff sich an die Wange. Seine Finger waren voller Blut. Hinter seinem Rücken vernahm er Stimmen, die näher kamen. Er ließ die Waffe fallen.

„Wer ballert denn da in der Gegend herum?“ Ein Mann und eine Frau standen plötzlich vor ihm. Die Frau stieß einen Schrei aus. „Der Mensch blutet ganz fürchterlich im Gesicht.“

„Das ist der Wimmer-Flori“, ließ sich die Männerstimme vernehmen. „Was ist passiert, Flori?“

„Ein Narr hat auf mich geschossen“, kam es tonlos aus Floris Mund. „Bei dem funktioniert das Hirnkastl wohl nimmer richtig.“

„Von wem ist die Red?“

Flori holte sein Taschentuch hervor und drückte es an die verletzte Wange. „Vom Egid, dem Faltermeiersohn.“

„Egid?“ Die Frau und der Mann standen mit weit offenen Mündern da. „Ist denn so was möglich? Na ja, viel wert war das Bürschl noch nie.“

Flori stöhnte über den bohrenden, brennenden Schmerz im rechten Bein. Ihm war, als sei schlagartig alle Kraft aus dem Bein gewichen. Er begann zu wanken und sackte schließlich zusammen.

„Am Bein blutet er auch“, schrie die Frau. „Die Hose hat zwei Schußlöcher.“

„Der muß sofort zum Doktor gebracht werden. Unser Nachbar Hitzinger hat einen Lieferwagen. Bleib du bei Flori, Martha. Ich lauf zum Hitzinger."

Mit langen Sätzen hetzte der Mann auf die ersten Häuser des Ortsrands zu. Schneller als die Frau erwartet hatte, ratterte der Lieferwagen heran. Flori wurde auf den Beifahrersitz gehoben und auf das Polster gelegt. Wenige Minuten später hielt der Wagen vor dem Doktorhaus und gleich darauf lag Flori auf dem Behandlungstisch.

Heiß nickte ihm zu. „So hast du dir unser Wiedersehen wohl net vorgestellt, gelt, Wimmer?"

„Nein." Flori lächelte dünn und schüttelte den Kopf. „Gewiß net, Herr Doktor", murmelte er.

„Tja. Kein Mensch auf der Welt ist vor Schicksalsschlägen sicher."

Heiß versorgte die Wunden. „Allerhand Glück hast gehabt, Bürschl", sagte er. „Die Kugel ist durch den Wadenmuskel gefahren, ohne den Knochen anzukratzen. Wirst also beim Laufen kaum beeinträchtigt sein. Trotz der Harmlosigkeit der Verletzung mußt natürlich in die Klinik zur stationären Behandlung."

„Bloß net, Herr Doktor", entfuhr es Flori. „Im Krankenhaus tät ich mich wie im Käfig fühlen. Kann ich net bei Ihnen bleiben? Sie haben doch schon öfter ..."

„Ausgeschlossen!" unterbrach in Heiß derb. „Weißt du denn net, wen wir unter unserm Dach beherbergen? Ich bin heilfroh, daß die kleine Wanda von deinem Hiersein nix bemerkt hat. Soll sie gar wieder in innerlichen Aufruhr geraten?"

„Nein", würgte Flori hervor und wich dem Blick des Arztes aus. „Dann geh ich halt ins Kreiskrankenhaus, wenn's auch schwerfällt."

„Hm!" Heiß rieb sein Kinn. „'s gibt auch eine andere Lösung", erklärte er. „Ich schaff dich jetzt nach Haus und schau jeden Tag zur Nachbehandlung bei dir vorbei."

Flori strahlte. „Ich dank, Herr Doktor", würgte er hervor und bekam feuchte Augen.

Eine Stunde später saßen sich der Dorfarzt und seine Frau gegenüber. Heiß paffte mit besonderer Hingabe seine Pfeife. „Er ist bei der dalkerten Schießerei wirklich gut davongekommen, der treulose Patron", sagte er.

„Auch der Schuß, der seine Wange getroffen hat, ist net tragisch zu nennen", meinte Maria. „Eine tiefe Narbe wird freilich zurückbleiben." Ihre Augen wurden groß. „Es ist die linke Wange – genau wie bei Wanda."

Heiß nickte bedächtig. „Dem Madl hat er die Lieb versagt wegen einer leichten Verunzierung. Jetzt hat ihm das Schicksal an der gleichen Stell einen kräftigen Backenstreich versetzt."

Maria folgte mit den Blicken einer Motte, die um die Deckenlampe herumschwirrte, gegen den Porzellanschirm prallte und auf den Tisch fiel, wo sie flügelschlagend herumzappelte, bis sie sich wieder in die Luft erheben konnte.

„Man könnt meinen, das Schicksal wollt Gerechtigkeit üben." Sie lächelte ihren Mann an. „Aber solche tiefschürfenden Gedanken sind wohl net angebracht."

Heiß klopfte seine Pfeife aus. Ruckartig hob er den Kopf. „Das Dirndl darf zumindest vorerst net erfahren, was heut vorgefallen ist. Das tät sie wieder kräftig aus der Fassung bringen. Wir müssen heut noch mit Minna reden, damit ihr kein falsches Wörtl entschlüpft."

„Unsere Vorsicht kann gar net groß genug sein", meinte Maria. „Aber jetzt ist Schlafenszeit."

★

Der Dorfpolizist saß neben Floris Bett in dessen Dachstübchen und ließ sich den genauen Hergang der Schießerei schildern. Dabei schüttelte der immer wieder den Kopf. „So ein närrischer Bockschädel", murmelte er.

„Gefaßt ist er wohl noch net worden, gelt, Gendarm."

„Im Moment noch net. Aber er entwischt uns auf keinen Fall. Sogar ein Kriminaler aus der Kreisstadt ist gekommen. Schließlich handelt es sich um Mordversuch." Der Gendarm hüstelte und zwinkerte fröhlich mit den Augen. „Andere aber sind geschnappt worden an der holländischen Grenz. Kannst dir net denken, wer?"

Flori schüttelte den Kopf. „Ich hab seit zwei Tagen keine Zeitung mehr in der Hand gehalten."

„Von den Halunken red ich, die du vor einer Weil unter Zwang über die Grenz hast bringen müssen. Heut ist die Meldung von ihrer Festnahme bei uns eingetroffen."

„Soso." Flori schmunzelte. „An die Haderlumpen hab ich schon gar nimmer gedacht", erklärte er.

Der Gendarm wünschte baldige Genesung und versprach, eifrig dem feigen Schützen nachzuspüren. Er hatte kaum die Dachstube verlassen, da tauchte auch schon wieder Besuch auf. Zilly beugte sich über den Verletzten und küßte ihn auf den Mund.

„Mein Herzbub, hast Schmerzen?" fragte sie besorgt.

„Nein, Schatzl", versicherte er. „'s ist alles halb so schlimm."

„Dieser verrückte Kerl", stieß sie hervor. „Schießt einfach aus blinder Eifersucht auf dich. Wer soll das begreifen?"

Floris Blick wanderte zum Fenster hin, an dessen Scheiben dicke Regentropfen pochten. „Ich glaub net, daß er mich hat umbringen wollen. Einen gehörigen Denkzettel sollt ich kriegen. Bestimmt net mehr."

Zwischen den Brauen der Kellnerin grub sich eine tiefe Falte ein. Halb verblüfft, halb ärgerlich fragte sie: „Nimmst ihn gar noch in Schutz, den Lumpen, den heimtückischen?"

„Natürlich net." Er tätschelte ihre Hand. „Doch wegen der Lieb hat schon mancher den Kopf verloren. Wen die Eifersucht am Wickel hat, der ist zu einem klaren Gedanken nimmer fähig."

„Du bist ein guter Bub und findest für jeden Mistkerl eine Entschuldigung." Sie beugte sich weit zu ihm hinüber. „Grad deswegen mag ich dich so." Ihre Lippen preßten sich auf die seinen. Als sie sich wieder von ihm löste, tippte sie sich an die Stirn. „Beinah hätt ich 's vergessen. Wie ich vorhin am Doktorhaus vorbeigegangen bin, war mir, als hätt ich die Schinagel-Wanda gesehen. Flüchtig nur, weil sie gleich wieder hinter der Haustür verschwunden ist. Wahrscheinlich hab ich mir das bloß eingebildet."

Flori antwortete nicht. Aber in sein Gesicht trat ein versonnener Ausdruck.

Zilly bemerkte es nicht. Sie plauderte munter drauflos und sprang plötzlich auf. „Der Wirt wird mir einen gehörigen Ländler blasen, wenn ich zu lang aus bin, wo sich doch heut noch der Schützenverein im Oberbräu trifft." Sie verabschiedete sich mit einem raschen Busserl und verließ winkend die Dachkammer.

Sie hatte eine Regenpelerine übergezogen und ein Kopftuch umgebunden, dazu noch den Schirm aufgespannt, an dem der kräftige Wind zerrte, der ihr den Regen ins Gesicht peitschte.

„Was tut man net alles aus Lieb", murmelte sie und wich einer riesigen Pfütze aus. Erleichtert bog sie in eine Seitengasse ein, durch die der Wind nicht pfiff. Ihre Pelerine war klatschnaß und in ihren Schuhen quietschte das eingedrungene Wasser. Bei diesem Wetter war auf den Gassen kaum ein Passant zu sehen.

Zilly hastete dahin. Kurz bevor sie den Marktplatz erreichte, griffen zwei Arme nach ihr und zogen sie in eine dunkle Toreinfahrt. Ein unterdrückter Schrei entrang sich ihrer Kehle. Hart preßte sich eine Hand auf ihren Mund.

Sie blickte in Egids verzerrtes Gesicht. Die hellen Augen des Burschen irritierten. Sie hatte den Eindruck, daß er nicht mehr bei klarem Verstand war.

„Egid?" keuchte sie. „Du bist noch im Ort, wo doch die Polizei hinter dir her ist?"

Seine Augenlider zuckten. „Mit mir ist 's sowieso aus, wohin ich auch geh. Mein Bild ist in den Zeitungen. Überall wird man mich erkennen." Er schluckte, und der Adamsapfel hüpfte an dem dünnen Hals auf und ab. „Beim eigenen Vater kann ich mich nimmer blicken lassen."

„Stell dich der Polizei, Egid", riet ihm Zilly. „Das könnt dir eine mildere Straf einbringen."

Er stieß ein hartes Lachen aus. „Mich sperrt keiner ein", erklärte er mit einer Stimme, die eine Gänsehaut auf ihrem Rücken erzeugte. „Lieber ins Grab als dorthin."

„Was redest du da für schreckliches Zeug?" stammelte Zilly und schielte aus den Augenwinkeln zum Ausgang der Toreinfahrt hin. Warum ging kein Mensch vorbei, der ihr hätte zu Hilfe kommen können?

Der Regen ließ nach. Es nieselte nur noch leicht. Zentimeter um Zentimeter rückte Zilly auf den Ausgang zu. Egid bemerkte es. Hart umfaßten seine knochigen Finger ihre Oberarme.

„Hiergeblieben, Käferl!" zischte er. „Wegen dir bin ich in die aussichtslose Lage geraten. Eine Zukunft gibt 's nimmer für mich. Aber ein paar Tage kann ich mich schon noch vor den Polizeischnüfflern verstecken. Und die paar Tage wirst du bei mir sein."

Ein Blick in das hohlwangige, kalkweiße Gesicht überzeugte sie davon, daß es ihm mit diesem Entschluß bitter ernst war. Seine flackernden Augen schienen sich an ihr festzusaugen. In ihr kroch lähmende Angst hoch.

„Du bist übergeschnappt, Egid", keuchte sie. „Wie soll das möglich sein? Zwei Menschen werden leichter entdeckt als einer."

Wieder erklang das unheimliche Lachen. „Net in dem alten Heustadel, den ihr so gut kennt, der Wimmer und du. Dorthin setzt kaum einer seinen Fuß."

Zilly versuchte sich von ihm loszureißen. Ohne Erfolg. Sein dünnlippiger Mund näherte sich dem ihren. Angewidert beugte sie sich zurück.

„Nie und nimmer geh ich mit dir zum Stadel", brach es aus ihr heraus. „Du müßtest mich schon mit Gewalt hinschleifen."

„Sicher." Er grinste. „Wenn 's nötig wird, tu ich 's."

Ihr Blick wanderte wieder zum Ausgang der

Toreinfahrt. Ihr schien es, als sei das Dorf ausgestorben. Nur noch vereinzelt fielen Tropfen vom Himmel.

Wieder näherte sich Egids Mund dem ihren. Voller Abscheu drehte sie den Kopf zur Seite und schrie aus Leibeskräften. Egid stieß einen wüsten Fluch aus. Er ließ ihren linken Oberarm los und schlug ihr brutal ins Gesicht. Dann hielt er ihr wieder den Mund zu.

„Wenn du noch einmal schreist, dreh ich dir den Hals um", drohte er.

Zillys Schrei war nicht ungehört geblieben. Plötzlich tauchten am Ausgang der Toreinfahrt vier, fünf Gestalten auf. Sekunden später gesellten sich weitere dazu. Einer der Dörfler streckte den Arm aus.

„Das ist der Faltermeier-Egid, den die Gendarmerie sucht", rief er. „Der will wohl der Kellnerin auch noch ein Leid antun. Packt ihn, Leut!"

Erregtes Gemurmel wurde laut. Ein Dutzend Hallhofner Bürger hatte sich inzwischen vor der Toreinfahrt versammelt. Die vorderen machten Anstalten, sich auf Egid zu stürzen. Dieser warf Zilly einen haßerfüllten Blick zu.

„Du niederträchtiges Luder!" knirschte er und schleuderte sie gegen die Wand der Einfahrt. Mit Geheul warf er sich dann mitten in die Menschengruppe hinein. Mehrere Hände griffen nach ihm. Doch niemand konnte den Tobenden, der mit Fäusten und Füßen um sich schlug und trat, festhalten.

Er durchbrach die Schar und hetzte auf die nächste Straßenkreuzung zu. Hinter sich vernahm er das Trampeln der Füße, die ihm folgten. An der Kreuzung angekommen sprang er vom Gehsteig auf die Fahrbahn. Ein Lastwagen tauchte auf. Egid wollte ausweichen. Es gelang ihm nicht mehr. Die Kühlerhaube des Wagens stieß ihn zu Boden. Vorder- und Hinterräder rollten über ihn hinweg.

Mit kreischenden Bremsen hielt der Lastwagen wenige Meter weiter an. Der Fahrer sprang heraus und blieb kreidebleich neben dem Reglosen, der mit seltsam verrenkten Gliedern auf der Straße lag, stehen. Die anderen Dörfler umringten ihn.

„Der ist hinüber“, sagte einer mit heiserer Stimme. „Da ist nix mehr zu retten.“

„Das sieht man auf den ersten Blick“, sagte ein zweiter.

Zilly drängte sich zwischen ihnen hindurch und kniete neben Egid nieder. Sie blickte in gebrochene, glasige Augen. Tränen hingen an ihren Wimpern, die zu Boden tropften.

„Egid“, wisperte sie, „ein solches End hab ich dir wirklich net gewünscht. Könnt sein, du warst der einzige, der mich wirklich geliebt hat. Wohl mehr als Flori, der ständig an eine andere denkt, auch wenn er 's net zugibt.“

★

Flori humpelte in der Wohnstube herum und stützte sich dabei auf den Spazierstock seines Vaters. Die Mutter machte ein besorgtes Gesicht. „Hat dir denn der Doktor schon erlaubt, das Bett zu verlassen, Bub?"

Der Sohn grinste. „Das hat er wohl vergessen. Aber sicher hat er nix dagegen. Heut wart ich net, bis er zu mir kommt, sondern marschier ins Doktorhaus, auch wenn's ein bissel langsam geht."

„Unser Arzt wird entsetzt sein", befürchtete die Mutter.

Wenig später war Flori unterwegs. Er humpelte kräftig und mußte viele Fragen von Passanten nach seinem Befinden beantworten. Mit großer Erleichterung sah er endlich das Doktorhaus auftauchen, denn im Bein meldeten sich stechende Schmerzen. Mit einem befreiten Seufzer sank er auf die Bank des Wartezimmers und wischte sich ein paar Schweißtropfen von der Stirn.

Gleich darauf stieg ihm das Blut siedendheiß bis unter die Haarwurzeln. Wanda stand auf der Schwelle der offenen Zimmertür und starrte ihn an wie ein Wesen von einem anderen Stern. Obwohl seine linke Gesichtshälfte dick verpflastert war, hatte sie ihn sofort erkannt.

„Wanda", würgte er hervor, rappelte sich hoch und humpelte auf sie zu. Er streckte ihr die Hand entgegen, die sie nach einigem Zögern ergriff.

„Flori", flüsterte sie. „Was ist dir denn passiert?"

„Ist dir das net zu Ohren gekommen, Wanda?“ wunderte er sich. „Das ganze Dorf redet darüber, daß der Faltermeier-Egid auf mich geschossen hat.“

„Gütiger Himmel“, hauchte sie. „Warum hat er das getan?“

„Wegen ...“ Er bekam einen leichten Hustenanfall.

„Wegen der Hoferer-Zilly, die ...“ Er hustete noch einmal. „Die vorher mit ihm ein Gespann war.“

Wanda verstand. Sie versuchte ihre Hand freizubekommen, die er immer noch festhielt. Es gelang ihr nicht. Im tiefsten Innern war sie sogar froh darüber. Vom Druck seiner Rechten ging eine Wärme aus, die sie als wohltuend empfand.

„Ich muß bestimmt noch oft hierher zum Arzt“, sagte er. „Wir könnten uns dann jedesmal sehen.“

Wandas versonnene Stimmung verflog schlagartig. Mit aller Kraft entriß sie ihm die Hand. „Warum sollten wir uns sehen?“ fragte sie eisig. „Wir haben nix mehr miteinander zu schaffen.“

„Wenn du wüßtest, wie oft ich in letzter Zeit an dich gedacht hab, tätst du net so hart mit mir reden.“

„Denk an die Hoferer-Zilly. Sie gehört zu dir.“

„Das mit der Zilly war wohl ein Irrtum“, sagte er leise.

„So?“ Erregt deutete sie auf ihre vernarbte Wange. „Hast gar vergessen, daß mich das Feuer net grad schöner gemacht hat?" stieß sie hervor. „Wirst wohl noch Augen im Kopf haben."

Er stieß ein bitteres Lachen aus. „Dir wird net entgangen sein, daß meine linke Wange bei der Schießerei auch net verschont geblieben ist. Heut noch kommt der Verband herunter. Was darunter zum Vorschein kommt, muß man abwarten. Am End schau ich gar zum Fürchten aus."

„Zilly wirst schon gefallen." Wanda drehte sich abrupt um und verschwand.

Gleich darauf wurde er ins Sprechzimmer gerufen. Er erwartete eine Schimpfkanonade des Arztes wegen des eigenwilligen Fußmarsches, den er unternommen hatte. Doch die Kanonade blieb aus. Heiß untersuchte das Bein und nickte zufrieden. Danach nahm er Flori den Gesichtsverband ab. Dieser betrachtete im Spiegel lange die verletzte Wange, über die sich ein dunkelroter Streifen zog, der einem Striemen ähnelte, den ein heftig geführter Peitschenschlag zurückließ.

„Die Rötung verblaßt mit der Zeit", sagte Heiß.

„Aber die Narbe bleibt", kam es rauh aus Floris Kehle. Leise fügte er hinzu: „Vielleicht ist das die gerechte Straf für mein schändliches Verhalten Wanda gegenüber."

„Mit so einer Narbe kann man leben", sagte Heiß nur.

Flori nickte, drückte die Hand des Arztes und verließ das Haus. Er hatte noch keine hundert Schritte zurückgelegt, da sah er ein schwarzhaariges Mädchen auf sich zukommen. Sie sah ihn an und gab sich sichtlich Mühe, ihre Betroffenheit zu verbergen. Doch es glückte nicht ganz.

Flori grinste. „Schau ich denn so grauslig aus, daß es dir gleich die Stimm verschlagen hat, Madl?“ fragte er mit einem Anflug von Galgenhumor.

Zilly erlangte ihre Fassung wieder. „Aber geh“, wehrte sie ab. „Natürlich schaust net grauslig aus. Jetzt fällt mir freilich schwer zu sagen, was ich dir heut noch sagen hab wollen.“

„Red!“ forderte Flori sie auf.

„Daß der Faltermeier-Egid tot ist, wirst ja schon wissen.“ Als er nickte, fuhr sie fort: „Ich habe in den letzten Nächten kein Auge zugemacht. Mir ist, als tät mich eine große Mitschuld an seinem Tod treffen.“

„Wieso Mitschuld, Zilly?“ wollte er wissen.

Sie hob die Arme und ließ sie wieder fallen. „Daß ich mich für dich entschieden hab, hat den armen Teufel aus der Bahn geworfen.“

„Das kann man dir net anlasten, Madl.“

„Wohl net“, gab sie zu. „Aber ich glaub halt, daß ich sein totenblasses Gesicht und die glasigen Augen nimmer aus dem Gedächtnis verjagen kann, solang ich in Hallhofen bin.“

„Willst fort von hier, Zilly?“

„Ja, Flori.“ Sie nickte. „Ich geh in mein Heimattal zurück.“

„Das bedeutet, daß wir uns trennen müssen, Zilly.“

Sie nickte wieder. „Ich spür, daß dich die Trennung net allzu hart treffen wird."

Er holte tief Luft. „Es tut weh, aber ich geh net daran zugrund."

„Du machst mir 's leichter, als ich gehofft hab."

Auf offener Straße küßte sie ihn auf den Mund. „Leb wohl!" flüsterte sie. „Ich werd dich net vergessen." Mit wiegenden Hüften setzte sie ihren Weg fort.

Flori schaute ihr nach, bis sie um eine Ecke bog. Gedankenverloren blieb er eine Weile stehen. Dann war sein Entschluß gefaßt. Er drehte sich um und kehrte zum Doktorhaus zurück. Im Flur traf er die Arztfrau an.

„Wo find ich Wanda, Frau Heiß?" fragte er.

Maria sah ihn scharf an. Dann umspielte ihre Mundwinkel ein leichtes Lächeln. „Sie ist in der Küch zu finden, wenn mich net alles täuscht."

Flori vergaß, sich zu bedanken und drückte die Küchentür auf. Wanda saß in der Ecke und schälte Kartoffeln. Er humpelte zu dem verdutzten Mädchen hin und nahm ihr das Schälmesser aus der Hand. Danach wandte er sich an die Hauserin. Augenzwinkernd kommandierte er: „Weggucken!"

Minna war so verblüfft, daß sie widerspruchslos gehorchte. Flori zog Wanda vom Stuhl hoch und verhinderte ihren Protest mit einem flinken Busserl. Das wiederholte sich mehrmals, bis sich Wanda atemlos von ihm befreite.

„Hast ... hast den Verstand verloren?" keuchte sie und rang immer noch nach Luft.

Er schüttelte den Kopf. „Ich war nie klarer bei Verstand als ausgerechnet jetzt", erklärte er vergnügt. „Und ich weiß auch, daß deine Lieb zu mir nie erloschen ist. Und das macht mich glücklich."

Wieder küßten sie sich und bemerkten das Arztehepaar nicht, das lautlos die Tür geöffnet hatte und auf der Schwelle stand. Ebenso leise schloß Heiß die Tür wieder.

Schmunzelnd fragte er: „Was tut man nach so einem erfreulichen Anblick, meine Liebe?"

„Man trinkt einen Kognak und macht sich darauf gefaßt, bald Trauzeuge spielen zu müssen."

„Richtig, meine Liebe", sagte der Dorfarzt und führte seine Frau in die Wohnstube, wo die Kognakflasche zu finden war.